BRISÉ

UN ROMANCE DE MILLIARDAIRE

REBECCA ARMEL

TABLE DES MATIÈRES

Publishe en France par:
Rebecca Armel

© Copyright 2021

ISBN: 978-1-64808-980-0

❀ Réalisé avec Vellum

BRISÉ UN ROMANCE DE MILLIARDAIRE

Une belle artiste est victime d'une attaque sauvage deux jours avant son somptueux mariage dans l'Upper East Side. Lila Tierney est poignardée et laissée pour morte et son beau fiancé milliardaire arrêté pour tentative de meurtre. Lila peut-elle se remettre de ses terribles blessures à temps pour sauver sa fiancée d'une vie en prison? Lila se bat pour sa vie alors que tout s'écroule et qu'elle se demande à qui faire confiance - et qui aimer?

1

PREMIÈRE PARTIE: BRISE-MOI
LE PRÉSENT, UPPER EAST SIDE, MANHATTAN

Lila se retira la robe en souriant. Alors que l'assistante ramassait le vêtement et se tenait debout, ses yeux s'interrogeaient. Lila hocha la tête. C'est parfait, merci. Je suis désolé que tu aies dû faire ces modifications, mais la mère de Richard est beaucoup plus svelte que moi."

L'assistante, Tess - elles étaient devenues de bonnes amies depuis qu'elles se sont rencontrées- lui roulait les yeux. "Oh arrête. "Je tuerais pour tes courbes."

Lila rougit et la remercia pendant que Tess se tournait. Lila se regarda dans le grand miroir. C'était vraiment en train de se produire. Lila Tierney, artiste, orpheline, originaire de Seattle, Washington se mariait dans l'une des familles les plus anciennes et les plus riches de New York. Elle qui avait passé beaucoup de nuits à dormir dans sa voiture parce qu'elle ne pouvait pas payer le loyer ou faire durer un sac de riz toute une semaine. Voler des pommes dans les arbres de la voisine avec son meilleur ami Charlie quand ils étaient enfants dans l'orphelinat.

Dix-huit mois depuis la demande en mariage de Richard et elle ne pouvait pas tout à fait croire le tourbillon qui avait pris sa vie. Elle était maintenant là, dans la boutique nuptiale la plus exclusive de Seattle - seulement sur invitation - à essayer des robes pour leur mariage. Heureusement, Delphine - la mère aisée et chic de Richard - avait offert sa propre robe de mariée, et bien que Lila ait été sceptique, elle était parfaite, simple, légère, confortable mais classique.

Lila secoua la tête. Bon sang, que lui était-il arrivé? Elle n'était pas pour la tradition - ou même le mariage - mais la joie qu'elle avait vue dans les yeux de Richard quand elle avait accepté de l'épouser... son bonheur la rendait heureuse. Et sa famille - loin des snobs de l'Upper East Side auxquels elle s'attendait - était accueillante, chaleureuse, surtout Delphine qui avait pris la timide Lila sous son aile et lui avait fait sentir qu'elle faisait partie de leur famille. Delphine, mère de cinq enfants, ne jouait pas aux favoris avec ses enfants mais au contraire avec leurs partenaires; Lila était sa copine, son amie et Lila aimait beaucoup la femme plus âgée.

Son portable a bipé. Un texto de son meilleur ami, Charlie. Comment ça se passe?

Elle l'a rappelé, le son de sa voix douce et affectueuse lui réchauffant le cœur. "La robe de Delphine... c'est parfait, pas trop chic, juste parfaite pour moi."

"Je suis content d'apprendre que tu n'ai pas devenue trop Upper East Side pour moi."

Elle a souri au téléphone à son vieil ami. "La côte ouest, la meilleure côte, toujours."

"Content de l'entendre. Ecoute, je pourrais venir te rencontrer, t'emmener déjeuner. Je pourrais y être dans cinq minutes."

Elle lui a donné l'adresse. "Je meurs de faim, dépêche-toi."

"Quand n'as-tu pas faim, ma grosse?"

Elle ricana au téléphone et a raccroché, souriante.

Elle s'habilla rapidement, accrochant sa brosse à cheveux et la traînant à travers ses cheveux noirs emmêlés, longs jusqu'aux épaules. Sa robe simple en coton était rose et faisait briller sa peau dorée, ses grands yeux violets écarquillés et brillants. Elle sourit à son reflet. Dernièrement, son visage semblait toujours rouge et excité, et Lila décida que cela lui convenait.

Elle finit par se ranger, prit son sac à main et repoussa le rideau de la loge. Elle a sursauté en voyant un homme, avec une cagoule qui lui couvrait le visage, se tenait juste à l'extérieur de la cabine d'essayage, puis, alors qu'il serrait une main sur sa bouche et la poussait contre le mur de la cabine, elle l'a vue. Son couteau. Sans hésiter, son agresseur a poussé la lame dans son ventre encore et encore.

Douleur. Une douleur inimaginable.

Même si elle avait pu, Lila n'avait pas le temps de crier.

~

Maintenant...

Un clignement des yeux.

Douleur. Quelqu'un qui crie. Elle sentait le sang.

Un clignement des yeux.

Quelqu'un lui parle. Lila? Chérie, tu m'entends? Charlie. Aidez-moi.

Un clignement des yeux.

Elle perd trop de sang, il faut l'emmener au théâtre. Urgent, urgent, urgent.

Un clignement des yeux.

Qui ferait ça?

Un clignement des yeux. "*On va vous endormir Lila, détendez-vous.*"

Qui a fait ça?

Un clignement des yeux.

Qui le ferait?

Qui?

Les yeux ferment maintenant, obscurité.

Qui?

... et pourquoi?

~

Trois ans plus tôt... East Village, Manhattan.

Lila a essuyé le bar pendant que Mickey, le propriétaire du bar, verrouillait les portes. C'était un samedi soir - en fait, c'était dimanche maintenant, pensa Lila en jetant un coup d'œil à l'horloge. Trois heures du matin et elle avait une dernière corvée à faire, puis son lit l'appelait. Mickey lui sourit avec reconnaissance.

Sérieusement, Lila, si tu ne t'étais pas portée volontaire pour m'aider à nettoyer, je serais là jusqu' à mardi. Quelle nuit!"

"Si tu vends de la bière à moitié prix..."

"Attends... quoi?"

Elle lui sourit en souriant. "Je plaisante. Mec, j'ai des raisons machiavéliques... Charlie et moi pensions aller à Seattle pour une semaine. Retrouver le bercail. Je pourrais avoir une semaine de congé bientôt?"

Mickey a réfléchi. Tant qu'on s'arrange pour se couvrir, je ne vois pas pourquoi. "Je paierai même une semaine de congés payés à l'avance."

Lila le regarda, ses grands yeux violets grand ouverts. "Sérieusement?"

Mickey sourit en empilant des chaises sur les tables. "Bien sûr, tu me prends pour un tyran?"

"Pas de tout, je pense que tu es le meilleur, merci."

"De rien. Alors dis-moi encore... pourquoi toi et Charlie, vous n'êtes pas ensemble? A part qu'il est le mofo le plus effrayant de ce côté de l'Hudson."

Lila roulait les yeux. Depuis ses débuts ici il y a un an, jonglant son travail de bar avec ses études à la School of Visual Arts, elle est tombée amoureuse de New York et de son activité constante. Son meilleur ami Charlie, le garçon à qui elle avait grandi dans l'orphelinat, maintenant sergent détective de la police, avait été transféré de Seattle avec elle, à sa grande surprise et gratitude. Ils avaient partagé un appartement pendant quelques semaines avant que Lila décide qu'elle voulait voir si elle pouvait s'en sortir seule. Charlie avait été compréhensif, l'avait même aidée à déménager, et elle était heureuse que leur amitié soit plus forte que jamais.

Charlie, quelques années plus âgé qu'elle à trente-quatre ans, n'était pas facile à comprendre pour tous ceux qui ne le connaissaient pas aussi bien que Lila. Homme sérieux et intense, il n'en manquait pas moins d'attention féminine avec son regard couvant, presque dangereux. Sa dernière petite amie avait rompu à contrecœur avec lui lorsqu'elle s'est rendu compte qu'il n'allait jamais la demander en mariage et que, depuis lors, il était le roi du coup d'un soir. Mais la plupart du temps, il traînait avec Lila, heureux de regarder la télé pendant qu'elle étudiait; il cuisinait même pour elle.

Lila adorait Charlie, le faisait depuis leur plus jeune âge et vivait à l'orphelinat de Seattle. Il avait quatorze ans, elle était toute petite quand il l'a prise sous son aile. Quand elle avait dix-neuf ans, elle l'a aidé à célébrer son trentième anniversaire en buvant (illégalement) beaucoup trop de tequila - c'était la seule et unique fois que leur relation s'était transformée sexuellement. Lila perdit sa virginité avec Charlie ce soir-là, et même si c'était une nuit merveilleuse et sensuelle, ils ne l'avaient jamais répétée. Trop d'histoire et Lila avait peur de nuire à leur amitié.

Alors, maintenant, alors qu'elle sourit à son patron, elle secoua la tête. "Zone des Amis 101. Et il n'est pas effrayant, il est juste réservé. Certes, avoua-t-elle en riant d'elle-même, il est le roi du visage de salope reposante. Mais, Mickey, si tu le connaissais... c'est la personne la plus gentille et la plus chaleureuse qui soit."

Mickey harrumphed. "Je te crois sur parole."

Il y a eu un coup à la porte qui les a surpris tous les deux. Mickey jeta un coup d'œil par la fenêtre et ricana. "En parle de loup..."

Charlie hocha la tête pendant que Mickey lui ouvrait la porte. "Merci, mec." Son visage s'est ramolli quand il a vu Lila. "Salut,

Snooks. En service de nuit, j'ai pensé que je pourrais te ramener chez toi."

Elle pouvait en faire avec l'un d'entre eux ", marmonna Mickey, et Lila, qui rougit, puis se mit à serrer Charlie dans ses bras. "Tu me sauves la vie."

Dehors, l'associée de Charlie, Riley Kinsayle, un joyeux détective blond lui sourit. "Salut, ma belle. Toujours célibataire?" Riley, qui avait un énorme faible pour Lila, n'a jamais laissé passer la chance de flirter avec elle. Il était l'antithèse absolue de Charlie - ouvert, grégaire, aussi mignon que l'enfer, avec sa barbe blonde désordonnée et son large sourire. S'il n'avait pas été le partenaire de Charlie alors, Lila s'est dit, je sortirais absolument avec Riley, mais c'était que "tu ne sors pas avec les amis de ta meilleure amie". Occasionnellement, seule la nuit, Riley se glissait dans ses fantasmes - et parfois, elle souriait à elle-même, Riley et son frère jumeau Woods - qui était certes magnifique, mais aussi un peu compliqué. Elle a repoussé cette idée en montant à l'arrière de la voiture. Riley s'est retourné. Tu veux monter jusqu'ici? Sur mes genoux?"

Elle a ri et embrassé sa joue. Raincheck?

"Certainement" Raincheck."

Charlie s'est assis sur le siège du conducteur et leur a souri. Tu vois? Pas effrayant, pensa Lila avec tendresse.

"Tu veux que je l'arrête pour harcèlement?" Il dit à Lila, sa voix un ton profond, légèrement plat.

Elle a souri. "Pas question. S'il s'arrête, tu peux l'arrêter pour non harcèlement."

Riley se mit à rire et la tapa dans la main pendant que Charlie grognait. "Ce n'est pas une chose, tu sais."

Il a tiré la voiture sur - pour New York - une rue tranquille et a tourné la voiture vers le pont de Brooklyn. Ils bavardèrent tranquillement jusqu' à ce que soudainement Charlie freinait et sortit de la voiture, l'arme tirée. Riley a ouvert la porte de la voiture. "Reste ici, beauté."

Lila s'assit, inquiète. Charlie et Riley coururent vers une ruelle où elle pouvait voir un groupe d'hommes rassemblés autour de quelqu'un sur le sol. Elle regarda les deux détectives s'approcher, puis le groupe se dispersa précipitamment, Charlie chassant tandis que Riley aidait celui qui était à leurs pieds. Alors que Riley rapprochait la figure, elle vit qu'il s'agissait d'un jeune homme, couvert de sang, à peine capable de se lever. Lila a ouvert la porte et est sortie.

"Jésus... Riley, mets-le sur la banquette arrière et je m'occuperai de lui. Va aider Charlie."

Riley, sinistre, hocha la tête, bien qu'il ne soit manifestement pas content de la laisser seule avec l'homme blessé. Il l'a mis sur la banquette arrière de la voiture et Lila est montée à côté de lui, arrachant sa surchemise et l'utilisant pour essuyer une partie du sang des yeux de l'homme. Il était visiblement étourdi, le sang coulait de ses blessures au visage et à la mâchoire. Il vrombissait en touchant doucement son visage.

Je pense que tu t'es cassé la pommette, dit-elle doucement, non pas que je sois une experte. On t'emmènera à l'hôpital, je te le promets, dès que les gars reviendront.

Elle a tamponné le sang du mieux qu'elle a pu sans lui faire de mal. Au bout d'un moment, elle vit qu'il la fixait et lui sourit.

Tu es vraiment belle, dit-il d'une voix craquelée, et elle gloussa.

Et nous allons aussi vous faire examiner pour une commotion cérébrale ", a-t-elle dit en plaisantant, même si la commotion cérébrale était une possibilité très réelle dans ce cas-ci.

Il a souri. Il était beau à voir, même avec un visage abîmé, des cheveux courts ondulés foncés et des yeux bruns chocolatés, si pleins de douleur à ce moment-là qu'elle ne pouvait s'empêcher de sourire et son cœur commençait à battre une fraction plus vite. "Comment tu t'appelles, mon ange?" Sa voix, encore cassée, était riche et chaude.

Lila Tierney. Et qui êtes-vous?"

L'homme leva la main et lui tira doucement la joue. "Lila... Je suis très, très heureux de vous rencontrer... Je suis Richard..."

∾

Maintenant... Lenox Hill Hôpital, Manhattan.

Lila? Lila, ma chère, j'aimerais que tu te réveilles maintenant... c'est bon, ouvre les yeux."

La femme avait une voix apaisante, et Lila voulait faire ce qu'elle demandait, mais elle avait peur. Que verrait-elle? Elle était morte ou vivante?

Douleur. Oh mon dieu, c'était là, l'agonie déchirante et fulgurante qu'elle avait ressentie pour la première fois quand ce couteau s'était tranché impitoyablement dans sa chair. Immédiatement, elle était de retour dans la cabine d'essayage, souriant en tirant le rideau vers l'arrière, puis le choc, le souffle étant arraché de son corps alors qu'elle était poignardée. Son agresseur, son assassin? Grognant alors qu'il l'attaquait, coups vicieux et cruels. Lui. Un homme. Que Dieu me vienne en aide...

"Lila, ça va, c'est Docteur Honeychurch, ouvrez les yeux si vous le pouvez."

Un docteur, pas un ange. Lila ouvrit les yeux, vrombissant de la lumière, se réveillant à une nouvelle horreur. Un tube dans sa gorge et des inconnus autour d'elle.

Non. Pas tous des étrangers. Le visage de Charlie était encore plus sérieux que d'habitude, criblé d'inquiétude et de douleur, et se tenait au bout de son lit. Elle leva la main et tendit la main vers lui. Charlie jeta un coup d'œil au médecin qui lui sourit de façon encourageante.

"S'il vous plaît, prenez sa main. C'est vraiment un bon progrès... elle est dans le coma depuis un mois, ça veut dire qu'elle vous reconnaît."

Un mois. Oh Jésus Jésus, non... Une larme roula sur son visage et Charlie se déplaça rapidement alors, prenant sa main et se penchant pour embrasser sa joue, embrassant la larme. C'était une chose tendre et aimante à faire... mais c'était mal. Autant qu'elle adorait Charlie, ce devrait être Richard ici, tenant sa main, embrassant ses larmes. Elle a attrapé la main de Charlie et l'a ouverte à sa paume. Le docteur planait dans sa vision périphérique.

"Lila, s'il vous plaît, ne faites pas trop d'efforts." Mais elle l'ignorait et avec son doigt, elle a tracé des lettres sur la paume de Charlie.

Pourquoi ici?

Les yeux de Charlie étaient hantés. "Tu as été poignardée, chérie." Elle s'en souvenait bien. Dieu.

Pourquoi?

Étonnée, elle vit ses yeux remplis d'eau, et il regarda ailleurs. "On ne sait pas, Lila. Pas encore."

Combien de temps?

"Un mois, bébé."

Où est Richard?

Elle l'a vu jeter un coup d'œil au médecin et hésiter. Le docteur lui a secoué la tête. Charlie a donné à Lila un sourire - un sourire forcé. "Il sera là plus tard, chérie."Lila, épuisée, laisse tomber sa main. Le médecin entra alors, vérifiant ses réflexes, lui éclairant les yeux. "Tu souffres, Lila?"

Elle tenta de hocher la tête et le docteur, une femme afro-américaine au visage gentil et apaisant lui sourit. D'accord, je vais te chercher de la morphine. Essayez de ne pas en faire trop, nous avons dû opérer un tas de fois donc vos blessures sont toujours à vif. Vous avez essayé de nous quitter, Lila, chérie, mais à chaque fois que vous changez d'avis et revenez. Voila, ma fille."

Elle a passé une main chaude sur le front de Lila. "Tu as un peu chaud, alors on va essayer de baisser votre température avant d'enlever le tube."

Lila soupira. Elle se sentait ligotée, le lourd bandage sur son ventre et, bizarrement, sur sa poitrine aussi - elle ne se souvenait pas d'avoir été poignardée dans la poitrine, mais peut-être que c'était après qu'elle se soit évanouie. L'idée lui a donné envie de vomir. Qui pourrait la détester à ce point?

Elle sentit la fatigue l'envahir, et elle ferma les yeux à nouveau. Alors qu'elle sombrait de nouveau dans le sommeil, elle entendit une autre voix, familière et chaleureuse. Delphine.

"Comment va-t-elle?"

Lila entendit le médecin lui dire "Elle s'est réveillée et a reconnu M. Sherman, donc c'est positif."

Il y a eu une pause.

"Le sait-elle? Tu lui as dit?" Lila a été choquée par la douleur de la voix de Delphine, puis Charlie a dégagé sa gorge.

"Non, nous avons pensé qu'il était sage de ne pas la contrarier. On lui dira quand elle sera plus forte."

Me dire quoi? Qu'est-ce qui se passe? Qui m'a poignardé? Et où est passé Richard?

~

Avant... L'hôpital Lenox Hill, Manhattan.

Lila se tint debout devant l'ascenseur et hésita. Elle avait décidé d'aller voir Richard à l'hôpital après que Charlie lui ait dit qu'ils le gardaient avec une blessure à la tête, mais maintenant, alors qu'elle attendait, elle se sentait bête et maladroite. Elle s'est dit qu'il ne me reconnaîtrait probablement même pas et que je le rendrais mal à l'aise. Elle n'avait pas dit à Charlie son intention de rendre visite à l'homme blessé, et maintenant elle ne savait pas pourquoi. Elle a senti quelque chose. Une connexion. Elle n'arrivait pas à le sortir de sa tête. C'est vrai, cette nuit-là, après que Richard lui ait dit son nom, il s'était effondré dans ses bras, inconscient, alors au moment où Charlie et Riley étaient retournés à la voiture les mains vides, elle les suppliait de se rendre à l'hôpital maintenant et de ne pas attendre les ambulanciers paramédicaux. À l'hôpital, Richard avait été transporté rapidement dans le labyrinthe des urgences. Et Charlie l'avait ramenée chez elle, toujours couverte du sang de Richard. Le silence soudain de son minuscule appartement semblait claustrophobe, et elle était trop tendue pour dormir. Charlie avait dû s'excuser de devoir partir pour déposer un rapport sur l'incident et Lila avait simplement décidé de nettoyer tout son appartement pour tenter de s'endormir.

Heureusement, le dimanche était son seul jour de congé pour toutes ses obligations professionnelles et d'études, alors à neuf heures du matin, elle s'est douchée, puis est tombée au lit et a dormi jusqu' à quinze heures quand Charlie a frappé à sa porte avec de la nourriture chinoise.

Les portes de l'ascenseur se sont ouvertes, et avant qu'elle puisse changer d'avis, elle a rentré dedans. Au diable, elle voulait voir s'il allait bien. Ouais, d'accord, donc rien à voir avec ses beaux yeux bruns, alors? "Tais-toi", marmonnait-elle, ignorant le regard amusé qu'une infirmière lui donnait.

Elle a trouvé l'étage sur lequel il se trouvait facilement et a recommencé à prendre peur. Près du poste des infirmières, elle pouvait voir une élégante vieille dame aux cheveux blancs, qui parlait avec un médecin. Elle planait près d'eux, essayant d'entendre s'ils parlaient de quelqu'un. Jackpot.

"Alors les installations de Richard restent telles qu'elles étaient?" La femme aux cheveux blancs, les lunettes poussées sur son nez, regardait des questions sur un bloc-notes. Lila a vu le docteur refouler un sourire.

"Mme. Carnegie, comme je l'ai dit, Richard a une légère commotion cérébrale, des coupures et des ecchymoses. Il a eu beaucoup de chance, compte tenu de la gravité des blessures qu'il aurait pu subir. Maintenant, je sais qu'il a l'air battu, et ça va prendre du temps pour que son œdème se résorbe, mais d'après les tests que j'ai faits, il n'y a pas de lésion cérébrale. Les côtes de votre fils ont des contusions graves, c'est compréhensible, mais encore une fois, elles vont guérir."

La femme - Mme Carnegie - la mère de Richard - a remercié le médecin qui s'est évadé avec un regard de soulagement. Il a acquiescé à Lila en passant devant. Lila prit une grande inspiration et alla voir la femme. "Excusez-moi?"

Mme Carnegie la jeta un coup d'œil par-dessus ses lunettes; sévère au début, puis elle sourit. "Oui, ma chère?"

Lila réalisa que ses propres mains transpiraient et les essuyait sur son jean. "Je n'ai pas pu m'empêcher d'entendre: êtes-vous la mère de Richard?"

Son autre femme sourit. "Oui, je suis Delphine Carnegie, puis-je vous aider?"

"Euh..." Lila s'est fait avoir. "Je m'appelle Lila Tierney et je..."

Lila? Vous êtes Lila?" Soudain, le visage de la femme changea, ses yeux s'élargirent. "Oh, ma chère!"

Elle jeta ses bras autour d'une Lila étonnée et éclata en larmes. Lila s'embrassa maladroitement dans le dos et, alors que les sanglots de Delphine s'apaisaient, elle prit le visage de Lila dans ses mains et embrassa les deux joues. "Merci, ma chère, d'avoir si bien veillé sur mon fils. Il dit que vous lui avez sauvé la vie."

Lila a rebondi. Non, non, non, ce n'était pas moi, c'était les deux flics avec moi - l'un est mon ami, je n'étais pas en état d'arrestation - ils ont arrêté les agresseurs. J'ai juste..."

Delphine s'essuya les yeux avec un mouchoir en dentelle et se mit le bras sous celui de Lila. "C'est absurde. Tu t'es occupé de lui, dans la voiture. Il m'a tout dit... maintenant, la dernière fois que j'ai vérifié qu'il dormait, mais allons voir s'il est réveillé."

Elle dirigeait inexorablement Lila vers une pièce privée et Lila n'avait pas le temps de réfléchir avant que Delphine n'ouvre la porte.

Richard Carnegie était en train de lire, mais en levant les yeux et en la voyant, un large sourire lui fendit le visage - ce qui le fit grimacer alors que le mouvement tirait quelques points de suture. Pourtant, son sourire réchauffait l'estomac de Lila.

La voilà, dit Delphine, rayonnante de joie pour les deux. "Regarde qui est là pour te voir."

"Lila... wow, c'est si bon de te voir, merci d'être venue."

Delphine manœuvra Lila sur la chaise à côté de son lit. Je vais juste aller voir où est ton père ", dit-elle en souriant et en fermant la porte après elle. Lila rougit furieusement pendant que Richard lui souriait.

Je voulais juste voir comment vous alliez, dit-elle, détestant que sa voix tremble. Le fait que son visage soit meurtri et cousu n'enlève rien à la beauté de son visage, à la beauté de ses yeux qui scintillaient, à son sourire permanent.

Je vais très bien, en fait, même si je le tire un peu pour la gelée qu'ils n'arrêtent pas d'apporter ", dit-il en riant.

"Je suis content de l'entendre... à moins que ce ne soit une saveur dégoûtante."

"C'est surtout orange, peut-être une fraise de temps en temps."

"Joli. J'aime aussi le citron vert."

"J'en ai eu un une fois. On dirait de la poussière d'or. On doit échanger des paquets de cigarettes contre ça."

Elle a rigolé. "Oh, c'est vrai?"

Richard hocha la tête, l'air comique et suffisant. "Je suis un favori de Big Bernard."

Lila ricana. "Vous voulez dire que vous êtes sa salope?"

"Quelque chose comme ça," dit Richard en riant. Il tendit la main et lui prit la main, serrant ses doigts entre les siens. "Sérieusement, Lila... merci d'être venue. Ça me donne l'occasion de vous dire à quel point j'ai apprécié votre aide ce soir-là... et de vous demander si je peux vous revoir quand ils me laisseront sortir d'ici?"

Son estomac s'est retourné et elle a rougi de plaisir. "J'aimerais bien, mais je n'ai vraiment rien fait."

Il tira sa main sur ses lèvres et lui baisa les doigts. "Oui, c'est vrai. Si j'étais mort cette nuit-là, votre beau visage aurait été la dernière chose que j'ai vue. Je suis d'accord avec ça."

Son compliment était charmant, mais elle n'a pas pu s'empêcher de sourire. "Mec..."

Richard ria d'un air de berger. "Trop ringard?"

"Un peu, mais je suis d'accord."

Richard s'est penché en avant et a provisoirement brossé ses lèvres avec les siennes. "Alors, je peux te revoir?" Mon Dieu, c'était un ringard mais tellement adorable avec...

Lila appuya doucement son front contre le sien. "Oui, Richard Carnegie... tu peux..."

〜

Avant... Friedman's Dejeuner le 9, New York City.

Charlie Sherman s'assit à son bureau, regardant dans l'espace. Il n'a pas entendu quand son partenaire Riley l'a appelé les deux premières fois, alors quand Riley lui a lancé une boule de papier, il a levé les yeux, énervé. "Quoi?"

Riley lui sourit facilement. "J'ai dit, on va à cet endroit pour déjeuner ou quoi?" Je meurs de faim ici."

Ils ont marché jusqu'à la sandwicherie. Riley a commandé un sandwich Américain alors que Charlie buvait du café noir. Riley sourit à son partenaire. "Qu'est-ce qui te prend? Tu as été tranquille pendant des jours. Mais tu n'es pas toujours calme. Mais bon sang, tu me fais flipper. Qu'est-ce que ça donne?"

Charlie sourit soudainement à son ami. "Qui a besoin de parler quand tu es là, mon pote?"

"Bon point." Riley a pris une bouchée de son sandwich. "Comment va ma copine?"

"Lila?" Charlie ria et secoua la tête. Mec, tu aimerais bien. Bref, elle va bien. Je pense qu'elle est allée voir Richard Carnegie aujourd'hui."

Les sourcils de Riley s'envolèrent. "Vraiment?" Puis il a ri. "Connaissant Lila, elle ne sait pas qui sont les Carnegie."

Charlie avait l'air confus, et Riley soupira. Si vous ne m'aviez pas fait atterrir avec la paperasse, vous sauriez que les Carnegie sont de l'argent ancien - de l'argent vieux New York sérieux. Richard Carnegie Senior est Bill Gates multiplié par un million. Génie absolu. Richard Junior, même chose. Diplômé d'Harvard, brillant, plein aux as et beau gosse. Et en ce moment même, probablement en train de draguer ma copine." Riley avait l'air soudainement tombé, et Charlie a gloussé.

"Ouais, essaie de rivaliser avec ça, mon pote."

Riley l'a observé. "Je peux te poser une question?"

"Allez-y."

"Je suis sérieux maintenant... si j'avais le" in "que tu as avec une femme comme Lila... il n'y a pas moyen que je la laisse partir. Laisse un autre connard paître sur ce pâturage. Pas question."

Charlie a ri. "Pâture sur ce pâturage"? Mec, c'est dégoûtant."

Riley haussa les épaules. "Je pensais que c'était poétique."

C'est pour ça que tu es célibataire, dit Charlie en volant une frite et en pointant du doigt à Riley. Bref, Lila a le béguin pour Woods, m'a-t-elle dit."

"Oh ha ha ha," Riley scruta son partenaire. "N'invoque pas le maudit W."

La rivalité fraternelle de Riley et Woods Kinsayle était légendaire. Riley blâma son père trop compétitif, toujours les jumeaux les uns contre les autres dès la naissance, mais la joie avec laquelle Woods, son frère aîné de cinq minutes, portait la "querelle" dans l'âge adulte était ennuyeux. Woods, un agent sportif, se moquait tout le temps de son "petit" frère policier, et cela n'a pas aidé son père qui aimait le football universitaire plus que la vie. Ils ont tous les deux rejeté la carrière de Riley comme si ce n'était rien. Heureusement, Riley était assez vieux pour ignorer l'enfantillage insignifiant - et dernièrement, Woods semblait plus réconfortant.

Yo, les enfants.

Charlie regarda le sergent de bureau du commissariat, Joseph Deacon, un grand New-Yorkais taillé dans le bois avec l'accent pour le prouver. "Hey, Joe, tu veux manger quelque chose?"

Joe avait l'air désolé. "Non, Claudia m'a mis au régime."

Riley sniffa. "Dommage. Joe, tu es vraiment un personnage de ces séries policières, n'est-ce pas?"

Joe souriait bien nature. C'est bon, petit. Bref, on m'a envoyé te chercher. Deke a arrêté un des gars de l'agression il y a quelques nuits. Le jeune Carnegie."

Charlie et Riley se sont levés et sont retournés au commissariat. Deke Holmes, un inspecteur d'un autre commissariat, les a accueillis. "J'ai pensé que vous voudriez vouloir celui-là."

Ils l'ont remercié et bientôt ils ont affronté l'homme arrêté. Charlie l'étudia; sale, nerveux, toujours à renifler. Un drogué stéréotypé, qu'il s'attendait à trouver dans la rue à cette heure-là. Ils l'ont interrogé, mais il ne leur a rien dit qu'ils ne savaient pas déjà.

Ensuite, de retour à leur bureau, Charlie a finalement avoué pourquoi il avait été distrait plus tôt, et Riley a acquiescé d'un signe de tête comme Charlie a dit à haute voix ce qu'ils pensaient tous les deux.

Qu'est-ce qu'un type comme Richard Carnegie faisait dans les rues malfamées de New York à trois heures du matin??

∿

Maintenant... Lenox Hill Hôpital, Manhattan.

Cinq minutes, pensa Lila, *cinq minutes sans douleur, c'est tout ce que je demande.* C'était une agonie fulgurante qui la traversait à chaque mouvement. *Il m'a vraiment tranché et coupé en dés,* pensa-t-elle maintenant, avec un rire sans humour. *Qui que tu sois, j'espère que tu pourriras en enfer.*

Elle s'était réveillée de mauvaise humeur il y a quelques heures et ne pouvait pas se rendormir. Le bip sonore répétitif des machines qui la maintenaient en vie s'est répercuté sur ses nerfs, tout comme le tube dans sa gorge. Avec un peu de chance, ils l'enlèveraient, maintenant elle allait mieux.

Elle allait mieux? Elle ne savait pas. Les médecins et les infirmières parlaient en silence, juste à l'extérieur de sa chambre, ce qui la rendait paranoïaque. Mais pas autant que quand Charlie et Delphine ont fait la même chose. Il n'y avait pas de mots pour dire à quel point elle était en colère contre deux des personnes qu'elle aimait le plus au monde. Personne ne lui disait rien.

Et où était Richard? Il était la personne pour qui elle était la plus en colère. Elle savait qu'elle s'apitoyait sur elle-même, mais elle avait été poignardée. Il ne devrait pas être là, à lui tenir la main? Elle pensait qu'il lui avait déchiré ses vêtements à la triste vue d'elle... *La tu fais du cinéma*, pensa-t-elle. Mais ça lui brisait le cœur de ne pas savoir où il était... oh mon Dieu. La pensée l'a frappée comme une masse.

Richard était-il mort? Celui qui l'a poignardée presque à mort a-t-il tué Richard aussi? Non, non... Elle n'arrivait pas à arrêter les larmes chaudes, et elle s'est mise à sangloter, étouffée par le tube dans la gorge. Oh mon dieu... c'est pour ça qu'ils ne lui disaient rien... maintenant qu'elle ne pouvait plus respirer, la crise de panique l'accablait. Pas d'oxygène, pas d'oxygène... les machines à côté sont devenues folles, les infirmières se précipitaient, les voix déformées, une piqûre comme une aiguille lui a percé le bras et puis....

L'obscurité.

"On a dû la mettre sous calmant, j'ai bien peur qu'elle ait eu une crise de panique. Quand elle s'est réveillée, elle était plus calme. Elle a dit qu'elle voulait que le tube soit retiré, alors nous avons demandé au Dr Honey church de venir voir si nous pouvions le faire pour elle. On pense que Lila souffre de dépression. Elle est très déprimée. Pourquoi tu ne vas pas t'asseoir avec elle?"

Charlie hocha la tête, le visage tendu. Delphine soupira, l'air épuisée et lui tapotant le dos. "Toi, entre. Je veux téléphoner à la maison, voir si quelqu'un peut venir s'asseoir avec elle. Peut-être Cora."

"Je croyais que tu avais dit que Cora était trop fragile pour voir Lila comme ça?"

Delphine, regardant soudain tous ses soixante-dix ans, haussa les épaules impuissantes. "Je pense que le besoin de Lila est plus urgent. Tu devrais te reposer aussi, Charles, tu as été là presque tous les jours."

Je fais ce que je dois faire pour elle, dit-il d'un ton rude, puis j'embrassais impulsivement la joue de Delphine. Je devrais aller vérifier au travail, voir s'il y a... Il est parti, mais Delphine a compris.

"Je vais appeler Cora maintenant."

Charlie attendit que la femme s'éloigne et frappa doucement à la porte de Lila. Son amie regardait par la fenêtre, des ombres sombres sous ses yeux, ses pommettes - jamais saillantes auparavant dans son visage doucement arrondi - sortaient. Tout son comportement hurlait de désespoir.

"Lila, dit-il doucement, et elle le regarda d'un regard mort, les yeux plats. L'étonnante violette s'était assombrie en un mauve miteux, et les profondeurs de la douleur en eux étaient difficiles à regarder. Le tube détesté dans sa gorge était visiblement inconfortable. Lila pointa le bloc-notes et le crayon sur la table à côté d'elle, et il les lui tendit.

Je déteste ça.

Charlie lui a pris la main. "Je sais, mon cœur, je sais. Mais, s'il te plaît, tu dois aller mieux. Pour moi. Pour les gens qui t'aiment."

Elle le regarda fixement, son expression était dure, et quand elle écrivit à nouveau, elle appuya si fort sur le papier que le papier se déchira légèrement.

Je suis tellement énervé contre celui qui a fait ça.

Moi aussi, chérie, crois-moi. Je n'arrive pas à croire que quelqu'un t'ait fait ça." Il lui caressa la joue, et elle se pencha dans son toucher, les yeux remplis de larmes.

Elle hésitait avant d'écrire à nouveau et quand elle le fit, ses larmes éclaboussèrent sur le papier.

Richard est mort?

Charlie a lu le mot et a levé les yeux en choquant. "Non, non, non, Dieu, non, il va bien, il est... Jésus..." Il l'a détournée. Lila griffa une autre note et le frappa furieusement sur le bras jusqu' à ce qu'il la regarde.

Alors pourquoi Bordel de merde n'est-il pas là?! Qu'est-ce qui se passe, Charlie, et ne me mens pas, ou je vais arracher ce tube de ma propre gorge et le mettre dans la tienne!

Charlie à moitié souriant. Respire profondément et je te le dirai. Promesse?"

Elle hocha la tête, ne lui arrachant jamais les yeux. Charlie lui a explosé les joues.

"Ok... Lila, chérie, Richard n'est pas là parce qu'il n'a pas le droit de venir. Il ne peut pas venir. Il est en prison.

Ses yeux ont failli tomber de sa tête. Pourquoi? Il sait qui a essayé de me tuer? Il les a poursuivis?

Charlie secoua lentement la tête et rencontra son regard. Pendant une seconde, ils se regardèrent fixement, puis il vit l'aube sur son visage. Elle secoua la tête.

Non. Non. Non. Je ne le croirai pas.

Charlie lui a encore pris la main, mais elle l'a secoué.

Dis-le, Charlie. Dis les mots à voix haute ou je n'y croirai pas.

Charlie s'est penché pour lui couper la joue. "Je suis désolée, bébé... Richard a été inculpé. Il a été accusé de solliciter le meurtre. Chérie... Richard était celui qui a essayé de te faire tuer..."

L'haleine de Lila commençait à souffler, et elle tremblait violemment et même avec le tube dans la gorge, le cri qui venait du cœur même de son cœur était un cri grondant, hurlant de chagrin insoutenable.

Charlie ne l'oublierait jamais.

~

Avant... Dîner, East Village, Manhattan

Je n'arrive pas à croire que tu sois un adulte et que tu aimes toujours le beurre de cacahuète et de la gelée. Tu as cinq ans? Et avec frites et cornichons? Si dégoûtant." Lila sourit à Richard alors qu'ils étaient assis dans le resto de minuit. Richard a ri.

"Hé, ne le frappe pas avant d'avoir essayé. Tu dois avoir un truc de nourriture bizarre, tout le monde en a un,' il a agité une frite devant elle jusqu' à ce qu'elle craque, la serrant entre ses dents et il a gloussé.

"Oh, d'accord, laisse-moi réfléchir... en volant plus de tes frites..." Lila en a mis une autre dans sa bouche. "D'accord... pourquoi pas des bretzels trempés dans Nutella?"

"Ce n'est pas bizarre. Allez, tu n'essaies même pas..."

"Ananas sur pizza."

"C'est dégoûtant mais assez courant. La mise, Tierney."

Elle lui sourit en souriant. C'était leur troisième rendez-vous depuis qu'il était sorti de l'hôpital et elle a dû admettre que chacun d'entre eux avait été drôle, amusant, taquinant et apprenant à se connaître. Ce soir, il venait à sa rencontre après le travail pour la surprendre, mais elle avait ressenti une telle joie en voyant son sourire qu'elle oublia toutes ses règles pour ne pas mélanger travail et plaisir et le présenta à ses amis là-bas. Tinsley, la nouvelle Australienne, l'avait secouée quand Richard parlait à Mickey.

"Ma fille, tu t'en occupes dès que tu peux."

Lila avait rougi. Bien qu'elle déteste l'admettre, elle ne pouvait pas penser à autre chose que ses mains sur elle quand ils étaient ensemble. Jusqu' à présent, il avait embrassé sa joue, brossé ses lèvres légèrement avec les siens mais n'avait rien essayé et Dieu, elle le voulait. Elle l'a regardé maintenant dans son tee-shirt et son jean bleu et s'est demandée comment ce serait de glisser ses mains sous cette chemise et...

"Lila?"

Elle se secoua et sourit en ricanant. "Désolé, j'étais à des kilomètres. Je ne vois vraiment rien.

Richard - Rich, dit-il, Richard est mon père - secoué la tête, déçu. "Tu m'as laissé tomber."

"Je suis désolé."

"Tu devras te rattraper." Et voilà, le regard qu'il lui avait donné la première nuit, celle qui pouvait brûler ses vêtements de son corps, enflammer le désir au plus profond d'elle. Lila ne pouvait pas détourner le regard de ces yeux sombres...

Je peux certainement essayer, dit-elle d'une voix calme. Sans se détourner d'elle, Richard leva la main. "L'addition, s'il vous plaît", dit-il calmement.

Dans sa voiture, il lui prit la main mais ne fit aucun autre geste pour la toucher. Le cœur de Lila battait fort dans sa poitrine, son respiration venait en halètements. Même dans l'ascenseur, il ne la touchait pas, prolongeant l'agonie même si elle pouvait voir son érection se presser contre le denim de son jean. Ses yeux s'étendirent lentement sur tout son corps jusqu' à ce que, comme l'ascenseur s'arrêta, il rencontra de nouveau son regard. Il lui tendit la main et elle la prit, sentant le choc au moment où sa peau touchait la sienne.

Il l'a emmenée dans son appartement, mais elle a à peine enregistré ses environs. Ils sont allés directement dans sa chambre et quand elle est entrée dans la pièce, il s'est retourné et l'a prise dans ses bras, sa bouche sur la sienne. Mon Dieu, ce baiser... elle l'a senti dans chaque cellule de son corps. Ses mains glissaient doucement sous son tee-shirt, et elle leva les bras pour qu'il puisse la faire glisser et la faire tomber par terre.

Comme si le tissu qui frappait le sol était un pistolet de départ, ils se déchiraient soudainement les vêtements de l'un et de l'autre, haletant, essoufflés, et quand ils tombèrent sur le lit, nus, Lila savait que c'était juste, c'était ce qu'elle voulait. Elle a enroulé ses jambes autour de sa taille comme il l'a embrassé, sa bite dur contre sa cuisse et Jésus, mais elle le voulait à l'intérieur de lui, l'a exhorté à se dépêcher. Richard tâtonnait dans sa table de nuit pour un préservatif, et elle l'enroula sur sa bite tremblante et dure quand il lui sourit.

"Si belle, lui dit-il, et il la rassembla auprès de lui. Sa bite taquinait son sexe glissant de haut en bas dans sa crevasse glissante avant de finalement, il s'enfonça profondément dans sa chatte. Lila s'éclipsa, se balançant contre lui, écartant les jambes pour s'adapter à sa taille. Le rythme de Richard s'accéléra comme il la frappa de plus en plus fort, ses mains se verrouillèrent de chaque côté de sa tête, ses yeux sur les siens. Lila lui cambré le dos, son ventre touchant le sien et il gémit. "Dieu, oui... Lila..."

Ses ongles lui ont glissé dans le dos, lui griffant dessus, voulant qu'il aille de plus en plus loin, ses couilles contre ses fesses. Elle lui a mordu l'épaule et l'a entendu rire un peu. Je vais te déchirer en deux, petite fille, grogna-t-il, et elle vint en se jetant sur lui. L'orgasme de Richard s'est alors précipité, frissonnant et gémissant, et ils se sont effondrés ensemble, toujours connectés. Elle aimait la sensation de sa bite à l'intérieur d'elle, alors même que son érection s'évanouissait et

que Richard ne bougeait pas pour s'éloigner. Il se coucha sur elle,
lissant les cheveux humides loin de son visage. Je ne veux jamais être
enterré ailleurs que dans ta chatte délicieuse ", murmura-t-il, et elle
sourit, excitée par sa grossièreté, son sexe recommençant à enfler
autour de sa bite. Son clitoris sentait qu'il risquait d'exploser quand ses
doigts le trouvaient, et elle gémissait doucement, et il commença à le
frotter et à le taquiner. Ses lèvres étaient à son oreille. "Doux, doux
Lila, je vais baiser cette douceur hors de toi, te garder toute seule, te
prendre par tous les moyens dont tu as toujours rêvé." Il se déplaça le
long du lit et attrapa chacun de ses tétons dans sa bouche, suçant et
taquinant, puis mordant doucement sur le nub, la regardant avec ses
yeux bruns sournois et pétillants. "Je pourrais te manger entier",
chuchota-t-il et lui roulait la langue sur le ventre jusqu' à ce qu'elle
plonge dans le creux de son nombril. Elle frissonna en descendant et sa
bouche était sur elle, sa langue serrant autour du clitoris hyper-
sensible.

Lila gémissait tandis que les vagues et les vagues de plaisir s'écra-
saient sur elle tandis que Richard se jetait sur elle, ses doigts serraient
ses hanches, sa langue tapait et la poussait vers un orgasme incroyable.
Aussitôt qu'elle vint, en pleurant son nom, il lui lança sa bite dure
comme du diamant, et Lila pensa qu'elle risquait de perdre la tête.
Richard, au-dessus d'elle, parut victorieux, et il la fit venir encore et
encore.

Finalement dépensés, ils s'enveloppaient les bras l'un autour de
l'autre et étudiaient le visage de l'autre pendant qu'ils reprenaient leur
souffle. Richard frotta doucement son nez contre le sien, ses yeux
sombres brillaient.

C'était incroyable, "Lila était encore essoufflée, tout son corps en
feu, chaque nerf qui vibrait avec plaisir.

Tu es incroyable, dit Richard, en faisant courir sa main sur la
longueur de son corps. "Si sexy, si douce... Lila Tierney, tu me fais
perdre la tête..."

Elle a souri. "Donc, pas de changement alors."

Richard a ri. "Et tu me casses les couilles... pour ainsi dire." Ils
riaient tous les deux, et Lila soupirait joyeusement.

"Si seulement une raclée n'était pas la raison de notre rencontre."

Richard l'a embrassée doucement. "Ça en vaut la peine."

Lila lui a coupé la joue dans la paume. "Tu ne m'as jamais dit ce qui s'est passé cette nuit-là. Charlie m'a dit que tu ne portais pas plainte."

Richard avait l'air mal à l'aise. On doit en parler maintenant? C'était juste une agression. Je préférerais que ce ne soit pas rendu public, c'est tout."

Lila haussa les épaules. C'est juste, je me demandais. Charlie a été..."

"Charlie a été quoi?" Sa réaction a été brusque et elle s'est retournée contre elle.

"Rien."

Richard regarda immédiatement contrite. Désolé, bébé, je ne voulais pas craquer. C'est juste que ce type me pousse à bout."

"Qui, Charlie?" C'était au tour de Lila d'être mal à l'aise. "Il peut être trop sérieux, parfois. C'est sa façon de faire, il ne veut rien dire."

Richard la regarda, à moitié souriant. "Il est trop près de toi, et il est trop grand et il a ce machisme de Neandertal."

Lila gloussait. Il a l'air comme ça, je l'admets. Tu es jaloux?"

Richard avait l'air d'être sur le point de protester, puis il souriait d'un air bienveillant. "Un peu. Je déteste que tu sois tout le temps avec lui."

C'est ma famille, dit-elle doucement, et il s'embrassa.

"Je sais." Ignore mon pathétique ego masculin. Bref, je ne veux vraiment pas parler de Charlie Sherman quand tu es couché nu dans mon lit." Il l'a portée sur lui et l'a embrassée. "Et si on oubliait tout le monde et qu'on faisait ça toute la nuit?"

Elle lui sourit en souriant. "M. Carnegie, c'est une très bonne idée..."

~

Maintenant...

Chaque fois qu'il fermait les yeux, il revivait ce moment. Au moment où son couteau plongea profondément dans l'abdomen de Lila, ses yeux larges et choqués, le léger accrochage du tissu de sa robe au fur et à mesure que le couteau la clivait puis s'enfonçait dans son ventre mou. Mon Dieu, le sentiment. Il l'avait poignardée rapidement, mais il se rappelait chaque seconde, arrachant la lame et la plongeant dans son corps. Et Dieu, à ce moment-là, elle était plus belle que jamais.

Les six premiers coups puis elle s'est évanouie, et il l'a abaissée au sol, accroupi pour la poignarder à nouveau, son sang imbibant le coton fin, la faisant coller à sa peau. Il a poignardé le couteau dans le creux profond de son nombril encore et encore pendant que sa bite raidissait, la soif de sang dans ses veines. Il s'arrêta finalement, essoufflé, et se tint debout, incapable de lui arracher les yeux. Son sang rouge foncé s'accumulait autour d'elle, sa respiration était difficile.

Je t'aime tant, pensa-t-il, ma belle Lila... Il saisit le couteau et s'age-nouilla pour le glisser entre ses côtes dans son cœur, pour le finir, mais ensuite il s'arrêta, glaça.

Il entendit la voix de la vendeuse et regretta - et, en jetant un dernier regard sur la femme mourante sur le sol, il sortit de la porte d'issue de secours par laquelle il avait fait son entrée. Alors qu'il s'en-fuit, il entendit le cri de la vendeuse quand elle trouva le corps de Lila et lui sourit.

Elle ne pouvait pas survivre à cette attaque. Pas question.

Sauf que maintenant, il savait- elle l'avait fait. Était allongé dans un lit d'hôpital, vivant. Ce qui signifiait qu'une fois de plus, il devait planifier les choses avec soin. Ce ne serait pas si facile cette fois-ci; elle serait protégée, soignée, à l'affût du danger. Il serait donc prudent, vigilant, organisé.

Parce que quand il l'a poignardée la prochaine fois, il s'assurait qu'elle était morte...

.   .   .

Lila a pris la tasse de pépites de glace que l'infirmière lui avait tendue et en a avalé avec gratitude. "Calmez-vous, l'infirmière l'a réprimandé." "Ce n'est pas parce que vous n'avez plus de tube que vous n'êtes pas encore très malade. Ta température est montée et le docteur ne sera pas content. Tu souffres toujours, hein?"

Sa bouche pleine de glace, Lila hocha la tête. Elle n'inventait pas non plus; le tube détesté était sorti, mais tout son torse semblait en feu. Le docteur lui a dit que c'était normal. "Le couteau a déchiqueté tes intestins, Lila; c'est un miracle que tu n'aies pas eu d'infection grave jusqu' à présent. Plus tes muscles, ton foie endommagé... ça va prendre du temps. C'est un marathon, pas un sprint."

Mais le pire, c'est qu'elle pouvait à peine sentir ses jambes. Elle pouvait remuer ses orteils, mais les fourmillements ne diminuaient pas, et plus d'une fois, elle se réveillait en hurlant des crampes.

Lila a essayé de rester positive, mais c'était difficile. Pire, elle savait que la police pensait que Richard était impliqué. Pas question, pensa-t-elle, c'est impossible. Dès que le tube est sortie, elle voulait demander un téléphone mais savait qu'ils ne la laisseraient pas lui parler. Charlie serait furieux. Lui et Richard ne se sont jamais bien entendus, mais c'était au-delà d'une dispute jalouse. Delphine, en larmes, lui avait dit que Charlie s'était excusé auprès d'elle pour avoir arrêté Richard, mais que la seule piste qu'ils avaient était lui et que Charlie lui avait dit qu'il ne pouvait pas lui dire pourquoi. Apparemment, Richard était allé avec la police sans protester, disant à sa mère d'une voix morte. Je savais qu'ils allaient venir me chercher, maman. Je n'ai pas fait ça, mais je sais pourquoi ils pensent que je l'ai fait. Dis à Lila que je l'aime, s'il te plaît."

Et Delphine tint parole, et Lila serra la main de la femme en détresse, essayant de la réconforter du mieux qu'elle pouvait. Elle a écrit: "JE le crois, Delphine. Pas question que ce soit Richard."

Delphine lui avait souri à travers ses larmes. Nous t'aimons tous tellement, Lila Belle, "elle a utilisé le surnom qu'elle lui avait donné presque aussitôt qu'elle l'a rencontrée," mais pas plus que Richard. Tu es sa vie."

Je sais. Je sais que je le suis... Une petite partie d'elle a parlé. Si

Richard veut ma morte, je devrais peut-être... mais elle a repoussé cette idée. Arrête de t'apitoyer sur ton sort. Allons mieux. Fais ce que disent les médecins. Va te battre pour Richard.

Mais le fait d'être soudainement morte ne semblait pas être la pire chose au monde. Je te sauverai, Richard Carnegie, si c'est la dernière chose que je fais.

Il y avait un petit tapotement sur la porte, et une jeune fille aux cheveux roux regardait autour. Lila se sentait détendue et souriante. "Cora, chérie..."

La sœur cadette de Richard, Cora, a glissé dans la pièce et s'est glissée sur le côté. Ses grands yeux verts étaient larges et méfiants. "Je peux te serrer dans mes bras?" Sa voix vacilla.

Lila tendit les bras et Cora s'avança vers elles. Lila cacha une giclée de douleur tandis que Cora la serrait dans ses bras. J'étais si inquiète, L-Belle, la jeune femme a finalement dit, traînant une chaise aux côtés de Lila.

N'aie pas peur, C-Belle, sourit Lila. Presque aussitôt qu'ils se sont rencontrés, elle et Cora avaient noué des liens, un lien profond et solide presque aussi fort que sa relation avec Richard. Cora -' Cora Belle' à sa maman, d'où les surnoms - avait maintenant dix-neuf ans, une petite rousse mince, avec un sourire de mille watts et un adorable zézaiement quand elle parlait. Fragile physiquement et mentalement, elle vénérait Lila comme sa sœur. Ses deux demi-sœurs aînées n'étaient ni chaleureuses ni aimantes - Delphine, la mère de tous, appelait ses deux enfants ainés "The Foundlings" derrière leur dos. Je n'arrive pas à comprendre comment deux créatures aussi froides sont sorties de mon ventre ", disait-elle souvent à propos de Judith et Flora," elles doivent tenir de leur père ".

Le premier mari de Delphine était décédé trois ans après leur mariage, une crise cardiaque soudaine. "Apporté par la bile pure", Delphine murmurait, presque gaiement.

Judith et Flora toléraient à peine leurs frères et sœurs plus jeunes: Richard, un autre fils Harry qui vivait en Australie, puis le bébé surprise de la famille, Cora, qui était née quand Delphine avait cinquante ans.

Cora et Lila étaient devenues comme des sœurs presque aussitôt - Judith, et surtout Flora ne supportait pas Lila, ses talents artistiques, sa nature rebelle, son indépendance tout à fait en contradiction avec leur attitude victorienne. Dans les rares occasions où elle les avait rencontrés - et les avait surpris en train d'intimider Cora - elle les avait interpellés et leur avait crié dessus. Elle s'excusa par la suite auprès de Delphine, mais Delphine à rigoler. "Ne t'excuse pas, c'était presque royal."

C'est pour ça qu'elle adorait les Carnegie. Richard Carnegie Sr. était l'homme le plus serein, le plus calme et le plus intelligent qu'elle n'ait jamais rencontré et, comme ses enfants, elle l'adorait.

Quand je vous regarde toi et Richard, dit Lila à Delphine, c'est ce que je veux. Un partenariat, une grande amitié et de la passion."

Et elle l'avait avec Richard... avant, elle l'avait, elle l'a amendé d'un coup. Ces derniers temps... pas tant que ça. Elle a souri à Cora maintenant.

Tu as l'air en forme, petit oiseau. Comment va la fac?"

Cora sourit. Comme Lila, elle était une artiste passionnée et était inscrite à la même école d'art que Lila. Tout le monde demande de tes nouvelles, dit-elle maintenant, ils t'embrassent tous. Tu me manques, L-Belle, tu nous manque tous. Je..."Elle s'est tut et a détourné le regard. Lila a deviné ce qu'elle pensait.

Tu me manques aussi. Et Richard... il me manque terriblement. Il n'a pas fait ça, tu sais. Il ne pouvait pas, il ne voulait pas. Dès que je sortirai d'ici, je ferai en sorte qu'ils le sachent."

Cora mâchait sa lèvre. "Es-tu sûr?"

Lila lui serra la main. Bien sûr, sourit-elle pour essayer d'alléger la tension. "Je serai Erin Brockovich jusqu' à ce qu'ils le laissent sortir."

"Non," hésita Cora, et ses lèvres vacillaient,"... tu es sûr que ce n'est pas Richard qui a fait ça?"

Lila la regarda fixement en état de choc. Cora était le plus grand fan de Richard, son frère aîné infaillible et adoré. Non... non, ce n'était pas juste.

Cora, tu ne dois plus jamais dire ça, tu comprends? A n'importe qui! Bien sûr, je suis sûr que Richard ne me ferait jamais ça.

"Il baisait quelqu'un d'autre."

C'était comme une boule de démolition à la poitrine qui entendait dire à haute voix, et Lila avait de mal à respirer. Des larmes coulaient du visage de Cora. Je suis désolée, Lila, je ne pouvais pas ne pas te le dire après tout ça. "Je l'ai découvert il y a seulement quelques jours, et je n'ai pas pu le sortir de ma tête."

Lila serra les yeux fermés, sentit une vague d'étourdissements, de nausées et lui serra la main sur la poitrine. Une autre crise de panique en chemin... respire... respire... respire...

Cora s'est levée et a appuyer sur le bouton d'appel, et aussitôt une infirmière est passée par la porte. Lila pouvait l'entendre dire quelque chose et Cora disait: "Elle ne peut pas respirer..." Elle entendait une voix plus profonde... Charlie?

Je vais bien, je vais bien, elle voulait leur crier dessus, mais rien ne sortait, et maintenant ses poumons étaient brûlants, mais tout c'à quoi elle pouvait penser, c'était de croire qu'elle croyait que Richard ne la tromperait jamais, jamais...

... et comment, maintenant, elle savait sans aucun doute qu'il avait.

∽

Maintenant… Hôpital Lenox Hill

Charlie prit Cora par le haut du bras quand il l'attrapa à la porte de l'hôpital et la dirigea vers un endroit tranquille. "Pourquoi tu lui as dit ça?" Il a gardé sa voix basse, mais Cora pouvait voir à quel point il était en colère.

"Je suis désolé, Charlie... elle était juste assise là à le défendre, tous ces tubes plantés dans son bras et je ne pouvais pas le supporter."

Le visage de Charlie s'adoucit en regardant la jeune femme, si brisée et vulnérable. Il lui a passé une main dans les cheveux. Je suis désolé, Cora... je ne voulais pas te faire peur. C'est juste... Je tiens à elle, tu sais, je déteste la voir comme ça."

Cora hocha la tête. "Je sais." Mon Dieu, Charlie, tous les soirs, je me couche et je reste éveillé à essayer de trouver qui ferait ça. Et la seule réponse, le seul mobile appartient à mon frère." Elle a regardé le visage de Charlie. Je sais que tu es de part et d'autre, que tu veux trouver qui a fait ça et que tu dois arrêter mon frère. Je suis désolée, Charlie. "Je veux que tu saches qu'aucun de nous ne te blâme pour l'arrestation de Rich."

"Je veux savoir qui a fait ça à Lila. C'est tout."

Cora soupira. "Rentre, je vais retourner parler à ma mère. Je veux être là pour Lila, surtout après tout ce qu'elle a fait pour moi."

Charlie hocha la tête. "D'accord, cornichon."

Cora lui a fait un sourire. Tu sais que tu es la seule personne qui m'appelle comme ça. Lila dit que tu n'appelles jamais personne par un surnom, sauf moi."

Charlie lui sourit. "Je ne peux pas m'empêcher de penser que tu es aussi ma petite sœur."

Cora est rentrée chez elle à Westchester. Autrefois une maison d'amour et de rires, maintenant elle sonnait avec tristesse et douleur. Son père avait disparu dans son travail; sa mère avait annulé tous ses comités et événements sociaux. Cora savait que tout le monde dans leur cercle parlait d'eux. Le fils prodigue en prison pour avoir brutalement poignardé sa belle future mariée. C'était impensable. Elle avait essayé de retourner à l'école - avait duré une journée avant que les chuchotements et les regards chargés n'étaient trop. Elle avait presque brisé sa sobriété, trouvé quelqu'un qui avait des relations dans les dortoirs de l'université... elle avait résisté. Juste. L'idée qui la maintenait en vie, ce n'était pas qu'elle allait s'écrouler immédiatement si elle avait pris quelque chose, mais l'enfer et la douleur que sa famille - et Lila - auraient enduré si elle le faisait.

Parce que c'est Lila et Richard qui l'avaient mise dans le droit chemin. Tous les deux avaient risqué leur réputation, leur position et leur vie pour l'aider à se libérer de cette vie et elle ne les trahirait pas en se replongeant dans la dépendance.

Ne plus jamais plus jamais...

~

Avant… Bar de Mickey, Manhattan

Tard dans la nuit, vendredi soir, Mickeys Bar était bondé. Lila, qui ne travaillait pas pour une fois, était assise dans une cabine avec Charlie en train de regarder Richard et Riley, l'associé de Charlie, hurlé de rire au bar avec Mickey. Tinsley, la serveuse Australienne qui était là depuis un mois et qui était déjà la bonne amie de Lila, leur a fait un clin d'œil alors qu'elle se déplaçait dans le bar. Lila remarqua qu'elle colorait un peu en regardant Charlie, puis elle détourna le regard quand elle vit son visage. Lila frappa Charlie, assise à côté d'elle. "Tu fais encore peur aux gens. Arrêtez de faire le grincheux."

Il haussa les épaules. "Je ne savais pas que je l'étais, désolé. Je pensais juste au travail."

Conneries,"Lila siffla sous son souffle, et il se tourna vers elle, toute son attention sur elle maintenant.

"Huh?"

Elle le regarda, ses yeux violets brillaient d'ennui. "Tu détestes Richard. Sois honnête, Charlie, tu le détestes et tu l'as toujours détesté." Elle prit son verre et se leva, voulant aller voir son petit ami et Riley, qui jouaient au billard. Charlie a tendu la main et s'est emparé de son poignet.

"Non, ne pars pas, je suis désolé."

Lila s'assit avec un soupir. "Au moins, dis-moi pourquoi tu ne l'aimes pas."

Charlie s'est roulé les épaules. "Je ne le déteste pas... Je ne lui fais pas confiance."

Lila le regarda froidement. "Parce que?"

"Quelque chose cloche. Que faisait-il dans cette rue à trois heures du matin? Le mec est plein aux as, sérieusement, et pourtant, il est en train de se faire tabasser par des drogués connus? Non, cinglé."

Lila soupira et se frotta les yeux. "Et alors quoi? Je peux vous dire qu'il n'est pas drogué. Même toi, tu ne vois aucun signe."

Charlie hocha la tête. "J'admets que librement... il n'utilise pas, alors la seule explication est qu'il trafiquait."

Lila claqua son verre sur la table et se leva et Charlie ne l'arrêta pas, mais elle le sentit en la regardant traverser le bar.

"Encore un verre, Michael. Tout droit."

Son patron la regarder. Ce n'est pas comme toi, Lila, mais c'est ta soirée de congé et plus de profit pour moi, alors..."Il a souri en lui versant un verre puis il a froncé les sourcils en l'entendant. "Tu es énervé à cause de quelque chose."

"Juste..." soupira-t-elle, "Ne t'inquiète pas pour ça. Merci, Mickey."

Elle est allée voir Richard, qui déplorait sa perte à la table de billard devant un joyeux Riley. Elle a embrassé la joue de Richard. "On peut y aller?"

Richard n'a pas hésité. "Bien sûr, bébé." Il a tendu la main à Riley qui, souriant, l'a secouée. "Une revanche, mec? "Laisse-moi essayer de récupérer mon argent."

Absolument, mec, tu me dis juste quand je pourrai te fouetter à nouveau le cul, et je serai là,' le beau visage de Riley a été partagé avec le plus grand sourire et Lila était reconnaissante qu'au moins une de ses amies aime Richard. Ils ont dit au revoir à Riley et salué Mickey. Richard l'a arrêtée en arrivant à la porte.

"Hey, tu veux dire au revoir à Charlie?"

Lila hésita et jeta un coup d'œil à son amie. Il était en pleine conversation avec un Tinsley rougissant. "Non, c'est bon, je ne veux pas être la troisième roue."

Dehors, il faisait frais et quand ils sont montés dans la voiture de Richard, il l'a regardée en souriant. "Tu veux faire un tour en voiture?"

Elle lui sourit, les yeux doux. "Bien sûr."

"On peut aller se garer, comme dans le passé." Il a fait une grimace.

Elle a ri. "Oui, les jours d'autrefois. Je vais sûrement te faire des trucs modernes."

"Une fille si cochonne, j'ai hâte."

Ils ont fait le tour de la ville en voiture pendant un certain temps pour essayer de trouver un endroit où garer la voiture et, comme Richard l'a dit," se faire passer pour des ados ", mais au bout du compte, ils en ont eu tellement marre et excités qu'ils sont retournés chez elle.

Lila adorait qu'au cours du mois où ils étaient sortis ensemble, Richard avait passé autant de temps ici à traîner avec elle qu'ils l'avaient fait dans son appartement. Il l'a taquinée à propos de ses livres, empilées haut, certains d'entre eux servant même de table basse impromptu. Il a passé des heures à regarder ses œuvres d'art et à parler de l'art avec elle. Ils éteignaient toutes les lumières sauf la chaîne de lumières scintillantes le long de sa bibliothèque, buvaient du vin, écoutaient de la musique.

Il n'avait pas de prétentions, aucune qu'elle aurait pu espérer, mais encore une fois, quand elle a rencontré Delphine et Richard Sr., elle a réalisé d'où venait son charme.

Maintenant, sur son lit simple, ils se déshabillèrent, tombant ensemble sur le matelas dur (la seule chose dont il se plaignait) et firent l'amour, complètement absorbés les uns par les autres pendant qu'ils se déplaçaient ensemble.

Après, affamés, ils ont commandé des pizzas et les ont mangées au lit, discutant de l'école et du travail et de ce qu'ils devaient faire le lendemain soir. Il n'a jamais été question qu'ils passent leur temps libre ensemble - ils étaient encore dans cette phase capiteuse, éblouie par l'amour.

"Quand est-ce que tu finis l'école pour l'été?"

"Quelques mois. J'adore ça, mais j'ai hâte de faire une pause. Pourquoi?"

Richard sourit en lui accrochant une mèche de cheveux derrière l'oreille. Parce que je pensais qu'on pourrait faire un voyage ensemble... Paris, Londres, où tu veux. C'est moi qui paie, bien sûr."

Lila a choisi sa pizza, mal à l'aise. "Riche..."

Je sais ce que tu vas dire. Mais c'est un cadeau de ma part pour toi, un cadeau de remerciement si tu veux."

Elle secoua la tête, à moitié souriante. "Tu ne peux pas le contourner comme ça."

Richard soupira. Ecoute, Lila, parlons de l'éléphant dans la pièce. Oui, j'ai de l'argent. J'ai eu beaucoup de chance avec ma famille et dans les affaires. C'est juste la réalité. Mais je suis aussi juste un gars qui veut partir en vacances avec sa copine. Je ne peux pas faire ça parce que je suis riche?"

Elle a touché son visage. "Mais je ne veux pas qu'on me garde."

Richard a ri tout haut. Tu n'es rien de tel. On peut même faire un budget, faire du sac à dos si tu veux, si c'est ce qui te fait te sentir mieux."

Lila était surprise. "Vraiment? Tu ferais ça?"

Richard lui a caressé la joue. "Bien sûr." Pour toi, n'importe quoi."

Lila passe ses bras autour de son cou. "Dans ce cas... oui, j'adorerais voyager avec toi, Richard."

Il l'embrassa complètement puis la regarda avec un regard méchant sur son visage. "Puis-je faire une suggestion... comme compromis?"

Elle l'a regardé d'un air amusé. "Quoi?"

"Paris... c'est du luxe et tout ça pour moi." Il étudia son visage et elle secoua la tête en riant.

"Oh si tu dois..."

Il sourit et la poussa sur le lit, recouvrant son corps du sien. "Merci, Lila... maintenant, laisse-moi te montrer à quel point je te suis reconnaissante..."

Après, Rich dormait pendant que Lila restait éveillée, incapable de s'endormir. Elle mâchouillait l'idée de l'offre de Rich. Elle n'aimerait rien de plus que de voyager avec lui - et elle a été touchée par sa compréhension de sa situation financière. Elle savait que si elle le laissait faire, il paierait pour... eh bien, toute sa vie, vraiment, mais elle ne le laisserait pas faire. Ils devaient avoir une sorte de parité.

Quelque chose d'autre la dérangeait aussi... Charlie. Malgré son mécontentement envers lui, elle a dû admettre qu'il avait raison; que faisait Rich dans la rue cette nuit-là? Elle ne pouvait pas croire qu'il dealait - pourquoi diable aurait-il besoin de le faire? Il était milliardaire, plusieurs fois. Elle s'est retournée sur le côté et l'a regardé fixement... elle n'avait pas d'expérience avec la drogue, sauf l'étrange joint de temps en temps, alors elle ne savait pas à quoi ressemblerait un drogué qui fonctionnerait bien. Il se droguait? Il n'avait pas de traces, c'était évident, donc quoi que ce soit, ça allait dans son nez....

Arrête, ne pense pas comme ça. Charlie est trop protecteur, comme d'habitude.

Elle ferma les yeux et voulut dormir, mais elle n'arriva pas à oublier cette idée. Demande-lui, c'est tout. Elle soupira. Plus tard, une autre fois. Après tout, c'était ses affaires?

Elle avait beaucoup à apprendre sur Richard, elle le savait, c'était juste... elle était déjà tombée amoureuse de lui, et Lila ne voulait pas que quoi que ce soit brise cette bulle de bonheur dans laquelle elle se trouvait....

∾

Maintenant... Hôpital Lenox Hill

Le Dr Honeychurch a noté les derniers signes vitaux de Lila, puis l'a froncé les sourcils. Vous ne vous en sortez pas aussi bien que je l'espérais à ce stade-ci ", dit-elle doucement. Nous avons géré le risque d'infection et vos blessures guérissent bien. Mais je suis inquiète, Lila. Je pense que nous devons organiser une séance avec un neuraux-spécialiste sérieux parce que vos nerfs sont visiblement très endommagés, et je crains que vos blessures à la colonne vertébrale n'affectent votre amplitude de mouvement."

Elle se déplaça au pied du lit de Lila et souleva les couvertures. "Vous sentez ça?" Elle a dessiné son doigt sur les deux pieds de Lila.

Lila hocha la tête. Je peux le sentir, mais les fourmillements sont toujours là. J'ai marché, mais c'est comme marcher sur les jambes de quelqu'un d'autre."

"Exact. Et comment va la douleur?"

Lila soupira et haussa les épaules. "Plutôt mauvais, mais c'est comme ça."

Le Dr Honeychurch lui a fait la lèvre. "Je vais changer vos médicaments. Vous ne devriez pas avoir encore autant de mal."

Lila la regarda. "Pensez-vous que ça pourrait être psychosomatique? J'aimerais tout savoir."

Le Dr Honeychurch a souri. Je ne sais pas, mais c'est la bonne attitude. Comment se passe le consulting?"

"Bien. Lente mais bonne, bien que j'aimerais juste savoir..."Elle s'en est tirée comme Delphine Carnegie a frappé à la porte.

"Est-ce que ça va? Je peux revenir."

Le docteur semblait sur le point d'accepter, mais Lila secoua la tête. "Non, je t'en prie, entre." Elle a souri au docteur. "Delphine et moi n'avons pas de secrets, elle devait être ma belle-mère après tout."

Les yeux de Delphine s'élargirent, mais elle ne dit rien, assise sur la chaise dans le coin pour ne pas gêner.

"Je vais voir si je peux prendre rendez-vous avec les dieux de la neuraux. Il se trouve qu'on a une superstar qui va venir consulter pendant une semaine. Il vient de chez vous, en fait, "le docteur gribouillait sur ses notes", un garçon de Seattle. Gentil garçon aussi." Elle s'est appuyée en conspiration. Il a déjà gagné tous les prix de chirurgie et il n'a pas encore 40 ans. C'est lui que vous voulez sur votre affaire."

Avec un sourire, elle laissa Lila et Delphine tranquilles. C'était la première fois que Delphine était allée la voir depuis que Charlie avait parlé à Lila de l'arrestation de Richard et que Lila pouvait voir le bouleversement, la méfiance dans les yeux de la femme plus âgée. Elle tendit la main à Delphine, et elle put voir Delphine se détendre légèrement. Viens t'asseoir avec moi, lui dit Lila et quand Delphine fut installée, Lila la fixa avec un regard constant. Richard n'a pas fait ça. Je crois qu'avec tout ce que j'ai, avec chaque cellule de mon corps. Il n'a pas fait ça, Delphine."

Delphine éclata rapidement en larmes. "Oh ma petite chérie, je suis désolée. Merci d'avoir dit ça... J'étais si inquiète. Je connais mon fils, et il n'en est tout simplement pas capable."

Lila a essayé de sourire à travers ses propres larmes. "Je sais." Il est imparfait et gâté,' - elle sourit d'un air enjoué à Delphine à ce moment-là -' et parfois borné, mais un meurtrier il n'est pas. Je n'y croirai pas tant que Richard lui-même ne me dira pas que c'est vrai."

Son sourire s'est effacé. "Delphine... Cora m'a dit que..." Elle n'arrivait pas à faire sortir les mots et s'étouffait un peu, respirant profondément. "Il m'a trompé." Elle prononça les paroles en hâte pour aider à adoucir le coup, mais son cœur se serra de tristesse. "Maintenant que... malheureusement, je peux croire."

Delphine la regardait avec horreur. "Chérie... non. Il t'aime. Profondément."

Lila hocha la tête. "Oh, je le sais, vraiment. Mais Delphine... il l'a déjà fait avant."

Delphine s'est levée, secouant la tête. "Il ne le ferait pas, Lila. Il a juste - "

"Il me l'a dit." dit Lila d'une petite voix. Il me l'a confessé. Je n'ai pas écouté à ce moment-là, je l'ai bloqué. Mais entendre Cora dire les mots... Je suppose que la police pense que c'est le motif de l'agression. C'est pourquoi je sais qu'il ne l'a pas fait - ou plutôt - c'est une autre raison pour laquelle je sais qu'il ne le ferait pas. Alors pourquoi n'a-t-il pas simplement dit: "Lila, je ne veux pas t'épouser, j'ai quelqu'un d'autre", plutôt que de me planter un couteau dans le ventre?"

Delphine s'est affaissée, les yeux tombant sur le bandage autour de l'abdomen de Lila. "Tu te souviens de ce jour-là?"

Lila hocha la tête. Celui qui m'a poignardé voulait ma mort; il était impitoyable, brutal. Le niveau de violence est quelque chose que je n'oublierai jamais. Richard n'est pas capable de ce genre de..."Elle s'est arrêtée quand Delphine l'a détournée. "Quoi? Qu'y a-t-il, Delphine?"

Non, rien, répondit la vieille dame en hâte. "Je suis d'accord avec toi." Elle se tut longtemps, puis, d'une voix brisée par la peur et la détresse, elle regarda Lila et parla doucement.

"Tu irais le voir? Quand tu vas bien, je veux dire? Lui parler?"

Lila prit sa main et la serra. "Bien sûr." Dès que je le pourrai. Je veux le voir, voir si on peut régler ce bordel."

Delphine se serra la main. "Quoi que tu décides, tu seras toujours ma famille, Lila Belle."

Lila lui sourit mais ne put s'empêcher de la plaindre. Pris au milieu.

"Qui le ferait, alors?"

Lila cligna des yeux. "Quoi?"

"Tu vouloir morte, toi, parmi tous les gens? Tout le monde t'adore."

Lila rit doucement. "Pas tout le monde. Mais, pour répondre à ta question, je ne sais vraiment pas."

Elle espérait qu'elle ne se tromperait pas.

Maintenant... Hôpital Lenox Hill

Noah Applebaum a feuilleté ses notes de l'intervention qu'il venait de terminer. Grâce à lui, le jeune garçon de dix-sept ans partait vers la salle de réveil, jouerait au football à l'université l'année prochaine. Noah savait qu'il était bon dans son domaine - c'est pourquoi Lenox Hill l'a invité - mais il allait subir cette intervention dans sa tête, notant tout ce qui allait mal, se sentait mal, tout ce qu'il avait appris des autres personnes dans la chambre opératoire. Noah avait toujours écouté ses infirmières, ses anesthésiologistes, tous les membres de l'équipe du théâtre parce qu'ils étaient dans les tranchées, comme il l'appelait. Ses méthodes de collaboration et son manque d'arrogance ont fait de lui l'un des chirurgiens les plus populaires chez lui à Seattle et sa réputation était connue dans tout le pays.

Même s'il le niait, cela ne faisait pas mal qu'à un mètre quatre vingt dix-cinq ans et construit comme un athlète, avec un visage sculpté par les dieux grecs, sa présence physique était comme de l'herbe à chat pour les autres.

Ils riraient s'ils savaient à quel point il était timide, que sa dernière petite amie avait été il y a quelques mois. Lauren, elle était amusante au début jusqu' à ce qu'il réalise qu'elle avait découvert sa famille. Sa famille très riche et très privée. Non pas qu'elle n'était pas riche de son propre chef - son père possédait l'un des plus grands cabinets de relations publiques au monde. Puis elle avait été constamment sur son dos

pour se fiancer et après une encore "fausse" peur de grossesse, il l'arrêtait. Malgré le fait qu'il avait rompu avec elle l'avaient rendu méfiant à
l'idée de trop s'impliquer avec qui que ce soit depuis, sa vie amoureuse
étant une série de coups d'une nuit. Pour la plupart d'entre eux, il ne
leur avait même pas donné son vrai nom.

Le travail était sa raison de se lever le matin, il l'aimait plus que
tout sauf sa famille. Maintenant, alors qu'il se rendait au salon d'attente
pour prendre un café, il pensait qu'il serait agréable de faire une pause
à Seattle - autant qu'il l'aimait. Il avait été impressionné par le
personnel ici - plus qu'impressionné, inspiré. L'une de ses préférées,
Délia Honeychurch, était dans le réfectoire quand il est entré, et elle a
souri, levé sa tasse de café en salut.

"Juste ce que je voulais voir", dit-elle en riant. Noah cacha un
sourire, donnant plutôt un gémissement.

"Mon Dieu, qu'est-ce que c'est que ça?" Il lui a fait un clin d'œil et
s'est rendu à la machine à café (pas aussi bonne que celle de Seattle,
mais il ne pouvait pas tout avoir).

Délia a vidé sa propre tasse et l'a gardé pour la remplir à nouveau.
"En fait, je pense que ça pourrait vous intéresser. Une jeune femme
d'une vingtaine d'années a été admise il y a six semaines avec de
multiples coups de couteau à l'abdomen. Vraiment méchant."

Noah fronça les sourcils. "Oui, j'en ai entendu parler... elle n'a pas
été attaquée dans un magasin de robes de mariée?"

"Comme je l'ai dit, vraiment méchant. Quoi qu'il en soit, ses blessures cicatrisent, les organes internes réagissent bien, mais elle souffre
d'une paresthésie des pieds et des jambes, de sciatique, d'inflammation
des articulations de ses jambes."

Noah hocha la tête. Pas rare quand les nerfs sont endommagés.
Comment va sa colonne vertébrale?"

Structurellement bien. Mais comme je l'ai dit, c'était un coup de
couteau méchant et vicieux - le couteau a entaillé des vertèbres,
tranché à travers les nerfs. Lila est jeune, comme je l'ai dit. Une
gentille fille aussi. Elle était censée épouser Richard Carnegie."

Ses sourcils se sont relevés. "Les Carnegie? Ces Carnegie?"

"Yep. Richard Carnegie Jr est - ou était - son fiancé. Il a été inculpé pour tentative de meurtre.""Fils de pute." Il n'y avait rien, qui énervé Noah Applebaum plus que la violence contre les femmes. Quelque chose à voir avec toutes les fois où son père battait sa mère bien-aimée... une autre raison pour laquelle il avait choisi la médecine.

Délia Honeychurch agita la main. Ne jugez pas trop vite, dit-elle, en prenant la tasse de café qu'il lui a offerte, Lila jure que Carnegie ne lui ferait pas ça. Et il semble que les preuves sont minces au mieux." Le ton de Délia s'est abaissé, elle est devenue commère. "Lila est magnifique, je veux dire, une vraie beauté. Son meilleur ami est flic, et c'est lui qui a arrêté Carnegie. Sérieusement, c'est comme un feuilleton télé." Son visage a changé et elle avait honte. "Ignore-moi. Je deviens blasée. Mais revenons à mon but originel - voulez-vous jeter un coup d'œil à Lila?"

Noah s'assit en face d'elle. "Bien sûr." Quand...?"

Délia a souri. "Pourquoi pas après avoir fini ce café?"

"Esclavagiste."

"Tu parles!"

～

Maintenant… Hôpital Lenox Hill

Lila s'est couchée et a essayé de se tourner sur le côté pour se mettre à l'aise, mais rien n'a aidé. Chaque fois qu'elle bougeait, ses muscles abdominaux criaient de protestation, mais elle détestait dormir sur le dos. Finalement, elle a réussi à soutenir son ventre douloureux avec un oreiller et à se mettre un peu à l'aise. Elle ferma les yeux, mais son esprit virevolta.

Elle se souvenait encore du jour où Richard avait essayé de lui confesser son infidélité. Il l'avait retrouvée au travail et au début, elle n'avait pas remarqué à quel point il était silencieux. Elle était excitée toute la journée parce que demain, enfin, ils prenaient l'avion pour Londres. Quand Richard l'a rencontrée à la fac, elle était hyperactive, souriante d'oreille à oreille et bavarde.

Ce n'est que lorsqu'ils revinrent chez lui qu'elle remarqua son expression vide, la planéité de ses yeux habituellement expressifs. "Qu'est-ce que c'est, mon amour?" Elle lui demanda doucement en s'asseyant sur le canapé. Il la tira sur ses genoux et enterra son visage dans son cou, pressant ses lèvres contre sa gorge.

Elle lissait ses cheveux, fronçait les sourcils à son expression désolée. "Rich... dis-moi."

Il la regarda avec une profonde tristesse dans les yeux. "Pourquoi es-tu avec moi?"

La question l'a choquée. "Parce que je t'aime, idiot."

"Et je t'aime."

"Alors pourquoi tu demandes?"

Il semblait avoir du mal à faire passer ses mots. Tu mérites tout, Lila, tout. Je ne suis pas assez bien pour toi."

Le cœur de Lila commença à battre plus vite. "De quoi tu parles?"

Il détourna le regard de son regard. "Tu mérites mieux."

Lila s'est levée. "Quoi que tu penses, Richard, dis-le."

Il soupira et mit sa tête entre ses mains. "J'ai vu Camilla aujourd'hui."

Et elle savait exactement ce qu'il essayait de lui dire. Camilla, sa superbe ex-petite amie. Camilla des sociétés débutantes, Camilla qui fréquentait les cotillons et exhibait sa beauté aux matchs de polo. L'anti-Lila. Camilla, qui avait été présentée à Lila par Delphine et qui s'était immédiatement démenée pour que Lila se sente comme une étrangère. Cette Camilla. Salope.

Lila fixa Richard. "Et alors?"

Il leva les yeux, sans comprendre. "Quoi?"

Tu as vu ton ex? Et alors quoi? On a tous les deux des amants passés, pas de problème." Elle était obstinée, mais elle était aussi damnée si elle laissait cette salope gagner. Tant qu'elle ne permettait pas à Richard de dire les mots à haute voix, elle pouvait...

Tricher. C'est ce que c'était, tout simplement. Mais Lila, encore très jeune, était aussi sage envers le monde. L'ex-sexe était une chose, et Richard avait fait une erreur. C'était bien, se dit Lila, essayant de calmer la douleur dans son cœur. Elle se détourna de lui, recueillant ses pensées, ses sentiments, se levant et allant à la fenêtre.

"Ne t'inquiète pas pour ça, honnêtement, Rich. Concentrons-nous sur l'avenir."

"Lila..."

"Rich, s'il te plaît", sa voix a craqué. "Si tu es vraiment désolé, laisse-moi m'en occuper."

Il se leva et vint à elle, et elle le laissa la prendre dans ses bras.

"D'accord, chuchota-t-il, mais sache que je t'aime tellement et que je suis vraiment désolé."

Elle s'est appuyée sur lui. "Ne recommence pas."

"Je le jure."

Que Lila l'admette ou non, ça a gâché le voyage. Bien qu'ils aient eu beaucoup de plaisir à voyager - leurs aventures étaient amusantes et légères - chaque fois qu'ils se dissolvaient en rires, Lila était frappée par un choc de réalité. Il a triché. Il a triché. Cet homme devant elle, qui était bête avec elle, la taquinait, l'aimait, la trompait aussi.

Paris était à la fin de leur voyage et fidèle à sa parole; Richard avait fait sortit le grand jeu - une suite luxueuse au George V, un balcon donnant sur Paris et la Tour Eiffel. Lila était submergée par tout cela, et bien qu'elle aime chaque minute qu'elle devait admettre, c'était tellement loin de son domaine d'expérience, de cette vie opulente, qu'elle ne se sentait pas à sa place. Elle se demandait si elle et Richard devraient vraiment essayer de fusionner leurs styles de vie très différents ou si, en étant avec lui, tout ce qu'elle apportait à la relation était quelque peu diminué.

Lors de leur dernière nuit à Paris, elle était assise sur la terrasse. Richard avait pris un appel d'affaires - avec un regard apologétique - et elle prit donc son verre de vin et sortit sur le balcon. Elle avait tellement de questions, tant de choses dont elle voulait parler à Richard, mais elle voulait d'abord mettre les choses au clair dans sa tête.

Quand il est sorti, il a pris une chaise à côté d'elle et lui a embrassé la joue.

"Tu t'es bien amusé, mon amour?"

Elle sourit et hocha la tête. "Je l'ai fait, Rich, ça a été tellement agréable."

Il l'a étudiée. "Mais?" Il sourit de façon désolante. Je sais que tu as réfléchi, c'est évident. Alors, mettons nos cartes sur la table, maintenant. Quand on rentrera, on pourra commencer une nouvelle page."

Elle a tapoté son verre contre le sien. "Je boirai à ça."

Ils buvaient tous les deux leur vin puis Rich hocha la tête. Alors, toi d'abord. Demande-moi n'importe quoi. Je suppose que tu voudras savoir pourquoi Camilla et..."

"Non," dit-elle, en le coupant. "Pas encore. Je veux remonter plus loin. La nuit où on s'est rencontrés..."

Elle pouvait voir les volets tomber dans son expression. Rich, tu as dit que je pouvais tout te demander. Pourquoi étais-tu dans cette rue, avec ces gens? Vous en prenez? Il n'y a pas de jugement ici, je veux juste la vérité."

Richard soupira. "Non, je ne me drogue pas, je le jure devant Dieu. Mais... Dieu... Cora l'était. Ma sœur de seize ans l'était et des trucs hard coré aussi. Cora a toujours été vulnérable, facilement déprimée. Elle s'est accrochée à la cocaïne et est passée à l'héroïne. J'y suis allé cette nuit-là pour payer son dealer, il la menaçait. Je lui ai aussi promis que je ne le dirais jamais à personne. Nous avons prétendu qu'elle partait en vacances pendant un mois avant le début de l'école, mais elle est allée en cure de désintoxication. Elle s'en sort très bien aussi, mais si la presse l'attendait..."

"Oh mon Dieu... pauvre Cora," Lila était choquée- elle n'avait aucune idée que la petite rousse, si pétillante et exubérante, avait pris de la drogue. Les quelques fois où elle avait rencontré Cora, elle l'avait beaucoup aimée et le sentiment était réciproque.

Lila regarda Richard avec un nouveau respect, une nouvelle affection. Tu as fait ça pour elle? Tu es le grand frère parfait."

Il a ri et roulé des yeux. Lila, je suis loin d'être parfaite, mais que pouvais-je faire d'autre? Maman et papa ne savent pas; ils se blâmeraient eux-mêmes."

Elle a pris sa main et embrassé sa paume. "Vous avez une famille merveilleuse."

"Merci." Il soupira et lui coupa la joue avec sa main. Quant à l'autre chose, Dieu, Lila, je ne peux pas te dire à quel point je suis désolé. Je sais qu'on ne sort ensemble que depuis quelques mois, mais je n'ai aucune excuse pour mon comportement. Je ne sais pas à quoi je pensais."

Lila vient de hocher la tête. Richard l'a étudiée. "Es-tu en colère?"

Elle hocha la tête mais sourit, et il lui caressa le pouce sur le visage.

"Je suis en colère contre moi aussi. Quel connard." Il sourit alors et elle gloussa, malgré elle.

" Un bel abruti."

"Un enfoiré total."

"Un trou du cul. "

Ils riaient tous les deux. Je suis désolé, dit-il à nouveau, et elle se pencha le front contre le sien.

"Tu es pardonné."

Il sourit avec reconnaissance puis s'agenouilla devant elle, les doigts sur les boutons de sa robe. Il les défait tous doucement puis sépare le tissu pour révéler ses seins, son ventre et ses sous-vêtements. Il tira un des bonnets de dentelle de son soutien-gorge et lui enfonça le téton dans la bouche. Lila soupira et se détendit pendant qu'il travaillait, sa langue vacillant, et la succion douce de sa bouche rendant son téton dur et sensible. Tandis qu'il se mettait à taquiner les deux seins, ses doigts glissèrent dans ses sous-vêtements et commencèrent à masser son clitoris avant que son long index ne glisse à l'intérieur d'elle, trouvant le point G et le frottant jusqu' à ce qu'elle halète et frémisse.

"Je vais te baiser, belle fille insensée", murmura-t-il, sa bouche contre la sienne et Lila gémit. Il tira ses sous-vêtements, puis la traîna vers lui. Sa bouche a trouvé son sexe et avec une langue experte, il l'a amenée à un orgasme bouleversant qui lui a fait bouffer le corps. Il ne lui donna pas le temps de se remettre avant de la balayer jusqu'au sol du balcon et lança sa bite en elle. Il était si dur que quand il a poussé en elle, c'était presque douloureux, mais Lila s'est enroulée les jambes autour de ses hanches et l'a pressé, plus profondément, plus fort, s'il te plaît...

Ils baisaient tard dans la nuit, se déplaçant de chambre en chambre dans la suite, s'emmenant plus fort à chaque fois. Lila eut à peine le temps de reprendre son souffle avant que Rich ne la presse contre le mur et ne lui enfonce sa bite profondément dans la chatte par derrière ou ne l'accroche au lit, lui enfonce ses hanches contre les siens puis vient faire de gros jets blancs épais sur son ventre.

L'aube commençait à briser sur Paris avant qu'ils ne s'endorment enfin dans les bras l'un de l'autre et Lila commença enfin à croire que tout irait bien....

∾

Maintenant... Hôpital Lenox Hill

Noah Applebaum a frappé une fois à la porte de Lila Tierney et est entré. "Salut là-bas, dit-il allègrement puis s'arrêta. Dieu... elle était belle, même avec des tubes qui sortaient de ses bras et des cernes sous ses yeux violets. Elle lui sourit et Noah sentit quelque chose bouger en lui - un désir, un besoin. Il s'est dégagé la gorge, essayant de retrouver son sang-froid.

"Je suis le Dr Applebaum, vous êtes Mlle Tierney?"

"Lila, s'il vous plaît." Sa voix était basse, un peu roux comme si sa gorge était sèche. Il se leva automatiquement pour lui verser de l'eau fraîche, et elle prit le verre avec un sourire. "Merci." Dr Applebaum, vous êtes le dieu des Nuerons dont le Dr Honeychurch m'a parlé?"

Ha, sourit-il en souriant, elle exagère - eh bien, je la paie pour exagérer mes capacités. Mais, sérieusement, Lila, oui, je suis là pour voir si on peut pas vous aider avec certains des problèmes de votre agression." Qui voudrait tuer cette superbe femme? Il essaya de ne pas passer ses yeux sur son corps; même dans une blouse d'hôpital, il pouvait voir qu'elle avait des courbes de tueur... ouah, probablement pas la meilleure description, se dit-il. Il se sentait comme un adolescent avec un béguin. Ressaisis-toi, mec.

Je voulais juste venir vous voir, me présenter et faire quelques tests rapides. Ensuite, nous pourrons élaborer un plan de traitement. Qu'en pensez-vous?"

Ça a l'air génial, doc. Que voulez-vous que je fasse?"

"Faisons un examen rapide... voulez-vous que j'emmène une infirmière chaperonner?"

Elle secoua la tête. "Non, c'est bon."

Il vérifia son cou, fit glisser ses doigts vers l'arrière de son cou et lui demanda de bouger sa tête d'un côté à l'autre. Etre si proche ne l'aidait pas à garder son sang-froid; il pouvait sentir son shampooing, son savon. "Pourriez-vous vous allonger sur le ventre si ce n'est pas trop douloureux? J'ai besoin de vérifier votre colonne vertébrale."

Ses doigts se sont déplacés sur les bosses de sa colonne vertébrale, vérifiant chaque vertèbre. Sa peau était si douce qu'il voulait la caresser. Finalement, il pressa deux doigts contre son sacrum. "Ça fait mal?"

"Oui", elle a dit "beaucoup".

"Ok, je suis désolé, laissez-moi vous aider."

Il l'aida maladroitement à s'asseoir et remarqua son hennissement. "Désolé de vous faire souffrir, Lila."

"C'est bon", elle a légèrement haleté en tenant son ventre. "Je crois que mes muscles s'habituent à nouveau à bouger."

Il l'a étudiée. Vous pouvez essayer de marcher avec moi? Je vous retiendrai, bien sûr."

"D'accord."

Il lui tint les mains pendant qu'elle se tenait debout, prudemment, puis la guidant, elle réussit à traverser la pièce. "Qu'est-ce que ça fait?"

"Bien", dit-elle en vacillant légèrement," Sauf que j'ai l'impression que mes pieds appartiennent à quelqu'un d'autre. Des fourmillements"

"Je comprends. Vous vous débrouille très bien.

Dès que les paroles sortirent de sa bouche, Lila trébucha, et il la prit dans ses bras. Elle le regarda en souriant d'un air agité, et leurs yeux se sont croisés et ont tenu bon. Un battement, puis elle rit doucement, et l'humeur était brisée.

"Doc, je devrais vous dire que je suis un artiste, donc je suis enclin aux attaques comme cela."

Il a ri et l'a aidée à retourner au lit. Vous vous êtes bien débrouillée, Lila, vraiment. Mais je pense que vous pourriez bénéficier grandement d'un programme conçu spécialement pour vos blessures. Ce sera dur, et il y aura des moments où vous en aurez envie d'abandonner, ou me frapper pour vous avoir forcé à le faire, mais je vous promets que ça en vaudra la peine. Qu'en dites-vous?"

"Je dis, allons-y."

Bien, lui sourit-il en remarquant la façon dont ses cheveux noirs tombaient en boucles douces autour de son visage. Adorable. Ses yeux sont tombés sur sa bouche, rouge foncé, les lèvres pleines. Il a avalé. "Si vous êtes d'accord, et que Doc Honeychurch donne le feu vert, je dis qu'on commence bientôt."

"Vous n'êtes pas censé retourner à Seattle bientôt?" demanda-t-elle au docteur. "Dr. Honeychurch m'a parlé de vous. Je viens aussi de Seattle."

"C'est vrai? Quelle partie?"

"Puget Ridge. Vous?"

"Médina."

"Sympa, sourit-elle, vous venez du même milieu que mon fiancé."

Oh ouais, le fiancé. Actuellement en prison pour la tentative de meurtre de cette magnifique femme. Noah a essayé de sourire. Alors, juste des questions générales... comment vous sentez-vous? Physiquement et émotionnellement?"

"Physiquement mieux, même si j'aimerais que la douleur s'atténue."

Il fronça les sourcils. Je peux jeter un coup d'œil à vos blessures? Vous ne devriez pas encore souffrir autant."

Lila secoua la tête et souleva sa robe. Noah souleva ses pansements, remarquant du sang dessus. Il a essayé de ne pas avoir l'air choqué quand il a vu les cicatrices sur son ventre. De vilaines et brutales tranches sur sa peau d'olive. Noah maudit celui qui avait fait cela; il ne pouvait pas imaginer la douleur, la terreur qu'elle devait ressentir. Il toucha doucement sa peau, la pressant légèrement, lui demandant où elle avait mal. Lorsqu'il pressa contre la pire de ses cicatrices, celle qui lui a coupé le nombril, elle grimaça. Il a doucement remplacé son pansement. "Vous avez peut-être une petite infection. C'est encore très meurtri et je crains que vous n'ayez une petite hémorragie interne. On va vérifier ça. On va faire tout ce qu'on peut pour aider, Lila, je vous le promets."

Il a trouvé Délia Honeychurch en train de mettre à jour les dossiers au poste des infirmières et lui a dit ce qu'ils avaient décidé. "Je vais rester encore quelques semaines pour aider Mlle Tierney à traverser le pire."

Délia avait l'air impressionnée. "Wow, c'est génial... tu n'étais pas supposé être en congé sabbatique après ta visite ici?"

"C'est pourquoi je peux rester... Ecoute, cette jeune femme pourrait avoir besoin de toute l'aide qu'on peut lui donner."

Délia lui sourit sciemment. "Noah Applebaum, tu craques pour mon patient?"

Il a souri. "Ce ne serait pas professionnel, n'est-ce pas?"

Elle a ri en le poussant. "Peu importe, merci d'avoir fait ça. C'est une fille adorable."

Plus tard, Noé se retourna pour revoir Lila, mais elle dormait. Se sentant intrusif, il se tenait néanmoins à la porte pendant quelques secondes, l'étudiant. Elle était vraiment autre chose. Qui vous ferait du mal? Il secoua la tête et s'en alla. Qui que ce soit, Lila Tierney, je vous promets qu'il ne vous fera plus de mal...

Avant... Greenwich Village, Manhattan.

Charlie Sherman s'assit sur sa chaise et la regarda fixement. "Huh." Lila le scruta.

C'est d'aller pas plus loin que vous deux, lui dit-elle, ainsi qu'à son compagnon, Riley, qui était assis à côté de lui. "C'est pour protéger

Cora, et je ne la verrai pas souffrir parce que vous avez des bâtons dans le cul à cause de Richard."

Riley a levé les mains en l'air, ça me semble légitime. Tu as ma parole, tête de clown."

Lila lui sourit avec gratitude puis regarda Charlie. "Rires?"

Un petit sourire se répandit sur son visage. "Tu sais que je déteste ça."

Elle a souri. "Oui, c'est vrai. Sérieusement, ça va? On peut s'entendre maintenant?"

"Puis-je réserver le jugement?"

"Non."

Charlie haussa les épaules. "D'accord, si c'est son histoire."

"Argh!" Lila jeta ses mains et Charlie gloussa.

Je plaisante, espèce de crétin. Je suis avec Riley; ça a du sens, et son sang est revenu pur, alors..."

Lila fut surprise, et Riley roula les yeux. "Tant pis pour garder ça secret, mec."

"Tu as fait un test de drogue sur lui?"

Charlie s'assit en avant. "Il s'est porté volontaire."

"Quand?"

"Il y a quelques semaines."

"Et personne n'a pensé me le dire?"

Tu n'es pas la seule à avoir des secrets, Lila. Il ne voulait pas que tu sois fâché contre moi, alors il a décidé de prouver qu'il n'était pas un drogué. Je n'ai jamais parlé de la sœur."

Lila soupira et mit la tête dans ses mains. "Vous me rendez dingue."

Riley a serré son bras. "Tout va bien maintenant, Lila, n'est-ce pas?"

Lila détourna le regard de Charlie. "Exact."

Plus tard, Charlie a ramené Lila à la maison. Richard était à Washington lors d'une conférence, et Lila a invité Charlie à passer du temps avec elle.

Elle lui a donné une bière fraîche du frigo. "Qu'est-ce qui t'arrive?"

Charlie sourit. "C'est gentil de demander. Je vois quelqu'un."

La bouteille s'est arrêtée à mi-chemin de la bouche de Lila. "Pas question, vraiment? Qui?"

Charlie a fait un sacré beuverie avant de lui répondre. "Tinsley."

Lila sourit. "Oh, Charlie, c'est génial, combien de temps?"

"Quelques semaines. C'est une gentille fille."

"Elle est magnifiques. Oh, je suis si heureuse pour toi." Elle frappa son verre contre le sien. "A aimer."

Charlie a tiré en arrière et Lila a ri.

"Définitivement."

Elle se sentait tellement mieux maintenant; au cours des deux derniers mois, son amitié avec Charlie semblaient déraper, sa méfiance à l'égard de Richard qui les empêchait de passer du temps ensemble. Elle soupira joyeusement maintenant.

"Chuck, mon vieil ami, j'ai le sentiment que les choses vont être super pour nous deux."

∽

Avant… Dans les bois, Propriété des Carnegie, Westchester

Ça n'a pas duré, bien sûr. Quelques mois plus tard, alors que Richard et Lila fêtent un an ensemble, Cora, à qui Lila s'était rapprochée, à craquée et a fumé un joint dans un festival de musique local. Un paparazzo qui s'est ennuyé à la réunion, a pris quelques photos d'elle, et c'est tout. Nouvelles de première page. La fille du technicien scientifique, Richard Carnegie Sr. était une droguée - ils ont réussi à tout découvrir, même les dossiers confidentiels de l'endroit où elle avait fréquenté pour sa désintoxication.

Cora a été détruite, et Richard perdait la tête à cause de l'inquiétude. Lila, au début, ne savait pas comment aider, mais un jour, lorsqu'elle était seule avec Cora, Cora lui a posé une question simple.

"Comment as-tu... Je veux dire, comment c'était de grandir sans famille?"

Lila avait l'air surprise. Ils marchaient dans les bois près du manoir Carnegie à Westchester, avec les épagneuls bien-aimés de Richard Sr. qui couraient devant eux. La journée était chaude pour l'automne, et Cora lançait des balles de tennis pour les chiens. Lila réfléchit à sa question.

C'est étrange; je n'ai jamais connu la vie de famille, c'est donc difficile à dire ou à comparer. Je peux te dire ce que c'était d'être dans un orphelinat; parfois amusant, parfois horrible."

Cora hocha la tête. Pareil pour la famille. Parfois, je les aime tous à la distraction; d'autres fois... J'aimerais être seul, sans tout le poids de l'attente, de la responsabilité. Sans être jugé." Elle détourna le regard de Lila.

Lila comprit soudainement. "C'est encore Judith?"

Cora hocha la tête. "Elle ne me laissera pas seule. Elle n'arrête pas de me dire que je détruis maman, que je suis insouciante et égoïste - et je sais que je le suis, mais c'est presque une chose quotidienne maintenant. Textes, appels téléphoniques."

Lila l'a arrêtée avec une main sur le bras. Tu veux dire, elle fait une campagne? Sérieusement, C-Belle, ce n'est pas juste. Quel est son problème?"

Cora sourit tristement. "Je suis une cible facile. Elle déteste Richard aussi, mais elle sait qu'il ripostera. Je ne suis pas doué pour ça."

Lila secoua la tête. "Je ne comprends pas ce qu'elle retire de ce comportement."

Elle nous déteste, tout simplement, et en m'intimidant, elle a un plaisir pas cher. Elle déteste qu'elle ne soit pas dans le testament de papa. Pourquoi le serait-elle? Maman leur a dit quand elle l'a épousé que son argent était son argent. Maman n'est même pas dans son testament, à sa propre insistance. Il n'aime pas ça, mais c'est ce qu'elle voulait. Elle n'est pas vraiment pauvre elle-même, et ils ont convenu qu'elle subviendrait aux besoins de Judith et Flora avec son propre argent. Mais le crash s'est produit et maman a perdu beaucoup d'argent. Judith ne gagne pas son propre argent - elle croit qu'elle peut se pavaner, et maman continuera à le financer."

J'espère que l'un de ses cours d'auto-amélioration porte sur la façon de ne pas être une vraie salope,' Lila était en colère maintenant. Elle a embrassé Cora. "Cora Belle, je m'occuperai de Judith, je te le promets. Concentre-toi sur la guérison."

Cora l'a serrée dans ses bras. "Tu as été plus comme une sœur pour moi qu'ils ne l'ont jamais été, Lila Belle."

Lila a tenu sa promesse. Elle était tellement furieuse qu'elle n'a pas dit à Richard ou à Delphine ce qu'elle allait faire. Elle a confronté Judith à son spa holistique - un front pour que les amis de Judith se réunissent et se plaignent de l'insatisfaction et du vide de leurs vies et de l'incompréhension de leurs maris.

Lila passa devant la réception, ignorant la femme qui l'appelait et marcha directement vers le bureau de Judith. Elle n'a pas pris la peine de frapper. Judith leva les yeux choquée quand la porte s'ouvrit. La femme assise en face d'elle semblait vaguement effrayée. Lila lui a montré du doigt. Toi. Dehors. Maintenant."

La femme jeta un rapide coup d'œil à Judith et s'enfuit, Lila claquant la porte derrière elle et se penchant en arrière. Elle fixa Judith de haut en bas.

"Qu'est-ce que tu fous, Lila?" La voix de Judith était pure glace, et elle se leva et marcha de l'autre côté de son bureau pour montrer à Lila qu'elle n'avait pas peur d'elle. Judith était une grande femme, elle éclipsait Lila, mais la femme plus petite n'a pas reculé. Je suis venu vous dire, Judith, que vous allez arrêter de harceler Cora. Que si jamais vous essayez encore de l'intimider, je veillerai personnellement à ce que vous soyez puni."

Judith jeta la tête en arrière et rit. C'est à propos de la petite droguée? Bon sang, qu'est-ce qu'elle t'a dit? Tu es si stupide que tu ne réalises pas qu'on ne peut pas faire confiance à un toxicomane?"

Lila se dirigea vers elle et, à sa satisfaction, une lueur de peur vint dans les yeux de Judith. "J'ai été dans des situations dont tu ne rêverais pas, Judith. Contrairement à toi, j'ai grandi dans des orphelinats et quand j'avais seize ans, dans la rue. Tu ne sais pas à qui tu as affaire, ni ce que je sais, et je te dis de laisser Cora tranquille. Vous comprenez?"

Pour qui tu te prends? Ce n'est pas parce que tu baises Richard que tu fais partie de cette famille. Les Carnegie n'ont pas besoin d'une pute comme toi, Tierney."

Le sourire de Lila était froid. "Comme je l'ai dit, tu ne sais pas à qui tu as affaire, et tu oublies Judith, tu n'es pas une Carnegie."

"Dégage de mon putain de bureau, petite traînée, ou je te fais virer par la sécurité."

Lila renifla. J'aimerais vous voir essayer. Quoi qu'il en soit, j'ai dit ce que je suis venu dire. Laissez Cora tranquille."

Elle sortit du bureau de Judith, claqua la porte derrière elle et sourit sinistrement à elle-même. Elle savait qu'elle avait atteint Judith, elle l'avait vu dans ses yeux.

Elle a marché jusqu' à la station de métro la plus proche et est retournée au village par le chemin de fer. Son portable a sonné. Delphine. Judith avait couru vite vers maman. Elle s'imposant, elle répondit à l'appel.

Au début, elle croyait que la femme plus âgée pleurait, tout ce qu'elle pouvait entendre, c'était des halètements et des grincements, mais elle s'est rendu compte que Delphine riait. "Oh, Lila Belle, je n'arrête pas de penser à toi et à tes petits poings qui agitent devant Judith."

Lila gloussait. "Je suis désolé, Delphine, j'ai dû faire quelque chose."

"Oh, ne t'excuse pas... comme Judith est stupide de me le dire... maintenant, bien sûr, je connais toute l'histoire. J'espère que ça ne te dérange pas, Lila, mais j'ai doublé sur ta menace. Si Judith ne laisse pas Cora tranquille, sa vie sera très difficile. Honnêtement, je pense que l'idée de devoir trouver un travail l'effraie plus que tout."

"Je suis contente. L'intimidation ne me convient pas."

Delphine soupira. Cora n'a pas vraiment de copine, alors je te suis si reconnaissante que vous êtes amies. Viens dîner ce soir, toi et Richard, et on vous remerciera."

Le dîner était une émeute, et Cora semblait vraiment mieux. Judith lui avait envoyé un énorme bouquet de fleurs avec une simple note s'excusant - d'une manière détournée. Lila avait roulé des yeux, mais Cora riait. "Pour Judith, c'est presque du gravier dans ses cheveux."

Richard avait pris Lila dans ses bras quand il entendit. Je ne te remercierai jamais assez, mais je pense que j'ai trouvé un moyen. Je t'en parlerai plus tard."

Elle a ri, pensant qu'il parlait de sexe. "Si c'est ce que tu offres, je le prends."

Il souriait tout simplement, et quand ils étaient au dîner, il tapotait son verre à vin pour attirer son attention. J'ai deux ou trois choses à vous dire. Tout d'abord, j'aimerais porter un toast à ma sœur, Cora - Cora Belle, je t'aime tellement, nous t'aimons tous, et je ne peux pas te dire à quel point nous sommes fiers que tu luttes contre tes démons et que tu gagnes. Tout le monde tombe parfois, mais tout le monde n'a pas le courage de se relever."

"Écoutez, écoutez!" dit Lila, et ils levèrent tous leurs verres à la Cora rougissante.

Merci, dit-elle en souriant avec reconnaissance à son frère. Un regard passa entre-temps, et il lui fit un petit signe de tête que les autres ne pouvaient déchiffrer. Elle sourit tout excitée.

Richard s'est dégagé la gorge. "Et à ma Lila, ma petite guerrière. D'avoir été debout devant ma sœur comme ça, d'avoir affronté Judith qui, franchement, fait peur aux généraux quatre étoiles... Lila, tu m'étonnes. Merci du fond du cœur. Tu ne penses peut-être pas que c'était beaucoup parce que je te connais, mais pour nous, pour Cora, cela s'est avéré une chose. "Tu es notre famille et nous, la tienne."

C'était au tour de Lila de rougir, et elle les a remerciés. "Mon plaisir, vraiment, ce n'était rien."

Richard n'avait pas fini. Il se dirigea vers Lila et lui tendit la main. Elle le prit et se tint debout, un peu confus sur ce qui se passait. Le moment d'après, plus de confusion.

Richard est tombé à un genou, et Lila a vacillé. Il lui a souri. "Lila, tu es l'amour de ma vie. Je sais que je ne suis pas digne de toi.... encore. Mais je veux passer ma vie à essayer de l'être. Lila... tu veux bien m'épouser?"

~

Maintenant... Hôpital Lenox Hill

"D'accord, encore deux minutes et ensuite repose-toi. Je ne veux pas que tu te pousses trop fort." Noah l'a soignée avec un regard qui voulait dire des affaires. "Lila Belle, je suis sérieux." Il avait pris le surnom de Delphine pour elle; ça lui allait bien.

Lila grogna, mais lui sourit. Pendant les six semaines de sa rééducation, elle et Noah Applebaum étaient devenues de bons amis, leur amitié flirtant et taquinant. Le médecin était minutieux, il la poussait, mais dernièrement, comme elle s'était améliorée, elle avait hâte de se pousser... et il craignait qu'elle ne se fasse du mal.

Décide-toi, Noah, elle l'a frappé maintenant, essoufflé, en frappant sur le tapis roulant. Ses mouvements de jambe s'étaient améliorés, la douleur diminuant au fur et à mesure que son tonus musculaire s'améliorait. Elle lui avait avoué qu'elle avait souffert après leurs séances mais que c'était "une bonne douleur, plutôt qu'une douleur fulgurante".

Il admirait son engagement, ne remettant jamais en question ses méthodes. "Bien, maintenant que tu ralentis, je veux que tu te concentres sur tes abdominaux, ressens une douleur." Il plaça sa main écrasée sur son ventre pendant qu'elle courait, essayant de ne pas penser à sa peau chaude sous ses doigts. "Poussez ma main là où vous ressentez le plus de douleur."

Lila était rouge, mais semblait avoir une couleur écarlate encore plus foncée quand il la touchait. Il ne pouvait pas enlever ses yeux de sa bouche, ses lèvres roses. Elle a ralenti son allure puis a provisoirement déplacé sa main à l'endroit où elle ressentait le plus de douleur - son côté droit. Noah a avalé en sentant les muscles se contracter sous sa peau. "La bonne nouvelle, c'est que c'est plus qu'un point de côté dû à des crampes."

Il partit pour éloigner sa main, mais Lila la saisit et la tint de nouveau contre son ventre. "Je vais mieux... tu peux sentir?" Sa voix était doux et leur regard tenait et verrouillait. Un seul coup. Deux. Il ne pouvait pas s'empêcher de laisser ses doigts caresser sa peau douce et Lila lui donna un peu de plaisir, fermant les yeux.

Vous êtes un professionnel... Noah a pris sa main à contrecœur et est allé à ses notes, voulant que son érection descende. Il la voulait tellement, mais elle était sa patiente... et elle devait se marier.

"Noah?"

"Oui?"

"Ils me déchargent lundi."

Il a hoché la tête. "Je sais." C'est une bonne nouvelle, non?

"Exact." Un silence où ils ne pouvaient pas prendre leurs yeux les uns des autres, puis Lila a donné un petit sourire.

"Tu vas me manquer."

Oh mon dieu. Lila, tu me manqueras aussi... mais si je ne rentre pas à Seattle, ils se débarrasseront de moi. Tu t'en sors bien, le service de postcure est phénoménal." Non, non, arrête, arrête de prétendre que les six dernières semaines avec elles n'ont pas été les meilleures de ta vie, qu'elle n'est pas la première personne à laquelle tu penses le matin quand tu te réveilles, la dernière la nuit.

Lila s'essuya les bras avec une serviette et sortit du tapis roulant. Elle est allée à la porte et l'a fermée à clé, en tirant à l'ombre.

"Richard m'a trompé," dit-elle, "Quelques fois."

"C'est un imbécile."

Elle hocha la tête. Je te dis ça parce que je sais enfin ce qu'il ressentait quand il était avec ces autres femmes. L'amour que j'ai pour lui a changé, il est devenu amical plutôt que romantique et je crois de tout mon cœur qu'il n'était pas celui qui a essayé de me tuer. Mais ces six dernières semaines... Je ne peux pas te sortir de ma tête, Noah. Chaque fois que tu me touches, tout mon corps crie pour toi... Je déteste que je me sente comme ça, et je sais ce que tu vas dire, qu'il n'est pas rare que les patients tombent amoureux de leur médecin. Ce n'est pas ça."

Tant de pensées traversèrent la tête de Noah à ce moment-là, mais il alla la voir et prit son visage dans ses mains. J'ai essayé si fort d'être professionnel avec toi, murmura-t-il, mais tu me rends fou, Lila. Je ne peux pas m'impliquer avec un patient... mais..."

Tu retournes à Seattle, dit-elle doucement, et je suis fiancée à

Richard. Et je ne suis vraiment pas une salope. Mais juste ici, maintenant..."

Elle n'arriva pas à finir quand Noah lui tira vers lui et l'embrassa complètement, ses mains s'emmêlèrent dans ses cheveux, sa bouche contre le sien. Lila l'embrassa en retour, gémissant d'excitation quand il glissa ses mains sous son t-shirt. Bientôt, ils se déshabillaient, désespérés de s'en prendre l'un à l'autre. Noah caressa son corps nu, s'émerveillant des courbes douces et luxuriantes d'elle. "Si tu ressens de la douleur..."

Elle lui sourit. "Arrête d'être médecin, Noah..."

Il se mit à rire et la rassembla auprès de lui, l'embrassant avec passion alors qu'il l'abaissait sur le sol. Il embrassa ses seins pleins, le long de son ventre et embrassa chacune de ses cicatrices encore rose vif. Personne de sensé ne te ferait ça, murmura-t-il en levant la jambe et en enterrant son visage dans son sexe. Lila gémissait doucement tandis qu'il la léchait et la goûtait, tandis que sa langue taquinait et faisait durcir son clitoris. Alors qu'il grimpait sur son corps pour embrasser sa bouche à nouveau, elle pouvait sentir son énorme bite dure comme du roc contre sa cuisse et la tendait vers le bas pour la guider en elle. Noah s'est jetée en elle, toujours prudent, mais elle l'a pressé, en enroulant ses jambes autour de sa taille.

Ils bougeaient ensemble comme si leurs corps avaient toujours été faits l'un pour l'autre, leurs regards fermés. "Noah...", chuchota-t-elle en le regardant avec émerveillement. Noah sentit son cœur éclater quand il vit l'amour, la tendresse dans ses yeux. Tu es tout ce que j'ai toujours voulu, il voulait lui dire, mais il n'a rien dit.

Après qu'ils soient venus, la bite de Noah s'enfonçant profondément dans elle, les laissant tous deux frémir et haleter, ils s'habillaient, s'arrêtant pour embrasser chaque minute. Elle plaça sa main contre la joue de Noah. Tu es merveilleux, dit-elle doucement, je ne t'oublierai jamais. Tu m'as rendu ma vie... de tant de façons."

Dès qu'elle avait quitté la pièce, Noah Applebaum savait qu'il avait de gros ennuis. Pas de l'hôpital - il n'y avait aucun moyen de le savoir à moins que l'un d'entre eux ne dise quoi que ce soit et qu'il ait fait confiance à Lila -, pas de Richard Carnegie, ni de sa famille, mais de son propre cœur. Ils ont peut-être eu un accord silencieux pour dire que c'était une chose unique, mais ses émotions en ce moment...

Calme-toi. Respire. Profitez de l'instant présent... et laissez-la partir...

∽

Avant… Upper East Side, Manhattan

Lila regarda la bague à son doigt. À sa demande, ce n'était pas l'énorme caillou que Richard avait d'abord suggérés, mais plutôt un simple diamant classique de solitaire, mais elle se sentait quand même mal sur sa main. C'était un symbole de propriété dans son esprit. Au travail et à l'université, elle avait une bonne excuse pour ne pas la porter, mais partout ailleurs, elle n'en avait pas.

La nuit de sa demande en mariage, Lila avait été choquée - et plus déconcertée que ravie. Son cœur avait réchauffé ses paroles et l'amour dans ses yeux, mais la façon dont le reste de sa famille l'avait regardée- elle s'était sentie obligée de dire oui et de jouer le rôle d'un fiancé enchanté.

Et le truc, c'est que... elle aimait Richard de tout son cœur, elle l'ai- mait, mais quelque chose ne lui allait toujours pas. Elle n'a pas pu le localiser non plus. Ils aimaient la même musique, les mêmes livres, leur intellect était à peu près au même niveau, mais elle ne pouvait pas secouer le sentiment que quelque chose les attendait au coin de la rue, quelque chose qui les frappait de plein fouet, dont ils ne se remettaient pas. Elle essaya de lui en parler, mais Richard pensait qu'elle parlait de son infidélité et fermait le sujet - agréablement mais définitivement.

C'est Delphine qui remarqua qu'elle était plus calme que d'habitude et la femme plus âgée, emmenant Lila déjeuner dans un restaurant haut de gamme à Manhattan, lui demanda directement.

Lila, veux-tu épouser Richard? Pas de récriminations, juste la vérité, s'il te plaît."

Lila soupira. Vraiment, vraiment, Delphine. C'est juste que je sente... que nous ne nous connaissons pas encore assez bien, et je n'ai que vingt-six ans. "Je n'ai pas encore eu le temps de faire mon truc."

Delphine hocha la tête et dégusta son vin. "Chérie, je le sais. J'ai fait l'erreur de me marier avant de faire ma propre chose - la première fois. Heureusement, Richard Sr. était un homme complètement différent de mon premier mari; nous passons autant de temps séparés que nous le faisons ensemble, sans récrimination et en parfaite confiance. J'ai le meilleur des deux mondes avec lui."

Lila a mâché ses mots. "Je ne suis pas sûr que Rich serait partant pour ça. Et pour être honnête... c'est la partie confiance qui me pose problème pour l'instant."

Elle ne voulait vraiment pas parler de Camilla à Delphine, mais elle s'est rendu compte, maintenant, que c'était une grande partie de son hésitation. J'ai toujours eu des problèmes de confiance avec les hommes, confie-t-elle, essayant de détourner l'attention de Richard, alors c'est mon problème plutôt que celui de Rich et quelque chose sur lequel je travaille.

"Il n'y a aucune raison que tu te maries bientôt... prends ton temps, fais attendre mon fils." Delphine sourit impitoyablement. "Je suis sûre que toutes les mariées passent par là. Mais parfois, le mariage n'a pas besoin d'être une prison, parfois c'est la porte ouverte. Sais-tu combien d'autres opportunités tu auras en tant que femme de Richard?"

Lila pâlit. "Delphine, je ne veux pas le sien ou ton argent, j'ai toujours été clair. Je ne suis pas une opportuniste."

"Oh, Dieu vous bénisse, mon enfant, je le sais. Tu penses que nous serions si accueillants si tu l'étais? Cette maudite Camilla l'était. Créature détestable. Tu vaux un million d'elle. Mais soyons pragmatiques; une fois mariés, vous serez riches aussi. Ça va avec le territoire. Et ne présume pas immédiatement que c'est une mauvaise chose; regarde ce que vous pourriez en faire. Construire de meilleures maisons pour les enfants, travailler pour des organismes caritatifs ou payer des études dans le domaine de ton choix."

Les sourcils de Lila s'envolèrent. "Je n'y avais jamais pensé de cette façon."

"Eh bien, fait-le. L'argent n'est pas mauvais, les gens qui le dépensent égoïstement le sont. Et tu n'es pas un de ces gens."

Lila a dû admettre qu'elle se sentait mieux après avoir parlé à Delphine, mais quand elle est rentrée à la maison ce soir-là, elle a trouvé Richard de mauvaise humeur.

"Qu'est-ce qu'il y a, bébé?"

Richard, sa cravate baissée et un grand verre de scotch dans la main, lança une copie de l'Enquirer National vers elle. "Tu veux m'en parler?"

Elle l'a ramassé, voyant son propre visage la regarder fixement. Elle fronça les sourcils puis pâlit en voyant le titre. *La beauté gagne le gros lot avec Billionaire #2.*

Oh, putain...

~

Maintenant… Upper East Side, Manhattan

"Comment te sens-tu?"

Cora et Delphine ont échangé des regards inquiets alors que Lila regardait autour de l'appartement comme si elle ne se souvenait pas d'être ici. Elle vivait ici avec Richard depuis un an, par commodité pour l'école plus que tout, mais elle ne s'était jamais sentie chez elle. Sa maison était la petite maison qu'ils construisaient en dehors de la ville. C'était le seul endroit où elle se sentait vraiment à sa place parce qu'elle avait investi autant de travail et d'argent qu'elle pouvait se le permettre.

Elle sourit aux autres femmes. "Je vais bien. Un peu bouleversés, c'est tout. Je suppose que je vais juste mettre mes affaires dans la chambre."

Cora s'élança avant de pouvoir prendre son sac. "Ne fais pas ça, dit-elle à Lila, tu dois te reposer."

Lila soupira mais lui sourit. "Désolé. Bien sûr." Elle se demandait ce que Cora penserait si elle savait pour la partie de jambes en l'air qu'elle avait eue il y a quelques jours. Lila a souri un peu. Noah Apple-baum... J'aimerais pouvoir arrêter de penser à toi.

Elle les aimait tous les deux, mais voulait être seule - ha, seule. C'était une chose du passé; Delphine avait arrangé vingt-quatre heures de sécurité pour elle. Personne ne pouvait s'approcher.

Delphine s'agitait autour d'elle, lui faisait du thé, remuant des oreillers jusqu' à ce que Lila la supplie de s'asseoir. "Tu me donnes le vertige."

Delphine s'assit quand Cora réapparut. J'ai tout déballé pour que tu n'en aies pas besoin de le faire ", sourit timidement la jeune rousse.

"Tu n'avais pas besoin de faire ça, Lila lui tendait la main, mais merci."

Pendant quelques minutes, Lila buvait son thé pendant que les autres attendaient. Elle sourit à leurs visages.

Détendez-vous, s'il vous plaît. Je vais bien."

Delphine partagea un autre regard avec Cora. "Chérie, tu sais ce que tu veux faire ensuite?"

Lila hocha la tête. "Absolument. Je veux voir Richard."

～

Avant… Upper East Side, Manhattan

La nouvelle fiancée de Carnegie, Lila Tierney, vingt-cinq ans, est une jeune artiste prometteuse étudiante à l'École des Arts visuels de New-York. L'annonce des fiançailles du jeune couple est sortie dans les pages de la haute société, et au même moment il a été révélé que Carnegie n'est pas le premier milliardaire à croiser la route de la jolie brune. Il y a six ans, le marchand d'art milliardaire Carter Delano serait sorti avec la jeune artiste pendant quelques semaines avant de la quitter. Tierney aurait été dévastée par la rupture, mais six ans plus tard, elle a finalement eu son jeune homme riche?

. . .

Honnêtement, je ne sais pas s'il faut rire ou me mettre en colère. "C'est tellement loin de la vérité que je ne peux même pas te le dire."

Richard était encore éblouissant. "Mais tu n'en as jamais parlé."

Lila haussa les épaules. "Pourquoi le ferais-je? Avons-nous déjà discuté de nos ex?" Sauf pour Camilla, elle voulait ajouter mais ne voulait pas être méchante. "Et je ne compte même pas Carter comme ex. Je rendais service à un ami en le fréquentant deux fois avec son frère et lui. Carter et moi nous entendions en amis, mais on n'a jamais couché ensemble. Ce n'était rien." Elle a regardé son visage en colère. Pourquoi es-tu vraiment en colère, Rich? Parce que je n'arrive pas à croire que ce soit ça."

Le corps de Richard s'est effondré. "Ce n'est pas... Je suis désolé, je suis désolé, bébé, pardonne-moi." Il est tombé dans une chaise. Lila prit une chaise et s'assit à côté de lui.

Elle lui a pris la main. "Qu'est-ce que c'est?"

Rich soupira. "Judith. C'est elle qui a mis l'histoire sur toi."

Lila roulait dans les yeux. "Et alors quoi? Au moins, elle reste loin de Cora. "Je peux accepter tout ce que Judith me lance, je n'ai pas de squelettes dans mon placard."

Rich sourit tristement. Je suis désolé qu'elle te fasse ça, chérie. Et je suis désolé d'avoir tiré des conclusions hâtives. Je suppose que je..."

Il s'arrêta et secoua la tête. Lila lui a touché le visage. "Quoi?"

Je suppose que je voulais presque que ce soit vrai, que tu avais des secrets pour que je sente une sorte de parité. Je ne sais pas, je ne peux pas oublier mon indiscrétion."

Lila s'assit et soupira. "Mon Dieu, Rich... Je croyais que c'était fini il y a des mois. Ecoute, c'est arrivé, tu t'es excusé, j'ai accepté ces excuses. Laisse tomber."

Elle s'est levée, clairement énervée. Pourquoi a-t-il dû continuer à en parler? C'était presque comme s'il voulait se sentir mal, avoir pitié de lui-même. Elle est allée à la cuisine et a pris quelques bières du frigo. Fermant la porte, elle regarda le calendrier. Le mariage était dans quinze mois.

Quinze mois. Lila ferma les yeux. Qu'est-ce qui te prend, femme? Pourquoi l'idée d'être marié te fout la trouille? Tu l'aimes, n'est-ce pas?

. . .

Je ne sais pas trop. Oh mon dieu... Je ne sais pas...

~

Maintenant... Rikers Island, New-York

Son cœur battait fort contre ses côtes alors qu'elle traversait la salle des visiteurs. Alors qu'elle s'asseyait devant la cloison vitrée, elle sentit le vomi s'élever à l'arrière de sa gorge et essaya d'arrêter le haut le cœur.

Respire par la bouche, chérie, ça devient plus facile à supporter, dit une femme gentille à sa droite. Lila sourit alors faiblement, tandis que la porte de l'autre côté s'ouvrait, son estomac tombait.

Rich avait vieilli dans les mois où il avait été incarcéré, le visage couvert d'une barbe épaisse. Il s'assit et la regarda, plaçant sa main à plat contre le verre pendant un instant. Lila tenta de sourire, plaça sa main contre le verre. C'était un choc de le voir si brisé.

Il a décroché le téléphone. Alors qu'elle mettait le récepteur à son oreille, elle entendit sa respiration tremblante.

Il s'est mis à sangloter et son cœur s'est fracturé. Elle voulait mettre ses bras autour de lui et lui dire que tout allait bien.

"Je n'ai pas fait ça, Lila... Je jure sur tout ce que je suis, que je n'ai pas fait ça."

"Je sais, Rich, je sais... tu ne crois pas que je le sais?"

"Je ne te ferais jamais, jamais de mal, mon amour, jamais..."

Il ne l'avait pas entendue, elle a compris. "Richard. Richard, regarde-moi."

Ses sanglots devinrent des halètements et il leva les yeux, les yeux qui coulaient. "Dieu, j'avais oublié à quel point tu es belle."

Elle a ignoré le compliment. "Richard, écoute. Je sais que tu n'as pas fait ça. Je sais qu'avec chaque fibre de mon être, tu ne me ferais jamais de mal, et encore moins me poignarder."

Richement étoilé. "Dieu... ils m'ont montré des photos, Lila, de toi, de tes blessures, de la façon dont ils t'ont trouvée... bébé, je suis désolée."

Lila secoua la tête. "Ne pense pas à ça. Nous devons nous concentrer pour vous sortir d'ici." Elle s'est arrêtée, a regardé ailleurs pendant une seconde. "Rich, je sais que tu étais avec quelqu'un d'autre. C'est bon, c'est vraiment bon, alors ne me cache rien. J'ai besoin de tout savoir pour pouvoir t'aider."

Le visage de Richard s'est froissé à nouveau et il a commencé à sangloter et Lila l'a laissé pleurer. "Rich, dit-elle doucement, tout va bien. Nous avons tous les deux nos... erreurs." Elle se sentait étrangement déloyale envers Noah en disant ça. "S'il te plaît, respire profondément et dis-moi tout."

C'est ce qu'il a fait. A son grand soulagement, ce n'était pas Camilla qu'il avait égaré avec cette fois, mais sa nouvelle assistante, Molly. La liaison n'avait commencé que trois mois avant le coup de couteau de Lila, mais elle pouvait dire que Molly avait été plus qu'une aventure. Elle se sentait étrangement soulagée.

Après qu'il eut fini, ils se regardèrent fixement. "Je t'aime, tu sais?" dit-il et elle acquiesça d'un signe de tête.

"Je sais." Je t'aime aussi mais Rich, on n'est plus amoureux, hein?"

Il secoua tristement la tête. "Non, je ne crois pas. Et je déteste dire ça. Je pensais qu'on serait ensemble pour toujours. J'espère que tu trouveras quelqu'un qui te mérite vraiment, Lila, vraiment. Et s'il te plaît, quoi qu'il arrive à moi, à nous, n'abandonne pas ma famille. Ils t'aiment comme un des leurs."

C'était au tour de Lila de pleurer maintenant, les larmes qui coulaient sur ses joues. "Je ne ferais jamais ça, je les aime aussi."

Il plaça de nouveau sa main contre le verre. "Lila... tu reviendras me voir?"

"Bien sûr." Tous les jours. Chaque jour, Rich, tant que tu es ici."

Elle pensait encore à lui en rentrant. Tandis que la voiture sillonnait la ville, elle sentit une paix s'installer en elle. Son portable a sonné. Charlie.

"Salut ma petite, comment ça s'est passé?"

Lila soupira. "Bien. Vraiment très bien. Charlie, j'ai besoin de ton aide... nous devons commencer à essayer de libérer Rich -"

"Tu es sérieux?"

Lila retira le téléphone de son oreille un moment. Lorsqu'elle parla de nouveau, sa voix était tendue de colère. "Charlie, ça suffit. Je sais que Richard n'a pas essayé de me tuer. Je le sais."

A cause de tes années de formation de détective? Ou une intuition?"

Tu n'étais pas dans cette cabine d'essayage, Charlie, tu n'avais pas un couteau dans le ventre, et tu ne l'as pas entendu, et senti. Tu ne crois pas que j'aurais reconnu mon fiancé?" Elle était en colère contre Charlie pour son antagonisme, sa négativité.

Il y avait un silence à l'autre bout du téléphone alors... Tu as raison. Je suis désolé, Boo. Je suis juste frustré que nous n'ayons pas trouvé le coupable. J'ai peur de te perdre... mais, pardonne-moi, le gars t'a trompé si rien d'autre."

Lila soupira. "Ce n'est pas quelque chose dont tu dois t'inquiéter maintenant. Nous avons accepté de rompre nos fiançailles. Mais ça ne m'empêchera pas de me battre pour sa liberté."

Un autre silence puis un rire doux. J'espère que ce type sait ce qu'il a perdu. "Je passerai après le travail et on parlera."

"J'aimerais bien."

Quand elle est rentrée à la maison, elle s'est douchée et s'est mise au lit pour faire une sieste. La journée l'avait épuisée, son corps était endolori, son esprit fatigué et triste. Sa tête s'est cognée et elle a eu la nausée.

Elle s'est réveillée au bruit de quelqu'un frappant à la porte. Elle a titubé dans son short et son t-shirt pour voir son agent de sécurité entrer par la porte.

"Désolé de vous déranger, Mlle Tierney, mais il y a un policier qui veut vous voir, il dit que c'est urgent."

Lila soupira. "C'est juste Charlie, laisse-le entrer."

Charlie avait le visage sinistre quand il est entré, mais Lila lui a roulé les yeux. C'est quoi, ce drame? Je dormais."

"Lila..."

Quelque chose dans son ton l'a fait arrêter. "Qu'est-ce qu'il y a, Boo?"

"Lila... chérie, j'ai quelque chose à te dire et ce ne sera pas facile." Charlie prit ses mains, son expression sinistre mais ses yeux étaient tristes. Il l'a emmenée sur le canapé et l'a fait asseoir.

Lila le regarda, de la glace coulait dans ses veines. "Quoi?"

Charlie s'éclaircit la gorge et quand il parla, sa voix était douce. "Lila, il y a eu un incident à la prison. Dans la cour d'exercice. Certains gars traquaient un nouveau type et Richard a essayé de l'arrêter. Lila, il a été poignardé dans le dos. Ils ont appelé les services d'urgence et on l'a emmené d'urgence ici, il y a un peu plus d'une heure."

Lila secouait la tête d'un côté à l'autre. Elle voulait crier, frapper Charlie pour ce qu'il allait lui dire. "Non... non..."

"Chéri, il est mort il y a 40 minutes."

Elle le regarda avec horreur. Non... non, ça n'arrivera pas...

Richard était mort.

2

DEUXIÈME PARTIE: TE PENCHER VERS MOI

UPPER EAST SIDE, MANHATTAN

Il y avait une tristesse tranquille dans l'appartement pendant que Lila s'habillait pour les funérailles. Elle n'arrivait toujours pas à y croire, Richard était mort. Son amour depuis si longtemps, l'homme avec qui elle pensait passer le reste de sa vie, jusqu' à ce terrible jour, il y a des mois. Le jour où elle a été brutalement poignardée et laissée pour morte. D'une certaine façon, même si elle avait aimé Richard, elle savait que ce jour marquait la fin d'une vie et le début d'une autre.

Elle a regardé autour de l'appartement. Ça sonnait avec solitude. Ce n'était jamais ma maison, pensa-t-elle maintenant. J'ai peut-être passé toutes les nuits ici, avec Rich, mais ce n'était jamais vraiment chez moi. C'était trop opulent pour ses goûts simples, trop design, trop soigné. Elle préférait que son espace soit encombré et douillet.

Elle avait déjà dit à Delphine, la mère de Richard, qu'elle voulait déménager, qu'être dans l'appartement du penthouse était trop doulou- reux. Delphine avait compris. "Tu peux aller où tu veux maintenant, dit-elle à Lila, tout ce que Richard avait est à toi, avec notre béné- diction."

Dieu. Lila Tierney, la fille de l'orphelinat, qui avait vécu dans une vieille voiture de seize à dix-huit ans, était millionnaire. Elle donnerait tout pour que Richard revienne dans sa vie, même s'ils avaient accepté de rompre avant sa mort. Elle voulait toujours son amie, pour elle-même, pour sa famille.

Tu me manques, Boo, dit-elle à voix haute à l'appartement vide. Un coup donné à la porte la fit bondir doucement. Si c'était un film, elle pensait qu'en allant chercher la porte, Richard serait debout de l'autre côté, un grand sourire sur son visage.

Au lieu de cela, Charlie, son ami le plus ancien et le plus digne de confiance, lui sourit à moitié. Hé, toi. Prêt?"

Elle a essayé de sourire, mais elle a acquiescé. "Prêt."

Il lui a offert son bras pendant qu'ils marchaient vers l'ascenseur, sa grande main chaude couvrant le sien. Ce n'est que lorsqu'ils ont été installés dans la voiture, que ça a frappé Lila. Les funérailles de Richard. Richard était parti. Ce drôle, érudit et aventureux live-wire d'un homme était mort. Comment est-ce possible? Son souffle s'est accroché à sa poitrine et elle a senti son sang-froid glisser.

Charlie la regarda, l'enveloppa dans ses bras et la laissa pleurer son chagrin d'amour.

Westchester

Harrison 'Harry' Carnegie se sentait tout à fait déplacé dans la maison où il avait grandi. Ayant vécu en Australie au cours des quinze dernières années, il avait oublié à quel point les rassemblements West-chester pouvaient être organisés et structurés. Plus que cela, il détestait voir ses parents, sa sœur Cora, tellement dévastés.

Delphine l'avait présenté à Lila au dîner hier soir et il avait bavardé avec la petite brune, voyant exactement ce que son frère avait vu en elle. Ce qu'elle a traversé l'année dernière... pauvre fille. Et la dévasta-tion des visages de sa famille se répercuta dans ses beaux yeux déchi-rés. Il l'aimait beaucoup.

Mais maintenant, en circulant à travers les pleureurs rassemblés,

Harry se sentait désemparé, comme si la personne qu'ils enterraient n'avait pas été son propre frère. Lui et Richard étaient proches en grandissant, mais au fur et à mesure que leur vie avançait dans des directions différentes, la distance inévitable augmentait.

Et il n'arrivait pas à comprendre que non seulement Rich avait été assassiné, mais qu'il était en prison à ce moment-là. En prison! Harry secoua la tête - qu'était-il arrivé à sa famille? Sa sœur Cora était une épave et, selon sa mère, seulement trente jours sobre. Il la regarda à travers elle maintenant, fragile et perplexe dans sa robe noire, et son cœur battait avec tristesse.

Il a dit: "Hé, gamine, et s'est mis à côté d'elle et lui enrouler un gros bras autour d'elle. "C'est une tempête de merde, n'est-ce pas?"

Cora lui sourit, ses yeux rouges et ensanglantés. "L'année dernière, vraiment, Harry."

"Désolé de ne pas avoir été là pour ça, ma puce."

Elle a enroulé ses minuscules bras autour de sa taille. "Ne t'excuse pas. Je suis contente que tu aies été épargné au moins en partie." Elle soupira. "Lila a l'air malade, tu ne trouves pas?"

Harry jeta un coup d'œil à l'ex-fiancée de son frère. "Je ne la connais pas assez bien pour le dire mais ouais, elle a l'air fatiguée. Je ne sais pas qui sont la moitié de ces gens, Cora. Les amis de Richard? Et qui est ce mec là-bas qui a l'air d'aller à la poste d'une minute à l'autre?"

Cora ricanait. "C'est Charlie; il ressemble toujours à ça, mais c'est un grand doudou. Pour moi, au moins, il a été très gentil."

"Petit béguin, sœurette?"

Cora ricanait dans ses rougissements. "C'est le plus vieil ami de Lila et un flic." Elle a rompu soudainement. "Sa partenaire, Riley, est charmant aussi."

"Il est gay?"

Cora a ri. "Non, son partenaire de police, idiot. Viens rencontrer des gens."

Harry rechigna et trouva une excuse - il ne voulait vraiment pas rencontrer de "gens". Cora, secouant la tête, lui tendit la langue et sourit.

"Hermite."

"Twig."

"Vieil homme."

"Wise-ass."

Harry sourit après sa sœur... oh seigneur, en parlant de sœurs; Judith le touchait. De tous les enfants Carnegie, Harry était le seul qu'elle aimait - adoré, en fait. Le sentiment n'était certainement pas réciproque.

Sans même faire semblant d'être subtil, Harry s'enfuit au bar que ses parents avaient installé dans la salle de réception.

"Un whisky avec des glaçons, s'il vous plaît."

Le barman hocha la tête et alla chercher son verre. Harry s'est appuyé contre le bar et s'est frotté les yeux. Que ce soit bientôt fini, s'il vous plaît...

J'entendis un accent, une voix... une voix australienne. "Seriez-vous le frère qui a échappé à toute cette grandeur pour aller dans le plus beau pays du monde?"

Harry sourit et leva les yeux pour voir une jolie fille blonde qui lui sourit. Je pourrais l'être. Bien repéré."

Elle a ri. "Ce n'était pas dur. J'ai Oz-dar."

"C'est quoi, Oz-da?"

Comme le gay-dar, sauf que je peux détecter un accent australien à des kilomètres de là, même un ex-pat qui a attrapé le jargon. Où as-tu fini?"

"Melbourne."

Elle a cligné son verre contre le sien. "Né et élevé."

Harry a souri. Mon Dieu, elle était magnifique, les cheveux blonds tirés vers l'arrière dans une queue de cheval bas, les yeux bleus étincelants d'humour, les lèvres rose-bourgeon séparés dans un large sourire. Il a tendu la main. "Harry Carnegie."

"Tinsley Chang."

Harry leva les sourcils. "Chang?"

Elle sourit, s'attendant évidemment à la question. "Mon beau-père est chinois. Et bien plus gentil que mon vrai père, alors quand ma mère s'est remariée, j'ai pris son nom."

"C'est cool. Je connais le poids d'avoir un "nom". Il a fait le tour de l'endroit, puis il a ajouté précipitamment: "Non pas que je n'aime pas ma famille, parce que ce n'est pas le cas." La tristesse l'enveloppa et Tinsley se dirigea vers lui, plaçant sa main sur son bras.

"Je suis désolé, Harry, pour Richard, à propos de tout ça. J'ai appris à le connaître assez bien ces dernières années; Lila et moi, on travaillait dans le même bar et Charlie et moi, on sortait ensemble."

Une pointe de déception le traversa. "Oh, donc toi et le bulldog?"

Elle a ri. "Plus maintenant, non, mais heureusement, on est restés amis."

Harry hocha la tête, son esprit s'emballait. Elle était tout à fait séduisante mais une complication dont il n'avait pas vraiment besoin en ce moment. À moins qu'on ait désespérément besoin de lui, il voulait retourner en Australie et y vivre. Son entreprise de transport maritime était énorme maintenant, construite à partir d'une petite entreprise d'importation et d'exportation, il avait commencé avec un peu de capital de son père et il avait fait de lui un milliardaire en moins de deux ans. Il savait que son père, à qui il était le plus proche, était fier de lui, mais à l'intérieur de lui-même, il y avait une insatisfaction par rapport à sa vie. Il voulait créer quelque chose de tangible, de ses propres mains. Il voulait construire des bateaux, de beaux voiliers sur mesure, faits à la main pour des marins passionnés comme lui. Il ne savait tout simplement pas comment sa famille réagirait si le PDG de la compagnie maritime la plus prospère au monde devait tout donner à un apprenti en tant que constructeur naval.

Donc... Tinsley Chang, même si c'était charmant, était un nul. Vraiment. Sérieusement, sérieusement. Tu ne peux pas y aller, mec. Et devine quoi, tu ne peux vraiment pas inviter une femme à l'enterrement de ton frère, crétin...

Il soupira. "Ecoute, je dois y aller mais c'était génial de te rencontrer."

Tinsley hocha la tête, ne montrant aucune déception ou insulte. Toi aussi, Harry. Hey, si tu as la chance avant de retourner à Melbs, passe au bar et je t'offre un verre d'adieu." Elle lui a donné une carte de visite et, souriant, il l'a prise.

"Je le ferai, merci."

Tinsley disparut de nouveau dans l'assemblée et il la regarda partir, regrettant et soudainement plus optimiste. Ce voyage pourrait être différent de ce qu'il avait prévu. Ce pourrait être le moment où il s'est finalement libéré des attentes de sa famille, et leur a dit ce qu'il voulait vraiment pour sa vie.

∾

New-York

Une semaine après les funérailles, et Lila avait presque fini d'emballer les affaires dans son appartement. Les Carnegie avaient insisté pour qu'elle fasse ce qu'elle voulait avec l'endroit; c'était le sien. Elle a donc décidé de vendre, de trouver une petite résidence dans la ville, de placer l'argent dans une bourse pour recueillir des intérêts. Bien sûr, Richard lui avait laissé sa fortune, ses biens, ses voitures, ses effets personnels. Seuls son fonds en fiducie et son siège au conseil d'administration de Carnegie industries sont retournés à sa famille, le fonds en fiducie partagé entre Cora et Harry.

Lila avait supplié Delphine de venir choisir tout ce qu'elle voulait de Rich's avant de le ranger. Il n'y a pas moyen que j'aie plus droit à quelque chose que toi ", lui dit-elle, et Delphine acquiesça à contrecœur.

L'endroit résonnait alors de vide, de tristesse, avec le trou que Richard avait laissé. Dieu, ils avaient été si amoureux au commencement, si sûrs qu'ils étaient faits l'un pour l'autre. Une partie de Lila souhaitait qu'ils n'aient pas décidé de mettre fin à des choses qui la dernière fois, que Richard était mort avec la certitude qu'elle l'aimait. Ce qu'il était, bien sûr; ils s'aimaient, mais cela n'avait pas suffi.

Et puis il y avait Noah...

Lila s'assit sur le sol au milieu des boîtes, tout son corps lui faisait mal. Elle s'était poussée trop loin; il ne lui restait que quelques mois

depuis son agression. Bien qu'elle ait fait un rétablissement remarquablement rapide (merci, en partie, à Noah), ce soir, son corps lui faisait
mal - beaucoup. Elle s'est couchée par terre, regardant fixement le
plafond. Elle avait loué un appartement dans le village et demain, elle
déménageait et recommençait à zéro.

Sauf qu'elle ne voulait plus être ici, à New York. Elle voulait des
montagnes, de l'orque et l'Aiguille Spatiale. Elle voulait rentrer chez
elle et commencer sa vie là-bas?

Et puis il y avait Noah...

Encore une fois, elle chuchota et ferma les yeux en se souvenant de
son grand et large corps, de ces yeux verts de mer qui scintillaient de
méfaits. Elle se souvenait du toucher de sa peau sur la sienne. Au
début, seulement à titre professionnel. La première fois qu'ils se sont
rencontrés, il l'avait examinée, il lui avait fait un examen du bout des
doigts sur la colonne vertébrale, puis il avait appuyé sur la colonne
vertébrale, faisant un examen de routine de son abdomen, ses blessures. Le regard dans ses yeux quand il voyait l'étendue des coups de
couteau - pas de pitié - pas de colère, de compassion, d'empathie.

C'est seulement maintenant que Lila a pu admettre qu'elle était
accrochée depuis le premier jour. Au fur et à mesure qu'ils progres-
saient dans sa réhabilitation, elle devenait de plus en plus excitée
quand elle a su qu'elle allait le voir.

Quand il a commencé à lui rendre visite après les heures de travail,
elle savait qu'elle n'était pas la seule à le ressentir. Ils s'asseyaient et
parlaient de leur vie, de tout. Elle savait qu'il avait trente-neuf ans, de
l'argent (il avait roulé les yeux quand il lui avait dit cela) et qu'il aimait
ce qu'il faisait. Ils riaient et plaisantaient à propos des mêmes choses, et
chaque soir, sa chaise se rapprochait de son lit.

Ce dernier jour, elle s'était réveillée en sachant qu'elle le verrait,
professionnellement, pour la dernière fois et Lila savait, avec toutes les
fibres de son être, qu'elle aurait à faire... quelque chose... quelque
chose...". Elle n'avait pas compté sur l'amour passionné qui se faisait
sur le sol de la salle de rééducation; son toucher doux mais ferme, la
façon dont il caressait son corps, la façon dont il la regardait. Elle se
rappelait à chaque seconde que sa bite énorme et dure comme un

diamant s'enfonçait en elle, qu'elle n'avait jamais voulu que ça finisse, qu'elle vienne encore et encore. Son baiser, sa bouche sur la sienne. Dieu...Lila roula sur le côté et gémit doucement. Noah... Seattle... tant de tentation. Arrêtez ça. Lève-toi, va chercher à manger et dors un peu. "D'accord", dit-elle à voix haute et roulait, se précipitant sur ses pieds.

Une douleur violente et déchirante lui traversa le ventre, puis elle se mit à haleter et s'est plier en deux. Elle avait des nausées accablantes, puis elle courait, elle arrivait juste à temps aux toilettes avant de vomir. Elle a vomi jusqu' à ce que son estomac soit vide, puis s'est assise sur le bord de la baignoire pour récupérer, respirant profondément, essayant d'étouffer les nausées. Elle l'avait poussé trop loin.

Elle a fait couler l'eau chaude. Un trempage serait parfait, alors peut-être qu'elle commanderait de la nourriture chinoise et... euh... une grosse erreur. Elle s'est penchée par-dessus la toilette et s'est mise à sec pendant quelques instants douloureux. Pendant que la baignoire se remplissait, elle se brossait les dents, essayant de respirer par le nez. Bientôt, elle s'enfonça avec gratitude dans la baignoire, laissant l'eau chaude apaiser son corps fatigué et elle sentit qu'elle commençait à dériver. Elle tendit la main pour attraper une serviette de bain, l'enrouler et se reposer la tête contre elle. Si fatiguée, si chaude....

Elle s'est réveillée précipitamment. L'eau était glacée, mais ce n'est pas ce qui l'a réveillée. C'était le fait qu'elle a senti quelque chose, même peut-être entendu quelque chose.

Quelqu'un était dans l'appartement avec elle.

Grosse erreur, ma chérie, de renvoyer l'équipe de sécurité chez elle pour la nuit. Je t'ai entendu leur dire, dans ta voix douce mais ferme, que tu n'avais plus besoin de leur protection.

Mais tu avais tort.

Ton corps glorieux s'étendit dans la baignoire, ta peau dorée, tes cheveux sombres empilés sur ta tête, ces cernes sous tes yeux. La façon dont ces cils noirs épais reposent sur ta joue. Tes seins... Je veux les toucher, mais non... je me retiens. Je regarde la douce montée et la chute de ton ventre quand tu respires; admire les cicatrices que mon couteau a laissées sur toi ce jour-là. J'imagine retourner dans ta cuisine, trouver un couteau et revenir pour le plonger à nouveau dans ton centre, regarder le choc sur ton visage pendant que tu saignes dans la baignoire. Les laisser te trouver mort et partir.

Mais pas ce soir, mon amour. Ce soir, je t'autorise à vivre. Ce soir, tu peux rêver de jours à venir, de semaines, de mois, d'années où tu feras des plans, des plans qui ne se réaliseront peut-être jamais.

Parce que, mon adorable Lila, je reviendrai te chercher... et quand je le ferai, tu supplieras la mort avant que je n'en finisse avec toi. Les horreurs que je vais visiter sur ton corps parfait avant de te tuer...

Ils seront légendaires.

~

Seattle

Noah Applebaum passait une mauvaise journée. Une très mauvaise journée. D'abord, un patient bien-aimé était décédé inopinément sur sa table d'opération, puis plus tard, un collègue, un bon ami, avait démissionné, disant à tout le monde qu'il voulait passer plus de temps à la maison avec sa famille.

"Foutaises, Billy, Noah lui avait dit:" Ils t'ont fait sortir."

Bill Nordstrom soupira tristement. Noah, quand tu atteins mon âge, tu te rends compte que les personnes plus âgées sont effacées. Ils s'inquiètent de leur responsabilité. Si je fais une erreur et qu'un patient meurt..."

Ça vient avec le territoire d'être médecin. Noah secoua la tête. "Ce sont des putains de lâches, c'est tout."

Bill, son soixante-dixième anniversaire vient de passer, sourit à Noah, ses vieux yeux sages se froissant sur les bords. Mon petit, j'ai tout vu et tout fait. C'est l'heure."

J'emmerde le conseil. Noah était encoléré toute la journée, sa bonne humeur habituelle avait disparu. Ce n'est pas la seule chose qui manque. Lila. Elle lui manquait comme s'il lui manquait un bras. Il voulait la voir, la toucher, la tenir, s'assurer qu'elle allait bien, qu'elle était en sécurité. Il avait été choqué par le meurtre de Richard Carnegie, avait voulu l'approcher, mais il ne savait pas si elle le voudrait, si c'était approprié compte tenu de ce qui s'était passé entre Lila et lui.

Ce jour-là était gravé dans sa mémoire, le toucher de sa peau douce, ses lèvres, la chaleur veloutée de sa chatte... ses yeux violets brillaient sur lui. Ce qu'ils ont fait... si peu professionnellement, si mal vus sa situation et sa santé... se sentait si bien. Au moment où sa bite avait glissé en elle, il savait qu'il était perdu. Elle a été la sienne pendant un si bref moment dans le temps mais son cœur était pour toujours le sien maintenant.

Sa disparition était une autre raison pour laquelle Noah est rentré chez lui de mauvaise humeur. Lorsqu'il a vu Lauren, son ex-petite amie d'il y a cinq ans, garée dans sa décapotable devant son appartement, il était prêt à exploser.

"Que fais-tu ici?" Court, brusque, en espérant qu'elle comprendrait.

Elle ne l'a pas fait. Je passais devant certains de nos vieux endroits préférés et je suis devenue nostalgique ", dit-elle en souriant. Noah n'était pas impressionné.

"Lauren, ce n'est pas le bon moment."

Il a marché jusqu' à sa porte d'entrée et elle l'a suivi. "Allez, Nono; invite-moi à boire un verre."

Ugh. Il avait oublié ce surnom, qui appelle un homme de 65 ans "Non"?

Mec, tu es vraiment dans un endroit sombre... calme-toi. Noah soupira. "Un verre alors. Je suis vraiment fatiguée, Lauren." Je t'en prie, ne la laisse pas s'appeler elle-même "LoLo" - il n'y avait aucune chance qu'il soit là pour être "NoNo and LoLo" ce soir. Soudain, il retrouva son humour. Alors qu'il entrait dans la maison, il a eu envie de parler à Lila et de lui parler des noms horribles que Lauren lui donnait. Lila trouverait ça hilarant.

Lauren vit son sourire et fut encouragée. "Ça fait trop longtemps, Noah."

Noah a versé un verre pour les deux. Je n'ai que de la tequila. Pas de citron vert, désolé."

"Ça n'a pas d'importance. Comment vas-tu?"

Noah respira profondément. "Bien, écoutes, je ne veux pas être impoli mais -"

"Pourquoi suis-je ici?"

Il hocha la tête, puis se rétracta. "Non pas que ce ne soit pas bon de te voir."

Lauren s'assit et sourit. Je passais devant les endroits où on traînait, où on passait de bons moments. Tu te souviens quand on promenait ton chien au Gasworks? Dimanche après-midi. On faisait d'énormes bols de pâtes quand on rentrait à la maison et on se laissait aller devant la télé pour le reste de la journée. Ça me manque."

Noé s'assit en face d'elle. Oui, c'étaient les bons jours. Mais Lauren, ils étaient vite dépassés en nombre par les mauvais."

Lauren a perdu le sourire. Et je sais que c'est ma faute, Noah. J'étais jeune, cupide et stupide, et je m'excuse. "J'ai été trop bête pour voir au-delà de ta famille et de leurs richesses." Elle se pencha en avant, son joli visage sérieux. Mais, Noah... J'ai tellement grandi que tu ne me reconnaîtrais probablement pas. J'ai gagné ma propre fortune, je suis devenu totalement indépendant et je veux que tu saches... j'aimerais réessayer."

Noah ouvrit la bouche pour protester mais elle le coupa, sa voix tremblant. "S'il te plaît, écoute-moi."

Noah lui fit un bref signe de tête et elle sourit avec reconnaissance. "Noah, ces cinq dernières années ont été solitaires. Oui, j'ai vu d'autres personnes, mais personne avec qui je n'ai aimé autant que toi. S'il te plaît, Noah, ne veux-tu pas au moins y réfléchir?"

Noah soupira. "Lauren... ce n'est pas si facile."

Elle l'a étudié. "Y a-t-il quelqu'un d'autre?"

Oui, oui, mon Dieu, oui. "C'est compliqué."

Les mains de Lauren tremblaient. "Je vois." Désolé de t'avoir dérangé."

Noah avait pitié d'elle. "Lauren, écoute, si ce n'était pas pour..."

"S'il te plaît, ne dis pas ce que tu es sur le point de dire," Lauren l'a coupé et s'est levée. "Je ne veux pas de ta pitié, Noah. Je suis venu dire mon mot et je l'ai dit. Je suis désolé de t'avoir dérangé."

Il l'a raccompagnée à la porte et pendant qu'il l'ouvrait, elle a touché son bras. "J'espère qu'elle sait à quel point elle a de la chance."

Noah sentit la tristesse s'installer sur lui. C'est moi qui devrais ressentir ça. Je suis désolé, Lauren, pour tout ça, mais je ne peux pas penser à elle pour le moment."

Lauren hocha la tête puis l'embrassa soudainement sur la bouche. Au revoir, Noah. "Je ne t'oublierai jamais."

Noah ferma la porte derrière elle, en expirant, relâchant la tension. Si la visite de Lauren avait fait quelque chose, cela s'était solidifié dans l'esprit de Noah qu'il ne pouvait plus avancer. Il voulait tellement Lila que ça lui faisait mal de penser à elle. Qu'il aille se faire foutre, il s'est dit: "Va à New York, trouve-la et vois ce que ça pourrait être."

Dans une heure, il était dans l'avion pour Le Big Apple.

Manhattan

Harry Carnegie, qui n'était pas connu pour être anxieux, le ressentait maintenant vivement. Il s'est assis avec son père, Richard Carnegie Sr., en attendant la réaction du vieil homme à ce qu'il venait de lui dire. Richard Sr. regardait par la fenêtre. Harry remarqua combien son père avait vieilli au cours de la dernière année, combien il était devenu calme et serein. Ils parlaient tous les deux jours sur Skype quand Harry était de retour en Australie et même si Richard Sr. n'avait jamais été un homme exubérant, il aimait plaisanter avec son fils pendant qu'ils parlaient. Mais ses yeux étaient plats, sa posture défait.

"Papa?" L'attente tuait Harry. Richard Sr. clignait des yeux comme s'il se rappelait enfin que son fils était dans son bureau.

Harrison, tu dois faire ce que tu aimes dans cette vie. J'aimerais que ce que tu aimes soit à la tête de l'entreprise que tu as construite? Bien sûr, mais de façon réaliste, qui aime ça? C'est ta décision, fiston. Ce n'est pas comme si tu devais te débarrasser de l'entreprise, mais juste trouver de bons managers."

C'est justement ça, papa. Je ne veux pas que ce soit mon travail; je ne veux pas être accablé. On pourrait le vendre pour des milliards. Je veux juste recommencer à zéro, construire des bateaux et être plus libre dans ma vie de tous les jours."

Richard Sr. s'est frotté le menton. Harry, je suis sérieux. C'est ta décision - tu es un jeune homme avec toutes les opportunités qui s'offrent à toi. Fais-le, essaie-le. Tant que tu es heureux, je suis heureux." Il a soudainement donné à son fils un sourire ironique. "Je serais encore plus heureux si tu décidais de faire des bateaux ici."

Harry s'est déplacé inconfortablement. "Papa..."

Richard leva les mains. "Oh je sais, je sais. Tu es australien maintenant. Tu nous manques, c'est tout."

Harry quitta le bureau de son père et décida de se promener dans la ville. Melbourne avait la moitié de la population de New York; ici, il y avait trop de gens dans un endroit trop petit. Harry a toujours eu l'impression de ne pas pouvoir respirer quand il était ici.

Il enfonça ses mains dans les poches de son pantalon et sentit quelque chose fendre le haut de son doigt. Il a sorti l'objet offensant. Une carte de visite. La carte que Tinsley Chang lui avait donnée. Harry suça son doigt pour se débarrasser du sang, et fixa la carte. Le bar n'était qu'à quelques pâtés de maisons d'ici...

Décidé, il se tourna sur le talon et se dirigea vers le village.

· · ·

Riley Kinsayle sourit à la femme blonde du bar. "Charlie veut me faire croire que la raison pour laquelle vous avez rompu, c'est à cause de son énorme... engagement au travail."

Charlie, assis à côté de son coéquipier, sourit à son ex-petite amie. "Ignorez-le, il a la mentalité d'un gamin de quatre ans."

Tinsley riait, séchait des verres et les empilait soigneusement derrière le bar. "Riley, je vais te dire la vérité... c'était juste que sa bite était trop grosse pour moi." Elle a fait un clin d'œil à Charlie qui a levé un verre.

"C'est ma copine."

Riley ricana de rire puis soupira. "Au moins, tu as de l'action; je ne me souviens même pas de la dernière fois où j'ai baisé."

Probablement parce que tu en parles toujours et que tu n'y fais rien ", marmonnait Charlie en levant les yeux.

Tinsley gloussa puis son sourire s'évanouit. Vous êtes plus près de trouver qui a essayé de tuer Lila? Parce que si ce n'était pas Richard alors..."

Riley secoua la tête sobrement et Charlie avait l'air morose. Non et ça me rend dingue. Elle ne veut pas croire que c'était Richard Carnegie, mais en même temps, elle ne veut plus d'une protection supplémentaire. Elle a donné congé la sécurité de Carnegie."

"Et tu as peur que quelqu'un l'attrape?"

Charlie soupira. "Regarde, la vérité. Je pense toujours que c'était Carnegie. Je pense qu'il savait que leur relation était rocailleuse, que sa famille adorait Lila, que la seule façon de sortir qu'il ne ressemblait pas au méchant, c'était si elle avait été assassinée par un harceleur. Il n'a peut-être pas utilisé ce couteau, mais je parie ma vie qu'il savait qui l'a fait."

"Et vous en avez la preuve, inspecteur?"

Tous les trois ont étaient surpris par la voix derrière eux. Harrison Carnegie les fixait avec des yeux hostiles. "Mon frère est mort. Sa fiancée ne croit pas qu'il puisse lui faire ça et elle a raison. Richard n'était pas capable du genre de violence qu'il faut pour poignarder une femme innocente quatorze fois dans le ventre. Il n'était pas capable de violence, un point c'est tout."

Les yeux d'Harry ont croisé ceux de Tinsley pendant une brève seconde, puis il s'est retourné et est parti. Tous les trois furent figés pendant une seconde, puis Tinsley s'élança derrière le bar et cours après Harry.

Dehors, elle a jeté un coup d'œil et l'a vu marcher rapidement. Harry! Attends!"

Il ne s'arrêta pas et elle se retrouva à courir après lui. Il atteignit l'angle de la rue au moment où elle prit son bras. Harry, s'il te plaît, attends, on ne voulait rien dire. On s'inquiète pour Lila, c'est tout."

Harry s'arrêta et elle lui enleva la main du bras. Il la regarda, ses yeux pleins de conflit. "C'était mon frère, tu sais?"

Tinsley hocha la tête. Je sais, et pour ce que ça vaut, je suis avec Lila. J'ai traîné avec Richard assez longtemps pour savoir que c'était un type bien. S'il voulait rompre avec elle, il l'aurait fait. C'était un autre cinglé." Elle a à moitié souri. Lila a tendance à les attirer. C'est son visage et son corps, ça rend les hommes fous."

Harry sourit doucement. "Elle est une beauté, d'accord, mais toi aussi."

"Charmeur."

Harry riait alors fort et sincèrement. "C'est vrai. Ecoute, je suis désolé de m'être trompé d'impression; je pensais juste que vous vous dénigré mon frère."

Tinsley s'est senti un peu mal à l'aise puis a décidé que la vérité était la meilleure façon d'aller avec ce type. En toute honnêteté... Je pense que Charlie a toujours eu un problème avec Richard. Charlie et Lila ont grandi ensemble, ils se protègent les uns et les autres comme des frères et sœurs, et ils se battent comme des frères et sœurs. C'était des gosses de la rue. Donc Charlie n'est pas impressionné par la richesse. Je crois qu'il était d'avis que Richard pensait pouvoir acheter Lila."

Encore une fois, Rich.

"Oh, je sais. Richard a fait ses preuves maintes et maintes fois, mais, hé, tu sais... Charlie se charge de Lila - du moins c'est ce qu'il pense."

Harry hocha la tête. "Compris." Il soupira, regarda autour de lui dans les rues achalandées. "Ecoute, je ne veux pas vraiment retourner dans ce bar, mais que dirais-tu de se retrouver pour boire un verre ailleurs ce soir?"

Tinsley sourit. J'espérais que tu viendrais. Ça veut dire que tu retournes bientôt à Melbourne?"

Harry la regarda fixement, ses yeux bleus si doux et si chauds, un léger éclat de rose sur ses joues, ses cheveux tout dérangés du travail. Quelque chose a bougé en lui et il s'est retrouvé souriant. Il lui caresse timidement la joue - un tout petit mouvement, mais les yeux fermés - et tient bon.

Bientôt, mais pas encore. J'aimerais te voir... que dirais-tu de chez Mona à 20 h?"

Tinsley fait un grand sourire et Harry sent sa bite trembler, excitée par sa beauté. Il s'imaginait la prendre dans ses bras, son corps léger s'enroulant autour du sien, ses petits seins contre sa poitrine....

Je serai là... Ecoute, je dois rentrer ou Riley aura bu les bénéfices. A ce soir."

Avec une petite geste, elle était partie, s'éloignant rapidement de lui et disparaissant dans la foule.

Ne t'en mêle pas trop, se dit Harry, c'est un cauchemar qui attend.

Mais il est retourné à son hôtel avec le plus grand sourire.

Lila s'assit sur le bord de la baignoire dans son nouvel appartement et ferma les yeux. Elle a compté trois minutes en secondes, sans penser à autre chose que les secondes qui passent. Sans vraiment penser à ce qu'elle pensait qu'il lui arrivait, et aux jours de maladie et de douleur. N'absolument pas penser à ce qu'elle ferait. Et surtout, ne pas penser à ce que cela pourrait signifier pour chaque relation dans sa vie.

Cent quatre-vingt secondes. Fait. Elle ouvrit les yeux et regarda le petit bâton de plastique sur l'armoire de sa salle de bain.

Ah non, merde. Oh merde.

Noah était à New York depuis deux jours et ne l'avait pas trouvée.

S'il était honnête, il ne savait même pas par où commencer à la chercher. Eh bien, ce n'était pas tout à fait vrai; il y avait un moyen, mais il avait épuisé toutes les autres options avant d'entrer en contact avec Charlie Sherman. Bien qu'il ait eu très peu de contact avec l'homme, son attitude féroce de grand frère a fait craindre à Noah d'aller le voir. Que dirait-il? Oh, hé mec, je venais juste voir mon ancien patient... Sherman comprenait tout de suite et montait la garde. Non, il doit y avoir un autre moyen.

Noah avait quelques amis ici, certains liés à sa famille. Peut-être que l'un d'entre eux avait un contact avec les Carnegie? Maintenant, il s'est dit: "Faisons ça."

Maintenant que Lila ne vivait qu'à quelques pâtés de maisons du bar, Tinsley pouvait y aller après le travail et voir son amie. Elle a pris son sac dans l'arrière-boutique.

"Je vais voir Lila", a-t-elle crié en partant.

"Donne-lui mon amour", cria Mickey et Tinsley sourit. C'était sa petite famille loin de chez elle. Quand Lila avait été poignardée, Tinsley avait le cœur brisé, effrayé, et elle visitait Lila presque autant que la famille Carnegie. C'était une famille si douce qu'elle s'est tout de suite sentie à l'aise avec eux. Et maintenant il y avait Harry Carnegie...

Juste des amis, se dit-elle fermement. Juste deux Australiens qui sortent pour se lier à leur patrie. Oui, Harry n'était pas vraiment australien mais quinze ans dans une paye - elle a estimé que ça comptait. Et cela n'avait vraiment rien à voir avec ses yeux bruns chaleureux, son ample corps épaulé et ses grandes mains douces. Non, rien du tout.

Lorsqu'elle est arrivée à l'immeuble de Lila, elle a pris l'ascenseur jusqu'au troisième étage et s'est rendue à l'appartement de Lila. Elle portait une bouteille de tequila que Mickey lui avait offerte, et elle portait un grand sourire quand Lila ouvrit la porte, qui s'est effacée quand elle vit Lila en larmes.

"Hé, hé, chéri, qu'est-ce qu'il y a?"

Lila a éclaté en sanglots et Tinsley n'arrivait pas à distinguer un mot de ce qu'elle disait. Elle s'est enroulée autour de Lila et a poussé la porte derrière elle. Elle a dirigé Lila vers le canapé et l'a laissée pleurer.

"Ssh, ssh, dis-moi juste, qu'est-ce qui ne va pas?"

Lila, son visage baigné de larmes, la regarda avec des yeux désespérés. "Oh mon Dieu, Tinsley... J'ai merdé. J'ai merdé royalement et je ne sais pas quoi faire..."

Alors qu'elle pleurait, Tinsley l'a serrée dans ses bras, son propre cœur battant fort. Quoi qu'il en soit, ça avait fait peur à Lila et Tinsley se demandait si c'était quelque chose dont elle pouvait résoudre, ou si son amie avait vraiment des ennuis....

"Dr. Applebaum?"

Noé se retourna pour voir la petite rousse qui le regardait. Cora Carnegie. Il a souri. "Bonjour, encore une fois, Cora, quel plaisir de te voir."

Son visage restait lisse mais à l'intérieur, son cœur commençait à battre avec impatience. Et si Lila était là aussi? Il s'était senti mal à l'aise, ayant une invitation de dernière minute au brunch en tant qu'invité de certains des plus vieux amis de ses parents, mais ils l'avaient chaleureusement accueilli, l'avaient doublé de questions sur les Applebaum plus âgés, et la nourriture était incroyable, empilée sur des piles de pâtisseries fraîches, de fruits frais, d'œufs brouillés avec des truffes éparpillées généreusement dessus. Noah avait commencé à apprécier le rassemblement presque séparément de son plan, mais maintenant, Cora Carnegie se tenait devant lui." Elle était encore plus mince qu'il ne s'en souvenait, la peau de son visage était tendue, ses yeux presque enfoncés. Noah avait pitié pour la jeune femme. J'étais tellement désolé d'entendre parler de ton frère, dit-il sur un ton doux, je ne peux pas commencer à imaginer ce que ça a été. Comment vont ta mère et Lila?

Il espérait que sa question n'avait pas l'air désespérée, mais Cora n'a pas compris son impatience. Maman va bien, elle s'en sort. Elle est ici, quelque part, je sais qu'elle adorerait te voir. Qu'est-ce que tu fais à New York?"

Où est Lila? Où est Lila? Il a fait un signe de tête aux hôtes, les meilleurs amis de mes parents, vraiment. Tu as mangé?" Il s'est empêché de lui dire qu'elle devrait, mais elle a acquiescé.

Comme un cheval ", sourit-elle soudainement," Je te connais, docteur, mais ne t'inquiète pas, "elle a fait un geste à son corps maigre". Ça arrive toujours quand quelque chose d'horrible arrive; je ne peux pas garder le poids. Mais je te promets que je mange."

Noah sourit d'un air triste. "Désolé, ça ne me regarde pas. Tu parles d'un docteur,' - Ugh, mec, vraiment? C'est la meilleure suite que tu puisses trouver? Comment va mon vrai patient? Lila?"

Le sourire de Cora s'est évanoui. "On ne sait pas."

Noah fronça les sourcils. "Que veux-tu dire?" Cora semblait sur le point de pleurer et Noah la dirigea doucement vers une pièce extérieure. "Assieds-toi, ma chérie. Voilà de l'eau. Il a trouvé un pichet et lui a versé un verre. Elle le buvait, lui souriant avec gratitude.

"Je suis désolé, Dr. Applebaum."

"Je ne suis pas de service, Cora, appelle-moi Noah."

Noah, dit-elle timidement et soupira. "C'est arrivé il y a environ une semaine. Son amie, Tinsley... tu l'as rencontrée?" Noah secoua la tête, le cœur battant de panique. Eh bien, Tinsley est allée à son appartement et Lila pleurait et divaguait sur le fait qu'elle avait "merdé quelque chose" et que c'était vraiment mauvais et qu'elle ne savait pas quoi faire. Tinsley a essayé de lui parler, de découvrir ce qui se passait, mais Lila ne voulait pas le dire, elle n'arrêtait pas de dire qu'elle avait tellement foiré."

Le cœur de Noah battait dans sa poitrine. "Que s'est-il passé ensuite?"

Cora se pencha vers l'avant, serrant ses bras autour d'elle comme si elle avait mal au ventre. "Tinsley a dit que tout d'un coup, Lila s'est calmée, bien trop calme pour être bouleversée. Elle a dit à Tinsley qu'elle l'aimait mais qu'elle devait être seule maintenant. Alors Tinsley est parti - oh, et est allé à un rendez-vous avec mon frère mais ça c'est une autre histoire - et le lendemain, maman et moi sommes allés voir Lila - et l'appartement était vide. Je veux dire vide, vide. Elle avait demandé au concierge de nous laisser entrer si on voulait et on a trouvé un mot."

Ce n'était pas bon. "Qu'est-ce que ça dit?"

Cora hésita et prit son élan. "Lisez-le. Je ne peux pas arrêter de le regarder." Elle lui a donné une lettre. C'était écrit sur un papier visiblement cher, et Noah ne pouvait s'empêcher de se réjouir de l'écriture de Lila.

Chère... Tout le monde,

Je suis vraiment désolé, mais je ne vois rien d'autre à faire que de partir. De New York, de vous tous. Sachez que Je vous aime tous, et je serai éternellement reconnaissante pour votre amour et votre générosité.

J'ai fait quelque chose que je ne peux pas défaire. Ne vous inquiétez pas, ce n'est pas illégal ou mortel, mais je dois l'assumer seule. Peut-être qu'un jour, je serai assez courageuse pour vous le dire.

S'il vous plaît, n'essayez pas de me trouver.

Je vous aime tous,

Lila

Noah a relu la lettre trois fois. Il y avait une lettre séparée pour Charlie, mais elle était dans une enveloppe scellée. Il ne nous a pas dit ce qu'il disait."

Bien sûr que non. Ce n'était pas la première fois que Noah s'irritait contre Charlie Sherman. En même temps... Charlie connaissait Lila depuis beaucoup, beaucoup plus longtemps qu'il n'en connaissait - et à quel point, Noah, connaissait-il bien Lila de toute façon? Une seule baise ne fait pas de vous des âmes sœurs. Mais ce qu'il ressentait pour elle.....

Noah? Tu as l'air contrarié?"

Merde. Il a souri à Cora. "Je suis juste inquiet. Elle n'a été agressée que depuis quelques mois, elle ne devrait pas être seule. S'il y a des complications..."Il est parti, réalisant qu'il n'aidait pas l'anxiété de Cora. "Regarde, c'est une adulte, je suis sûr qu'elle va bien. Parfois, les gens ont juste besoin d'espace. Espérons que ce sera tout."

Cora hocha la tête, de nouveau les larmes menaçaient. "Dr... Noah, veux-tu rester en contact? "Je me sens mieux en te parlant, nous sommes trop proches d'elle."Si seulement tu savais. Noah hocha la tête. "Bien sûr."

Plus tard, Noah se rendit en voiture à l'endroit où, selon Cora, se trouvait l'ancien appartement de Lila et se garait à l'extérieur, en regardant par les fenêtres teintés. Où es-tu? Il se sentait comme un fou, survolant un continent pour une femme avec qui il avait couché une fois. Qu'est-ce que je fous? Il a démarré la voiture et est retourné à son hôtel. Oublie-la. Tu ne veux pas de ce drame.

Sauf quand, plus tard, il s'allongea dans son lit en regardant fixement le plafond, il ne pensa qu'à Lila. Ce jour-là, dans son studio de réhabilitation, alors qu'elle avait clairement indiqué qu'elle le désirait, il n'y avait aucun doute dans son esprit qu'il ne voulait que lui faire l'amour. Et la sensation de sa peau sous le bout des doigts, la douceur de ses cuisses autour de sa taille quand il bougeait en elle...

"Pour l'amour de Dieu!" Il roula sur le côté et regarda par la fenêtre la nuit. "Où es-tu?"

N'essaie pas de me trouver. Eh bien, Lila, tu ne m'as pas écrit ce mot, ma belle, je peux ignorer tes souhaits.

Je te trouverai...

"D'accord. Essayons encore... troisième chance." Harry sourit à Tinsley tandis qu'ils s'asseyaient dans le petit bar à cocktails. Tinsley se mit à rire, secouant la tête de façon violente. Leur premier rendez-vous - une sorte de rencard - était un fiasco. Après avoir été avec une Lila désemparée, Tinsley avait été distraite. A la fin du rendez-vous, il l'avait reconduite chez elle et elle s'était excusée.

Quelques jours plus tard, incapables de la sortir de sa tête, il l'appela de nouveau et maintenant, souriant, il tapota son verre avec le sien.

"Je te promets, cette fois, pas d'amis flics ennuyeux et pas de panique pour Lila", dit-elle.

"Toujours pas de nouvelles?"

Tinsley secoua la tête. Elle ne veut pas qu'on la retrouve et je respecte ça. Elle me manque, bien sûr, mais elle fait ce qu'elle doit faire."

Harry a pris une petite gorgée de sa bière. "Puis-je être honnête? Je suis un peu énervé contre elle. Je ne pense pas qu'elle réalise ce que son départ a fait à ma famille, surtout à Cora. Ma sœur est fragile et aime Lila comme une sœur."

Tinsley hocha la tête. "Je sais." Lila n'est pas parfaite, de toute façon, mais parce que, la plupart du temps, elle est tellement à l'aise qu'elle se fait ternir par cette brosse. Ne la juge pas trop durement, elle a vécu l'enfer."

Harry soupira. Dans ce cas, pourquoi ne pas changer de sujet? Je veux savoir pour toi, Tinsley."

Tinsley a souri. "Que veux-tu savoir?"

"Tout. Famille?"

"Maman, papa, deux grands frères appelés Tyler et Joseph. "Les deux sont pénibles, mais je les aime sans questions." Son sourire disait que c'était plus que de l'amour à contrecœur. "Ce sont des surfeurs typiques; en fait, si tu décris un surfeur stéréotypé, c'est Ty et Joe."

"Et toi?"

Je suis allé à la fac près de chez moi, je suis venu ici pour commencer l'école d'art. J'ai abandonné quand je me suis intéressé à la gestion d'un bar. Mickey m'a vendu la moitié du business l'année dernière. J'adore ça."

Harry hocha la tête. "C'est génial, de trouver ton rêve."

Tinsley hocha la tête. Je sais que ce n'est pas le rêve de tout le

monde, mais j'aime la vie. Je suis une noctambule, j'adore rencontrer
de nouvelles personnes. J'aime même une bonne bagarre dans un bar."

Harry a souri. "Soudain, j'ai des flashbacks à l'ouest sauvage."

Tinsley gloussait. "Red Dead Redemption, en fait."

"Tu joues?"

Elle hocha la tête. "Toi?"

Harry avait l'air gêné. "Tout ça m'a échappé, si je suis honnête."

"Alors quel est ton rêve?"

Il a souri. Construire des bateaux et par là, je veux dire des catama-
rans, des voiliers, ce type. "Me couvrir les mains de vernis et me
coincer plein d'éclats de bon bois."

Les yeux de Tinsley étaient grands. "Ça, je ne m'y attendais pas."

Harry a souri. "Tu t'attendais à quoi?"

Eh bien, juste, vous savez, votre frère était plus sur le bling - pas
trop haut et grossier, mais autant qu'il a essayé de le cacher, Rich
aimait ses voitures, son penthouse et ses costumes Saville Row. Tu
sembles être le plaid portant un beau-fils ", a-t-elle ajouté avec un
sourire malicieux.

Harry a ri. "C'est la version hipster de l'enfant rouquin?"

"Oui, sauf que tu n'es pas un branché."

"Dieu merci. Je suppose que Rich et moi avions beaucoup de diffé-
rences. Il était plus spontané. J'aime la lenteur."

Ce n'était pas voulu, mais à ses dires, leurs yeux se sont croisés et
ont tenu bon. Les joues de Tinsley ont un peu colorées mais elle a levé
le menton et ses yeux saphir ont scintillé. "Vraiment, hein?"

Mon Dieu, elle est délicieuse. "Oui, m'dame."

Elle sourit en buvant son verre. "J'aime ça."

Il tendit la main et lui caressa la joue avec le dos de sa main et elle
se pencha vers elle. "Tinsley... J'avais toutes sortes de réserves à propos
d'une relation avec quelqu'un. J'ai encore ces réserves. Je ne peux rien
promettre... Je veux retourner en Australie; ça me ramène, sans cesse,
quelque chose au fond de moi. Mais je t'aime bien. Beaucoup."

Elle hocha la tête. "Je comprends, vraiment. Je n'ai jamais fait à

long terme, même avec Charlie. Je ne suis pas sûr de pouvoir m'engager. Mais je peux m'amuser."

Harry a souri. "On est sur la même longueur d'onde."

Un petit sourire jouait autour de ses lèvres. "Presque. Je suis une
contradiction. Je ne couche avec personne au premier rendez-vous."

Harry gloussait. "C'est notre troisième rendez-vous."

Les deux premiers étaient des désastres, ils ne comptent pas,' elle
agita la main de façon dédaigneuse et il rit fort.

Tinsley s'est penché en avant, et avec un doigt, a tracé une ligne le
long de sa cuisse intérieure, lentement, légèrement, jusqu' à ce qu'elle
place sa paume sur son aine. Harry sentit sa bite réagir, mais il lui
sourit paresseusement quand elle le serra dans son jean.

"J'ai hâte de te revoir, mais pardonne-moi si je veux explorer cette
lente combustion." Elle lui enleva la main et termine le reste de son
verre. "Passe me chercher demain, chez moi. On va voir si cette lente
combustion est plus qu'une combustion éclair."

Elle a fait un clin d'œil à un Harry étonné et est partie. Il regarda le
balancement de ses hanches pendant qu'elle sortait du bar, la façon
dont elle le regardait en arrière et souriait. Confiant. Sexy.

Il attendait avec impatience la nuit prochaine. Combustion éclair,
n'importe quoi.

~

Île San Juan, État de Washington

*C'était stupide de revenir ici? C'était trop évident, est-ce qu'ils vien-
draient chercher? Lila avait évité - avec regret - de retourner à Seattle,
alors elle a choisi un endroit sur l'île de San Juan, quelque part où elle
pouvait se promener sans être reconnue mais assez proche de la civili-
sation. Elle voulait être seule, pas isolée.*

*Seule. Est-ce qu'elle le voulait vraiment ou était-elle dans l'État de
Washington parce qu'au moins comme ça, elle pouvait être proche de*

Noah? Tu vas te rendre folle, elle a fait une nouvelle démonstration avec elle-même. Arrête de penser à lui. Noah Applebaum n'était pas une option. Pas maintenant.

Elle s'assit sur le porche du petit chalet qu'elle avait loué, qui donnait sur le Haro Straight. Il y avait un bout de terre convenable avec la propriété qu'elle aimait - l'intimité. Tous les matins, depuis qu'elle était venue ici, elle prenait son petit déjeuner sur le porche, assise à la petite table de fer forgé avec ses céréales et son thé. C'était si calme, si serein. Elle voyait périodiquement des orques dans l'eau, émerveillée par leur mouvement gracieux malgré leur taille.

C'était presque paradisiaque. Elle soupira maintenant, plaçant sa main sur son ventre, ne croyant toujours pas tout à fait qu'un minuscule être était là-dedans. Le bébé de Noah. Le jour où elle l'a découvert, elle a flippé. C'est impossible, pas maintenant, pas avec tout ça. Que diable dirait-elle aux Carnegie' s? On vient d'enterrer votre fils et mon fiancé, mais devinez quoi? Je vais avoir le bébé de mon docteur! Surprise!

Elle s'est dite: "Mince." Tinsley était arrivée quand elle était au milieu de sa crise, mais Lila ne lui a pas parlé du bébé. Elle s'est juste refermée sur elle et Tinsley, visiblement blessée, avait essayé d'être une amie. Lorsque la conscience se rendit compte que la seule façon de gérer cela était de partir, l'esprit de Lila s'était calmé, s'était agité et avait demandé à Tinsley d'y aller calmement et poliment. Lila s'est senti un pincement maintenant; Tinsley était une bonne amie et elle méritait mieux que ça.

Lila s'est distraite en caressant son ventre inexistant et s'est demandé si elle pouvait prendre le risque d'envoyer des excuses par courriel à Tinsley. Obtenez une adresse email temporaire puis supprimez-la après qu'elle ait envoyé le mail. Elle ne pouvait pas risquer d'être découverte, ni par Tinsley, ni par les Carnegie, ni par Charlie.

Et certainement pas par l'étranger qui s'était introduit chez elle ce soir-là. Chaque fois qu'elle y réfléchissait, elle était plus sûre que quelqu'un avait été dans son appartement pendant qu'elle dormait dans le bain. Lorsqu'elle sortit du bain froid glacé, enveloppant une serviette autour d'elle, elle prit une bouteille de shampooing pleine pour s'en

*servir comme arme et marcha avec détermination dans tout l'apparte-
ment. Rien du tout. Personne. Personne.*

*Mais ses affaires ont été déplacées. Son ordinateur portable, dont
elle était certaine qu'il avait été éteint, était allumé, le navigateur
ouvert. Elle avait regardé de plus près puis s'était réconfortée avec un
soupir. D'horribles images de femmes assassinées, toutes poignardées.*

*Puis elle s'est mise en colère. Elle se promenait à nouveau dans
l'appartement, cette fois armée de son propre couteau, vérifiant tous
les endroits où une personne pouvait se trouver. Quand elle était satis-
faite, elle a poussé un cri de rage.*

*Elle se souvint de ce cri maintenant; c'était un hurlement de colère,
de peur et d'épuisement total. Celui qui l'a poignardée voulait toujours
sa mort, c'était clair.*

*Donc s'enfuir était une évidence. Lila respira plein d'air froid, frais
et pur et se demanda ce qu'il fallait faire ensuite. Pour une fois, elle
était contente de l'argent de Rich, qu'il lui donnait l'espace de respirer
pour trouver quoi faire ensuite. Elle voulait complètement refaire cette
maison, la préparer pour le bébé. La chambre du bébé était la seule
pièce où elle ne voulait pas dépenser l'argent de Rich; elle ne pouvait
tout simplement pas le faire. Pas pour le bébé d'un autre homme.*

*Elle aurait besoin d'un travail. Salaire minimum, empiler les provi-
sions jusqu' à ce qu'elle soit trop grosse - elle pouvait le faire. Elle
ferait ça.*

*Toi et moi maintenant, mon poussin, dit-elle doucement, puis elle
est rentrée à l'intérieur pour se changer.*

*Noah appuya ses lèvres contre sa gorge, ses grandes mains glissant
autour de son dos et caressant la peau douce. Dieu que tu m'as
manqué...*

*La façon dont elle murmurait son nom pendant qu'il caressait ses
cuisses, les tirant autour de sa taille et glissant sa main entre ses
jambes pour caresser son sexe, en sentant la chaleur, l'humidité comme
elle a haleté à son toucher. Lila...*

Ses yeux violets brillaient d'amour pour lui pendant que sa bite, si énorme, si lourde, percée au plus profond de sa chatte prête, sa prise aiguë de souffle comme il l'a remplie, le frottement entre eux les rendant tous les deux sauvages pendant qu'il entrait et sortait d'elle, leurs lèvres affamées contre les autres. Noah lui tendit les mains de part et d'autre de la tête et lui frappa les hanches contre les siens jusqu' à ce qu'elle gémissait et vienne, et elle était si belle qu'il vint encore et encore....

Noah fixa le plafond de sa chambre. Tous les soirs, il se couchait ici éveillé, incapable de dormir, se disputant de nouveau avec lui-même. Tu as couché avec la femme une fois. Voilà, c'est ça. Arrêtez d'être obsédé.

Mais c'est le fait qu'elle avait disparu qui l'a dérangé. Cora lui avait dit que ce n'était rien de sinistre, mais il ne pouvait s'empêcher de s'inquiéter. Quelqu'un avait déjà essayé de la tuer, qui peut dire qu'il - ou elle - ne la retrouverait pas et qu'ils ne le sauraient jamais, ne pourrait jamais protéger Lila de son assassin.

Bon sang, Lila, pourquoi t'as rendu ma vie si compliquée? Noah secoua la tête. Il n'avait jamais tiré parti des richesses et des liens de sa famille auparavant, mais plus tôt aujourd'hui, il avait appelé les enquêteurs privés que son père utilisait et les avait mis en quête de Lila dans tout le pays. Atteinte à la vie privée? Peut-être, mais s'ils la trou-vaient, il leur avait dit de ne pas se faire connaître, de garder leurs distances. Puis il décidait comment l'approcher. Bon sang, quel bordel.

Il n'arrivait pas à sortir de son esprit une image du corps de Lila assassiné et mutilé. S'il te plaît, laisse-moi la retrouver avant qu'il ne le fasse...

Avec cette pensée hurlant dans son esprit, Noah éteignit la lampe et essaya de s'endormir.

~

Manhattan

Harry était en avance. Tinsley lui sourit alors qu'elle ouvrait la porte, ses cheveux mouillés par la douche, la fermeture à glissière au dos de sa robe n'était toujours pas fermée. Harry a levé les sourcils vers elle.

"Désolé, je suis rentré tard du travail. Tu peux fermer ma robe?"

Harry a ri. Bien sûr... Il a laissé ses doigts dériver le long de sa colonne vertébrale avant qu'il ne lève la fermeture éclair et elle frissonnait de plaisir. Elle s'est retournée et a glissé ses bras autour de sa taille.

"Merci."

Il a lissé les cheveux humides de son visage et a pressé ses lèvres sur les siens. "Mon plaisir" murmura-t-il, respirant son odeur propre et douce. "Bien que je préfère l'enlever complètement."

Tinsley gloussait doucement. "L'anticipation est le nom du match de ce soir, M. Carnegie. Beaucoup de baisers d'abord... baisers et nourriture, parce que je meurs de faim."

Ils ont ri tous les deux. "De quoi as-tu envie?"

"Hamburgers", a-t-elle dit immédiatement, "tous grillés sur la braise et juteux." Elle a rendu les mots si sordides qu'il a fait un petit grognement et elle a ri. Elle a glissé sa main sur sa queue déminée. "Patience. Ça en vaudra la peine, je te le promets." Elle prit sa main et la mit sous sa robe. Ses doigts froids trouvaient la peau nue et chaude. Pas de sous-vêtements. Harry gémit et enterra son visage dans son cou.

"Tinsley Chang, je te jure que tu seras ma mort."

Elle a souri. Harry... Je te jure que ce soir sera le meilleur de ta vie. Es-tu prêt pour l'aventure? Quoi que ce soit?"

Harry hocha la tête. "Peu importe ce que c'est."

Ils ont mangé dans un restaurant local, des sandwichs géants, des galettes fines mais incroyablement savoureuses, étouffées dans de la moutarde, de la mayonnaise, des cornichons et de la laitue. Les sauces s'égouttèrent dans leurs doigts et causèrent un désordre, mais ils s'en moquaient. Il y avait quelque chose de si charnel, de si sensuel dans la façon dont ils les mangeaient, léchant leurs doigts de façon si suggestive qu'ils finissaient tous les deux par rire. Après, ils sont allés dans un bar et ont bu des mojitos.

"Je voulais en savoir plus sur ta vie, mais ce soir, ce n'est pas le bon moment."

Elle hocha la tête. "Ce soir, tout tourne autour du physique, M. Carnegie."

Vraiment, il n'avait jamais rencontré une femme aussi indifférente, si confiante dans sa séduction. Ça l'a rendu fou.

Alors qu'est-ce que tu aimes? Êtes-vous une missionnaire hétéro-sexuelle? Attendez, je crois que je connais la réponse."

Tinsley a bu son verre. Harry, je ne crois pas aux limitations ou aux étiquettes. Je ne veux pas me retenir. Si je veux quelqu'un, et ils me veulent, pourquoi faire semblant de suivre des normes sociales qui disent qu'une femme devrait être coquette ou prétendre à une réserve qu'elle ne ressent pas. Ça vient juste d'empêcher une bonne baise."

Harry lui a levé son verre. "Je boirai à ça."

Elle a souri. Je parie que si. Harry... où est l'endroit le plus sauvage où tu as couché?"

Il réfléchit. "Probablement sous les gradins de mon terrain de foot-ball universitaire."

"C'est tout? C'était pendant un match?"

Harry sourit d'un air de berger. "Non, désolé." Et toi?"

Tinsley prit un long moment avant de répondre. "Il y a un club où je vais parfois."

Harry prit son ton et sourit. "Oh, un club."

Elle a ri. "Oui, et c'est exactement ce que vous pensez que c'est, mais c'est un endroit sûr pour... essayer de nouvelles choses."

"Comme?"

"Bondage." Elle étudia ses yeux pour sa réaction, mais il lui rendit son regard. "Ça dépend de ce que tu fais, bien sûr."

"Et tu as essayé tout ce que le club a à offrir?"

Soudain, son sourire s'élargit en un sourire foudroyant. "Non, pas une seule fois, mais j'ai essayé de te faire flipper."

Ils riaient tous les deux, Harry secouant la tête. "Femme, je te le dis, quand on sortira d'ici, je te le ferai payer."

"Ça semble prometteur." Ses yeux tombèrent délibérément sur son entrejambe, puis retournèrent à ses yeux. Harry grogna.

"Merde, quand tu me regardes comme ça..."

Tinsley se leva soudainement et lui tendit la main. "Viens avec moi."

Dix minutes plus tard, ils se trouvaient sur le toit de son immeuble, surplombant les lumières de New York. Harry a repris son souffle. Si belle... la ville scintillait sous eux et maintenant, alors qu'il se tournait vers elle, ces lumières étaient reflétés dans les yeux bleus de Tinsley.

"Dieu, mais tu es belle", murmura-t-il et la rassembla auprès de lui. Pendant qu'ils s'embrassaient, ses mains erraient au-dessus de son corps; ses propres doigts allaient jusqu'au bouton de son jean.

Alors qu'elle libérait sa bite engorgée et palpitante de son jean, il glissa ses mains sous sa robe et la poussa vers le haut, la soulevant d'un seul mouvement facile. Il l'a poussée contre un mur et s'est jetée dans sa chatte humide et prête. Il gémit d'un soupir frissonnant quand il entendit sa respiration. Je vais te baiser longuement et durement, jolie fille, lui cria-t-il dans l'oreille et il entendit son rire tremblotant, presque essoufflé. Il poussa profondément et longuement, jusqu'au cœur d'elle, encore et encore, sa bite voulant de plus en plus ce sensation, ses sens explosant. Tinsley a enveloppé ses bras autour de son cou, gardant le contact visuel avec lui, forgeant ainsi un lien. Ses lèvres étaient rugueuses contre lui, ses doigts se tordaient dans ses cheveux, ses ongles traînaient le long de son cuir chevelu avec une intensité féroce.

Ses hanches ont augmenté leur allure, sa bite s'épaississant à l'intérieur d'elle, étirant les muscles tendus de son vagin alors qu'il frappait en elle. Tinsley haletant et gémissant en se servant de sa main pour taquiner son clitoris, tout son corps vibrant de plaisir.

Ils sont restés connectés pendant qu'ils reprenaient leur souffle. "Wow, oh, wow,' Tinsley a réussi à respirer en lui souriant. "C'était incroyable."

Harry gloussa, l'embrassant profondément, sa bite se raidissait déjà à nouveau en elle. Je pourrais faire ça toute la nuit... et devinez quoi? C'est exactement ce qu'on va faire."

Tinsley se jeta la tête en arrière et rigola. "Et comment?"

Harry sourit méchamment. "En fait," et il a recommencé à emmé-
nager et à s'éloigner d'elle,"C'est moi qui suis là."

Dieu, tu es délicieux ", chuchota-t-elle en l'embrassant, puis, tandis
que son excitation grandissait à nouveau, elle ferma les yeux. "Oui...
comme ça, oui... oui... oui..."

Ils se sont retrouvés chez elle, en train de baiser par terre, dans le
lit, sous la douche. À quatre heures du matin, finalement rassasiés et
épuisés, ils se sont dirigés vers le restaurant au coin de la rue et ont
mangé des crêpes au sirop. Harry, sa main libre couvrant la sienne, lui
sourit. "Tu travailles demain?"

Elle secoua la tête. "Jour de congé. Pourquoi?"

"Aucune raison. Je voulais juste voir si t'avais envie de baiser
pendant vingt-quatre heures?"

Elle a rigolé à son expression impertinente. "Qui ne voudrait pas
avec toi?"

Harry l'a remerciée. "Tu es incroyable. Je dois dire que... je ne l'ai
jamais eu si bien."

Mais ne le dis pas à Charlie, dit-elle en riant.

Harry manga sa crêpe. Mais pourquoi vous avez rompu?

Le sourire de Tinsley s'est un peu estompé. Charlie est un type
super, un cœur d'or, très protecteur. Trop protecteur à mon goût. Je suis
un esprit libre, Harry, c'est dans mon sang. Je ne m'engage pas, je
n'aime pas qu'on me demande où je suis toute la journée." Elle soupira.
Je comprends pourquoi Charlie était extra-protecteur étant donné ce
qui est arrivé à Lila, mais ça nous a mis en conflit. À la fin, j'ai dû l'asseoir et lui expliquer mon... ethos, je suppose que tu appellerais ça
comme ça. Je vis, j'aime mais je suis ma propre personne."

Harry hochait la tête avec compréhension. "Je pense que c'est juste.
Alors vous avez décidé...?"

Nous serions amis et je suis tellement reconnaissante que nous
sommes toujours amis. Je sais que ton frère et Charlie ne se sont pas
toujours entendus, mais je te jure... J'aimerais pouvoir trouver un
moyen de le faire rencontrer quelqu'un qui le mérite."

"Maman Ours."

Tinsley a souri. "Certainement pas une maman. Les enfants ne sont pas dans mon plan." Elle le regarda comme si elle s'attendait à ce qu'il proteste, mais il acquiesça d'un signe de tête.

"C'est assez juste. Je ne suis pas sûr de les vouloir moi-même. On n'en est pas encore là. Quoi?" Il a demandé quand elle ricanait...

Non, rien, si ce n'est qu'on s'attend à ce que les femmes, presque dès la puberté, répondent à la question: voulez-vous des enfants? Et la raison est toujours donnée - parce que l'horloge tourne. Les hommes n'ont jamais à s'inquiéter du temps qui passe ou des attentes qu'une femme voudra toujours - même secrètement - avoir un enfant. Quand nous disons que nous ne le voulons pas, il y a toujours un contre-argument. Eh bien, pas moi. "Je ne déteste pas les enfants, je n'en veux pas un des miens." Elle regarda son visage et sourit. "Désolé, mon ourson."

"Complètement valide. Je comprends aussi... Je ne suis pas du genre à m'engager ou à prendre de la saccharine. Tinsley, tu es belle et sexy et j'adore passer du temps avec toi. J'adore te baiser. "Sans attaches."

Elle a tapoté sa tasse de café contre la sienne. "Si tu as fini de manger, tu ferais mieux de me ramener au lit."

Il les a regardés quitter le resto. Il avait commencé à suivre la femme blonde, sachant qu'elle était la meilleure amie de Lila, se demandant si elle savait où était Lila. Il était prêt à lui faire part de l'information avec violence, si nécessaire. Et maintenant il a découvert qu'elle se tapait le frère de Richard Carnegie. "Tout devient un peu incestueux", murmura-t-il. Elle serait quand même seule à un moment donné, puis il l'atteindrait.

Il était absolument sûr que son couteau la forçait à tout lui dire, et quand elle le faisait, il la faisait taire pour toujours.

∿

Île San Juan, État de Washington

Lila s'assit joyeusement au registre de la librairie. Elle s'attendait à trouver un emploi au marché de la ferme ou à l'épicerie, mais lorsqu'elle est arrivée à la librairie il y a trois mois, en essayant de trouver quelque chose de nouveau à lire, elle avait vu la demande de ' Cherche assistant " et elle s'était empressée de se présenter.

Maintenant, elle s'est installée ici. La librairie était la propriété de Ronnie et Flynn, partenaires en affaires et en amour, qui ont été bâtis comme des bûcherons et qui possédaient pourtant la plus belle nature de tous ceux qu'elle n'avait jamais rencontrés. Ils venaient d'adopter des filles jumelles et Lila regardait les deux hommes s'emparer des filles. Ils l'avaient embauchée pour diriger la librairie, impressionnée par ses connaissances littéraires, et elle a constaté qu'ils s'éloignaient de plus en plus de l'entreprise. Elle s'en fichait, elle aimait beaucoup parler de livres avec les clients, faire des recommandations. Elle aimait même nettoyer et ranger l'endroit. C'était un paradis. Toute l'île l'était, et elle s'était sentie détendue ici, son esprit enfin paisible après les mois d'agitation. L'île avait un centre médical formidable avec un personnel chaleureux et efficace et elle aimait beaucoup son obstétricien, le Dr Low. La jeune chinoise lui avait dit ce dont elle pouvait s'attendre pendant sa grossesse et l'avait conseillée sur les précautions supplémentaires qu'elle devait prendre en raison des dommages causés à son ventre par les coups de couteau.

"Tu trouveras sûrement que tes cicatrices grattent beaucoup, donc plein de crème. En interne, il va falloir qu'on voie. Tu es encore sensible, tes muscles sont affaiblis. Mais je te surveillerai de près. Je suppose que la grossesse n'était pas prévue?"

Lila avait secoué la tête, mais maintenant, en y repensant, elle se demandait. Elle n'avait même pas considéré une interruption de grossesse. Elle était absolument pro-choix, mais quand il s'agissait de ce bébé... aurait-elle ressenti la même chose si c'était l'enfant de quelqu'un d'autre que celui de Noah Applebaum? Même celui de Richard?

Elle s'est demandée encore et encore pourquoi elle ne pouvait pas sortir Noah de sa tête. Elle a raisonné avec elle-même, mais là, c'était une affaire inachevée. Elle s'est demandé si elle devait lui parler du bébé et s'est retrouvée à se confier à Ronnie et à Flynn, leur demandant ce qu'elle devait faire.

"On ne peut pas te le dire, chérie, mais l'homme mérite d'être impliqué."

Lila a mâché sa lèvre. "Mais c'était une seule fois."

Flynn a roulé des yeux. "Mais tu es fou de lui, tout le monde peut le voir."

"

Lila soupira. "Ce n'est pas si facile. Premièrement, je n'ai aucune idée s'il ressent la même chose ou si je n'étais qu'une seule fois. Deuxièmement, mon fiancé vient d'être assassiné. C'est déjà assez grave que j'aie le bébé d'un autre homme... mon Dieu, quel bordel."

Elle a pensé à cette conversation maintenant, reconnaissant à Ronnie et Flynn pour leur honnêteté, mais elle n'avait pas encore trouvé de solution. Maintenant, elle était près de cinq mois plus tard, son ventre légèrement courbé vers l'extérieur, petit mais encore visible. Elle était surprise que le bébé soit si petit; avec la taille de Noah, elle s'imaginait que ce serait un monstre, mais non, son petit haricot n'était que ça. Petit. Elle lui a caressé une main dans le ventre. Quoi qu'il se soit passé, elle était déjà attachée à la petite bête. Pas de retour en arrière maintenant, elle sourit à elle-même.

La librairie était calme aujourd'hui. Le temps était devenu pluvieux et frais, et le ciel était noir avec des nuages orageux. Lila vérifiait une nouvelle livraison, scannait les livres dans le système informatique de la boutique et les évaluait. Elle était si absorbée qu'elle entendit à peine la porte du magasin s'ouvrir, la petite cloche carillonner.

"Salut."

Elle a figé et sa respiration s'est prise dans la gorge. Non, pas comme ça. Elle saisit le comptoir devant elle, se déplaçant légèrement, de sorte que la boîte de livres était un mur devant elle. Protection. Déflexion. Elle prit une inspiration et leva les yeux.

Noah Applebaum se tenait devant elle, incroyablement beau dans son pull et son jean, un sourire qui atteignait ses yeux verts. Ses cheveux bruns étaient un peu plus longs qu'elle ne s'en souvenait, et il était plus grand aussi, n'est-ce pas? Ouais, c'est sur ça qu'il faut se concentrer maintenant, idiot. Elle l'a regardé fixement.

"Noah... qu'est-ce que tu fais ici?"

Son sourire ne s'est pas estompé. "Pourquoi penses-tu? J'ai essayé de te joindre à New York après la mort de Richard, mais Cora m'a dit que tu avais disparu. Puis, l'autre jour, une de mes patientes me racontait comment elle avait vu cette très belle jeune femme dans la librairie où elle vivait et qu'elle semblait familière. Elle se souvenait du magasin de mariage à New York, de ton visage sur les photos."

Les yeux de Lila se sont rétrécis. "Que t'a-t-elle dit d'autre?"

Noah avait l'air confus. "Hein?" Rien, juste ça."

"Tu mens."

Ça l'a secoué. Il s'attendait évidemment à un accueil plus chaleureux que celui qu'elle lui réservait. "Quoi? Non, je..."

Si la femme existe, elle t'aurait dit autre chose sur moi. Quelque chose de gros. Noah... Comment tu m'as trouvé?"

Il ouvrit la bouche pour protester, puis eut la grâce d'avoir honte. Je suis désolé, je ne voulais pas te faire peur. Je pensais que si je jouais comme si c'était une coïncidence, une remarque passagère, ça sonnerait mieux que si j'engageais un détective pour te trouver. Plusieurs en fait."

Lila ferma les yeux. "Oh, mon Dieu..."

"Lila, je suis désolé, j'étais tellement inquiet. Celui qui t'a poignardé est toujours en liberté, je voulais savoir que tu étais en sécurité. Et je voulais te voir. Bien sûr, je voulais te voir."

Lila avait envie de pleurer. Un côté d'elle voulait courir dans ses bras mais l'autre, le côté rationnel, était irrité et effrayé et Dieu... tant d'émotions. Elle serra la boîte de livres devant elle. Je pense que tu devrais y aller, chuchota-t-elle. "Je ne peux pas faire ça."

Elle détestait la douleur dans ses yeux. "Noah... les choses ont changé. Je ne suis pas fiancé, mais je ne suis pas libre non plus. Autant que moi...' elle a filé et l'a regardé. Il était tout ce qu'elle voulait, désespérément. Le temps qu'ils avaient passé ensemble quand elle était à l'hôpital avait été incroyable. Le lien qu'ils avaient forgé, rien de comparable à ce qu'elle avait vécu auparavant. Elle adorait tout sur cet homme; son intellect, son sens de l'humour débile, le motif des grains de beauté sur sa joue droite qui ressemblait à la Grande Ourse. Elle s'était sentie très en sécurité quand sa peau était à côté de la sienne et pourtant, maintenant qu'elle se tenait à moins de quelques mètres de lui, elle n'avait jamais été aussi terrifiée.

Tu dois le faire, tu dois lui dire pourquoi. Ce n'est que justice.

Noah, je... sa voix a craqué et il s'est avancé pour la réconforter. Elle secoua la tête et il s'arrêta. Noah, reprit-elle, cette fois, il y a quelque chose que je dois te dire. Un gros truc."

Il lui a fait un sourire tordu. "La grande chose que mon patient imaginaire aurait remarqué?"

Elle ne lui a pas rendu son sourire. "Sache que je ne voulais pas t'ennuyer."

Il était confus maintenant. "Quoi que ce soit, Lila, s'il te plaît, dis-moi."

Lila hésita un long moment, puis avec une grande prise de respiration, elle marcha autour du comptoir et finit par l'affronter, la main sur son abdomen légèrement rond.

Noah la regarda avec incrédulité.

~

Manhattan

Riley Kinsayle n'a pas eu son sourire habituel sur son visage alors que Tinsley l'accueillait ce soir-là. "Salut, mec?"

Elle a poussé une bière vers lui, mais il l'a refusé. "Charlie est à l'hôpital."

Tinsley a été choqué. "Quoi? Comment?"

Il s'est fait tabasser par des junkies sur un buste qui s'est mal tourné. Le docteur dit qu'il va s'en sortir mais, mon Dieu, Tins..."

Riley avait l'air si secouée qu'elle a fait le tour du bar et l'a embrassé. Mon Dieu, c'est horrible. Dans quel hôpital est-il? Je vais aller le voir."

Riley lui a dit. "Mais laissez-la jusqu' à demain, ils ne laissent entrer que la police."

Tinsley soupira et se frotta les yeux. Je croyais que toute cette violence était finie. C'était une arrestation qui a mal tourné?" Elle indiqua la cafetière chaude et Riley hocha la tête avec gratitude.

Alors qu'elle lui passait la boisson, il prit une longue gorgée, ne se souciant évidemment pas de savoir si le liquide chaud lui brûlait la bouche. Non, Charlie suivait une piste sur l'agresseur de Lila. Il a dû trop s'approcher."

Les yeux de Tinsley se sont élargis. "Wow. Oh wow."

Riley l'étudia, ses yeux sombres fouillant son visage alors qu'il buvait encore du café. Il a posé la tasse. "Tinsley... il demandait Lila."

"Quoi?" Tinsley avait envie de pleurer. Soupira Riley.

Tins, si tu sais où elle est... dis-moi. S'il te plaît. Elle voudra savoir pour Charlie et il a besoin d'elle maintenant, comme jamais auparavant. S'il te plaît."

Tinsley soupira. "Riley, je ne sais vraiment pas où est Lila. J'ai reçu un courriel d'elle, me disant qu'elle était désolée d'avoir disparu, mais c'était pour le mieux. Quand j'ai essayé de répondre, le message a rebondi."

Riley a mâché cette information. "As-tu toujours son e-mail?"

Tinsley hocha la tête. "Bien", dit Riley, "alors on pourrait peut-être remonter d'où ça vient. Huh. Ironiquement, le logiciel Carnegie le ferait probablement pour nous et - "

"Riley, non. Elle ne mérite pas que son intimité soit violée comme ça, ce n'est pas juste."

"Sa meilleure amie vient d'être attaquée, Tinsley." La voix de Riley avait un ton inhabituel - en colère, pleine de reproches et elle tourna autour, s'irrita.

"Je le sais, mais ce n'est pas la faute de Lila?"

Riley a creusé dans ses poches pour trouver de l'argent pour le café, secouant la tête, visiblement énervé. "Tins, sachez que tu pourrais être accusé d'entrave à la justice."

"Lila n'a pas battu Charlie?"

Riley a claqué l'argent du bar et est parti.

~

Île San Juan, État de Washington

Noah regarda le ventre de Lila pendant un certain temps, puis lentement il rencontra son regard, les yeux froids. "C'est à moi?"

Les mains de Lila transpiraient et son cœur battait fort contre ses côtes. Bien sûr que si, chuchota-t-elle. "Il n'y a eu personne d'autre depuis ce temps."

C'est arrivé une fois, dit-il. Presque incrédule.

"Es-tu en colère?"

Il secoua la tête. "Non pas que tu sois enceinte, Lila, non, je ne suis pas en colère pour ça." Il marcha vers elle, les yeux pleins de douleur. Mais je suis en colère que tu me l'aies caché. C'est mon enfant aussi."

"On a eu un jour ensemble, Noah. Je ne voulais pas laisser tomber ça sur tes genoux, surtout pas après tout, et ce n'est pas comme si nous étions dans une relation au début. Et j'ai dû prendre en compte le Carnegie aussi. Comment pensez-vous qu'ils se seraient sentis? Moi enceinte du bébé d'un autre homme quand leur fils, mon fiancé, vient d'être tué?"

Noah la regarda fixement, secouant la tête. "La seule personne qui compte ici, c'est notre enfant, Lila. Tu le gardes?"

"Bien sûr." Sa voix s'est cassée et des larmes ont coulé sur ses joues. Il leva les bras pour la tenir, mais elle se retira. "Non, s'il te plaît, ne me touche pas. Noah, je suis désolé mais en ce qui me concerne, il n'y a rien à dire."

Noah l'a perdu alors. Tu ne peux pas faire ça, Lila, c'est mon enfant! Tu ne crois pas que je veux participer à sa vie? Aidez à l'élever. Je veux..."

"Quoi? Qu'est-ce que tu veux, Noah?"

Il s'est arrêté à mi-parler. "Je te veux, Lila. Je te veux toi et notre bébé."

Lila ferma les yeux. Elle avait rêvé d'entendre ces mots exacts -

mais pas comme ça. Noah, je ne peux pas. Je ne peux pas, c'est tout. J'ai peur que si nous essayons - et échouons - de perdre, tu me brises. Et même si je ressens quelque chose de réel et tangible pour toi, on ne se connaît pas si bien."

Conneries, dit-il férocement, je te connais. Je sais que tu aimes de tout ton cœur. Je sais que quand tu dors, tu préfères ton côté gauche, dormir avec une main sous le visage. Je sais que tu aimes la gelée d'orange et le citron vert. Je sais que je marcherais dans le feu pour te voir heureuse et en sécurité..."

Lila se mit à sangloter et, en un éclair, Noah avait fermé à clé la porte du magasin et à descendu le store, venant la prendre dans ses bras. Elle n'a pas résisté.

Lila, ma chérie, je ne peux pas te sortir de ma tête. Je devais te trouver, te dire combien tu comptais pour moi. Essayez de voir si on pourrait essayer ensemble. Ce n'était pas une aventure d'un soir pour moi, Lila; c'était le début d'autre chose. Et maintenant je sais que c'est vrai. Ecoute, je vais me transférer au centre médical ici, loué quelque part, pour que si tu as besoin de moi, je sois là. Toujours. "Je ne te demanderai pas de t'engager envers moi, laisse-moi juste être là, impliqué."

Elle le regarda par les yeux pleins de larmes, cherchant dans ses yeux verts clairs des indices de ce qu'il ressentait vraiment. Tout ce qu'elle voyait était de la douleur - et de l'amour.

"Noah..."

Ses lèvres se sont écrasées contre les siens, la faim, la douleur dans son baiser et ses bras se sont serrés autour de son corps. Ses mains glissèrent sur son visage pendant qu'elle répondait à son baiser, les doigts se nouant dans ses cheveux.

Les mains de Noah glissèrent sous sa robe, caressèrent son ventre bombé, puis sa main glissa entre ses jambes, caressant et touchant à travers ses sous-vêtements. Je te veux tellement, lui murmura-t-il contre sa bouche et elle gémit doucement tandis que ses doigts s'accrochaient dans sa culotte et les glissaient sur ses jambes.

Quelque part dans son esprit brumeux et délirant de luxure, elle a enregistré que faire l'amour à cet homme sur son lieu de travail, au milieu de la journée, était insensé. Mais elle ne pouvait pas s'arrêter. Mon Dieu, la douceur de sa bouche sur la sienne, ses yeux qui la balaient, faisant trembler et mouiller son sexe, ses grandes mains sur sa peau.

Il l'abaissa au sol et recouvrit son corps avec le sien, l'embrassant, grignotant ses lobes d'oreille, tirant les bretelles de sa robe vers le bas pour qu'il puisse prendre ses seins dans sa bouche, les sucer, les taquiner dans une frénésie. Sa bouche descendit vers son ventre, ses mains douces, ses lèvres contre elle, tendres comme il le caressait.

Je veux que tu sois en moi, elle a réussi à souffler, à sourire, Noah a déchiré son jean, sa bite s'est levée, dure et énorme contre son ventre. La vue de celui-ci a fait pulser sa chatte avec désir et quand, enfin, pour la deuxième fois seulement, il est entré en elle, elle soupira de bonheur et de contentement.

Je me fais baiser par ce bel homme, dont je porte le bébé en moi. En ce moment, j'ai tout ce que j'ai toujours voulu....

Tandis qu'ils faisaient l'amour, Noah, tendre jusqu'au bout, l'embrassa doucement, passionnément, regardant dans ses yeux. Sa bite la conduisit sur un plaisir presque insupportable, son ventre arrondi contre le sien, ses seins frôlant sa poitrine dure.

Elle l'a regardé fixement et s'est dit, oh combien je t'aime, toi, mon bel homme, et pour un moment heureux, elle a imaginé ce que ce serait que d'imaginer une vie ensemble, ici sur cette île, anonyme et paisible.

Son orgasme la laissa perplexe et, en descendant d'en haut, elle entendit Noah gémir et sa semence se répandit dans son ventre.

"Lila, Lila, Lila..."

Le chuchotement lui a donné envie de pleurer, mais au lieu de cela, elle lui a collé sa bouche sur la sienne. Noah lui caressa le visage pendant qu'ils s'embrassaient, puis, tandis qu'ils se prenaient d'air, il la regarda fixement.

"Lila... s'il te plaît, on ne peut pas au moins essayer?" Etre une famille? Toi, moi et le tout petit? Au moins, essayons."

L'espoir jaillit en elle pour la première fois et elle hocha la tête, les yeux pleins de larmes, voyant la joie se répandre dans ses yeux. Oui, dit-elle simplement. "Oui."

Manhattan

Tinsley tremblait. Elle n'avait jamais vu Riley aussi énervée. On avait tiré sur son partenaire, mais pour l'attaquer pour protéger la vie privée de Lila. Il se passait quelque chose avec Riley, autre que Charlie qui se faisait tirer dessus.

Tinsley soupira, essayant de se calmer. Le Riley qu'elle connaissait et aimait- on ne le voyait nulle part dans l'homme en colère qui venait de partir. "Jeez", se dit-elle.

Plus tard, lorsque Mickey est arrivé pour son service, Tinsley s'est envolé et, toujours en colère contre Riley, a ignoré sa demande de rester loin de l'hôpital. Elle a eu de la chance, les flics l'ont laissée entrer sans discuter.

Charlie était assis au lit et regardait un match de baseball à la télé. Son épaule gauche était lourdement bandée, son bras dans une écharpe. Il y avait des marques de coupures et des ecchymoses partout sur son beau visage. Il avait l'air fatigué mais ses yeux s'illuminèrent quand il la vit.

"Hé ma mignonne, qu'est-ce que tu fais ici?"

Elle a roulé les yeux, embrassant sa joue. Sa barbe chatouillait ses lèvres et elle se sentait nostalgique, elle se souvenait de lui quand elle se réveillait en l'embrassant. De l'eau sous le pont, gamin.

Riley est venu me voir, il m'a dit que tu t'étais fait tabasser. J'ai entendu parler d'une religieuse âgée de 40 kilos, qui boité?

"Plutôt des lutteurs sumos de 100 kg. Avec de vrais marteaux comme dans les dessins animés."

Tinsley rit, content que Charlie ait gardé son sens de l'humour. Elle a légèrement touché son bras blessé. "A quel point c'est grave?"

Il haussa les épaules, puis vrombit à la douleur. "Couple d'os ébréchés, des fractures. Ça devrait aller dans quelques mois."

Tinsley hocha la tête. "Heureusement que ce n'est pas ta main qui te branle."

Charlie a aboyé de rire. "Oui, c'est vrai. Mais tu sais que tu peux toujours m'aider avec ça."

Alors qu'il riait de nouveau, elle lui glissa dessus, rougissant. "Dans tes rêves."

"En parlant de ça, comment ça se passe avec Harry? Ces garçons de Carnegie aiment jouer avec mes femmes ", dit-il en souriant pour montrer qu'il plaisantait.

Tinsley s'est sentie bizarre de discuter de sa relation - si elle pouvait l'appeler comme ça - avec son ex-petit ami, mais Charlie était maintenant un bon ami - sa meilleure ami, si elle était honnête. Elle lui sourit méchamment. "Bref, un petit oiseau m'a dit que vous aviez votre propre fan dans cette famille - une certaine petite rousse?"

Charlie a eu la gentillesse de paraître chétif. C'est juste un petit coup de cœur, elle s'en remettra. Cora a juste besoin de qu'el qu'un qui s'occupe d'elle, c'est tout. Je pourrais être son père."

Tinsley souriait. C'est vrai, grand-père. Riley est venu me voir, pour me parler de toi et j'ai peur qu'on se soit disputés et que je voulais venir m'expliquer."

Charlie tenait sa bonne main. "Hey, je reste en dehors de toute dispute entre vous deux. C'est un perdant-perdant pour moi."

Tinsley fronça les sourcils. "Mais ça t'implique un peu. Enfin, Lila."

"Comment ça?"

"Il m'a demandé si je savais où était Lila, que si je savais, je devrais te le dire parce que tu avais besoin d'elle, tu lui as demandé quand tu étais blessée."

Charlie la regarda fixement. Je n'ai rien fait de tel. Lila est là où elle a besoin d'être en ce moment; je ne m'en mêlerais jamais pour quelques coupures ou ecchymoses. Tu es sûr qu'il a dit ça?"

Vu que c'était le cœur de notre dispute, je suis presque sûr. Je lui ai dit que je ne savais pas où elle était et il a flippé.

Charlie avait l'air étonné. Riley? Riley a flippé?"

Tinsley hocha la tête. Ouais, c'était à peu près ma réaction. Tu es sûr de ne pas l'avoir demandée quand on t'a fait venir, peut-être que tu n'étais pas très lucide?"

Il secoua la tête. "Non, absolument certain."

Elle regarda les ecchymoses sur sa tête et se demanda s'il avait une commotion cérébrale. "Comment peux-tu en être si sûr?"

Charlie soupira. "Parce que Tins, je sais déjà où est Lila."

~

Île San Juan

Il les conduisit à travers l'île dans sa Mercedes, jusqu' à la maison qu'elle avait trouvée pour elle-même. Timidement, Lila prit la main de Noé et il regarda et lui sourit. "Hey, beauté."

Lila secoua la tête en souriant. Il fallait que quelque chose se passe. Quelque chose irait mal. Si elle a appris quelque chose de la dernière année, c'est que personne n'a eu tout ce dont elle avait rêvé. Il devait y avoir une accroche, une tournure dans le conte.

Mais pour une fois, elle s'est laissé croire. Après avoir fait l'amour dans le magasin, ils s'étaient habillés, avaient rangé l'endroit et rouvert, mais la pluie a laissé le magasin vide et ils ont parlé.

"Pourquoi as-tu gardé le bébé?" demanda-t-il doucement. "Tu aurais pu t'en occuper et personne ne l'aurait su."

Parce que c'était la tienne, chuchota-t-elle doucement, se méritant un baiser passionné.

Ils avaient parlé de détails pratiques. Je pourrais tout simplement démissionner, dit-il facilement, mais j'ai des patients que je veux voir jusqu'au bout de leurs traitements. Pour l'instant, je vais faire la navette. Je vais trouver un endroit près de chez toi pour ne pas te presser."

Elle secoua la tête. "Non, ne fais pas ça. Reste avec moi, ne complique pas les choses. Et parfois, si tu veux bien de moi, je viendrai en ville."

Noah était clairement ravi. On va faire ça, Lila, jusqu'au bout. On va y arriver, je le jure."

Elle voulait lui dire qu'elle l'aimait à ce moment-là, mais c'était trop tôt, se dit-elle, c'était de la fascination. Elle pensait avec un demi-sourire, de la luxure et un bébé en chemin. Mais si elle était honnête, elle ne voulait pas encore le dire. Elle voulait le dire dans un moment où il n'était pas influencé par l'excitation sexuelle, la panique, la peur ou quoi que ce soit. Elle saurait quand le moment est venu.

Sa maison est devenue visible et Noah a sifflé. "C'est chouette," quand il s'est approché et qu'elle a été surprise.

Ce n'est qu'un chalet, assez délabré aussi, sourit-elle en l'aidant à sortir de la voiture. Elle ouvrit la bouche pour continuer, mais puis elle vit qu'il la fixait, les yeux intenses. "Qu'est-ce que c'est?"

"La grossesse te va bien, dit-il doucement, tu es encore plus belle que dans mes souvenirs."

Lila rougissait de plaisir et d'embarras. "Je me souviendrai que tu as dit ça quand tu me retiendras les cheveux parce que je vomis partout."

"Vous avez été malade?"

Lila lui sourit en passant automatiquement en mode docteur. J'ai un super gynéco, relax. Tu peux être le papa." Elle rougit de nouveau et ses yeux se remplirent de larmes et c'était au tour de Noah de demander ce qui n'allait pas.

Rien, ce sont de larmes de joie. Je n'aurais jamais pensé que ça - nous - arriverait."

Noah l'entourait de son bras. "Alors, montre-moi ton château."

~

Manhattan

Tinsley a dû attendre pour découvrir comment Charlie savait où se trouvait Lila parce qu'à peine avait-il lâché cette bombe sur elle que le médecin était arrivé pour l'examiner. Elle planait impatiemment en dehors de sa chambre jusqu' à ce que le médecin, lui lançant un regard amusé, quitte la pièce, puis quand elle entra, elle vit que Charlie était debout et s'habillait.

"Doc dit que je peux rentrer chez moi", dit-il gaiement. Tinsley s'en est pris à lui.

Tu ne partiras nulle part tant que tu ne m'auras pas dit comment tu sais où est Lila ", dit-elle en le repoussant doucement sur le lit. Charlie soupira.

"Elle m'a écrit, tu te souviens, quand elle est partie? Elle m'a demandé de ne dire à personne où elle était mais, bien sûr, elle allait me le dire, n'est-ce pas? Donc, c'est comme ça que je le sais et non, je ne le dirai à personne, pas à toi, pas aux Carnegie, et certainement pas à Riley."

"Quel est son problème, alors? Pourquoi veut-il savoir où est Lila?"

Le visage de Charlie dans son expression sinistre. "Je ne sais pas, mais je vais le découvrir."

Harry Carnegie a lu ses courriels à la hâte et n'en a pas vraiment tenu compte jusqu' à ce qu'il atteigne le dernier. Puis il maudit fort et prit son téléphone.

"Ouais, quoi?" Brent, son associé à Melbourne, marmonna dans le téléphone et trop tard, Harry réalisa le décalage horaire. Il était quatre heures du matin. Dans la ville australienne.

Brent, écoute, mec, je suis désolé de te réveiller mais j'ai reçu le mail à propos de l'affaire Landecker. Pour renouveler le contrat, ils veulent une réduction de prix de soixante-dix pour cent... Est-ce qu'ils plaisantent?"

Il imaginait Brent assis, se frottant le visage barbu et par les grognements qu'il entendait, il faisait exactement cela. "Écoute, mec, les choses sont merdiques ici depuis que tu es parti. Je ne peux pas tout faire tout seul. On a laissé tomber le contrat et ils sont renégociés à la dernière minute. On a besoin de toi, mec."

Harry soupira. "Oui, je sais. Ecoute, je ne voulais pas rester ici si longtemps... écoute, je vais mettre de l'ordre dans mes affaires ici et je reviendrai au début de la semaine prochaine. Tu peux gérer quelque chose jusque-là?"

"Je vais essayer."

Harry a dit au revoir et a mis fin à l'appel. "Merde." Il savait que le fait de retarder et de reporter son retour à Melbourne reviendrait éventuellement le mordre au cul, mais il passait un si bon moment ici. Et oui, c'était entièrement à cause de Tinsley. Ils avaient respecté leur entente - du plaisir, pas d'engagement, facile à venir et facile à emporter. Mais, malgré lui, il s'était attaché. Son esprit s'élevait chaque fois qu'elle lui souriait; tout son corps vénérait le sien quand ils faisaient l'amour. Elle lui allait.

Non seulement cela, mais pendant son séjour à la maison, il avait renoué avec sa famille - chacun d'entre eux: Delphine, Richard et Cora - et ressentait une proximité avec eux qu'il n'avait jamais ressentie auparavant. Pourtant, l'Australie lui rappelait. C'était sa maison. Tous ses amis étaient là maintenant, les amis de sa jeunesse à Westchester tous éparpillés et disparus.

Sa sœur, toujours sous le choc du meurtre de Rich et de la disparition de Lila, s'était appuyée sur lui et il a dû admettre qu'elle était une très gentille fille avec beaucoup de potentiel - si elle pouvait tenir bon. Tinsley avait également pris la jeune femme sous son aile.

Tinsley Chang... bon sang, si elle n'était pas sous sa peau. Harry secoua la tête. C'est exactement ce qu'il avait essayé d'éviter toute sa vie.

Tomber amoureux.

Le téléphone cellulaire de Tinsley a sonné juste au moment où elle montait les escaliers de son appartement. Elle avait insisté pour prendre un taxi avec Charlie jusqu' à son appartement et cuisiner pour lui. Il avait roulé des yeux mais elle savait qu'il lui était reconnaissant.

Malgré ses protestations, ses blessures l'avaient fait souffrir et elle s'en est prise à lui, lui faisant manger des pâtes et lui faisant promettre de prendre de l'aspirine et d'aller se coucher.

Avant qu'elle parte, il l'avait rappelée. Ne parlez pas de notre conversation avec Riley. Laisse-moi y jeter un coup d'œil."

Elle sourit d'un air triste. Je ne pense pas que Riley et moi allons parler de quoi que ce soit pendant un certain temps, alors je pense que je peux promettre. Ecoute, je dois aller travailler quelques heures... tu es sûr que tu ne veux pas que je revienne te voir plus tard?"

Charlie gloussait. "Non, maman, ça va. Je t'appellerai demain."

Elle a pris son téléphone et vérifié l'identité de l'appelant et souriait."Harrison Carnegie, tu ne croiras pas la journée que j'ai eue."

"Mauvais ou bon, mon cœur?"

Elle a balancé le téléphone entre l'oreille et le cou et elle a creusé dans son sac pour ses clés. Euh, je dirais, une journée bizarre. Tu vas bien?"

"Oh ouais, ouais... écoute, tu peux me rejoindre pour boire un verre?"

"Quand?"

"En quelque sorte, maintenant? Je suis dehors."

Elle a ri en laissant sa porte d'entrée se refermer et en retournant à l'escalier. Imbécile, pourquoi tu ne m'as pas rattrapé?"

"Je ne voulais pas déranger." Il y avait un rire dans sa voix. Tinsley descendait les escaliers et sortait dans la rue."T'es fou", dit-elle au téléphone en le voyant. Il s'appuyait sur une très jolie Porsche.

"Prêt de mon père", sourit-il en lui tenant la porte ouverte. Il l'a emmenée dans un bar tranquille sur une des rues secondaires.

Le temps que je passe dans les bars, je devrais juste mettre un lit dans le coin du mien et j'en ai fini avec ", a dit Tinsley quand ils ont trouvé une cabine tranquille. La serveuse est venue et a pris leurs commandes.

Tu sais, à Melbourne, il y avait beaucoup de bars qui criaient juste pour un manager comme toi, sourit Harry, mais elle voyait la méfiance dans ses yeux.

"J'aime New York, dit-elle doucement. Melbourne sera toujours la maison pour moi, mais mon cœur est ici maintenant. Quoi de neuf, Carnegie? Tu as l'air perplexe."

Il sourit ironiquement. Tu me connais trop bien. Je dois retourner à Melbourne. La semaine prochaine. J'ai négligé les affaires et j'ai épuisé la patience de mon partenaire. Tinsley découvrit qu'elle ne pouvait pas parler un instant, mais elle acquiesça d'un signe de tête. "Nous savions que ce n'était pas une éternité, Harry. Nous avons dit que ce ne serait pas le cas."

Il hocha la tête, sombrement. "On l'a fait."

Ils restèrent assis en silence pendant quelques minutes, l'atmosphère entre eux était tendue. Harry soupira et lui prit la main. "Regarde, c'est la vérité. Je ne voulais pas m'impliquer. Mais il s'est passé quelque chose quand je t'ai rencontré."

"Ne le dites pas, s'il te plaît," le supplia soudainement Tinsley, "ne rendez pas les choses plus difficiles qu'elles ne le sont. Nous sommes tous les deux adultes, et c'est le monde réel. Une relation à distance n'est pas ce que nous voulons ou avons besoin. Harry ne me regarde pas comme ça. Elle s'est arrêtée et a détourné le regard.

"Je suis désolée. Mais tu vas me manquer plus que tu ne le crois,' sa voix était cassée'.

Tinsley lui a à moitié souri. "Je n'ai jamais dit que tu ne me manquerais pas comme un fou. Tu feras mieux de rester en contact."

"Je le ferai."

"Tu pars quand?"

"Lundi."

"Déjà si tôt." Un autre silence.

Tu veux bien passer le week-end avec moi? J'ai un truc de famille dimanche, et j'aimerais que tu viennes avec moi si tu veux, mais le reste du week-end..."

Moi, toi, mon lit et la livraison de take-away, dit-elle avec fermeté et sourire. Harry ria doucement.

"Ça a l'air parfait."

Tinsley le regarda fixement. "Pour ce que ça vaut, ces derniers mois avec toi? Meilleur de ma vie."

Harry s'est penché en avant et lui a brossé les lèvres avec les siens. "Idem."

Beaucoup plus tard, ils marchèrent main dans la main jusqu' à son appartement, s'arrêtant toutes les quelques minutes pour s'embrasser. Lorsqu'elle glissa sa clé dans la porte, elle s'arrêta et fronça les sourcils, poussa la porte sans tourner la clé. Il s'est ouvert. "Merde."

Harry marcha devant elle, la protégeant pendant qu'ils entraient dans l'appartement. Il entra rapidement dans chaque pièce.

"Personne ici. Tout ce qui manque."

Tinsley, jeta un coup d'œil autour de la cuisine puis entra dans le salon. Merde, répondit-elle, et avec un soupir résigné, elle sortit son portable de sa poche. Harry avait l'air confus et elle leva la main, signalant qu'elle expliquerait en une minute.

Charlie? Mon appartement a été cambriolé et devinez ce qui manque? Ouaip, c'est vrai. D'accord. Ok, à tout de suite."

Elle mit fin à l'appel et regarda Harry. "C'est une longue histoire, mais Charlie arrive et je vais leur expliquer."

Harry secoua la tête. "Que se passe-t-il? Qu'est-ce qui a été pris?"

Elle soupira. "Mon ordinateur portable, Harry. Mon portable avec peut-être un moyen de localiser Lila. Jésus." Elle s'assit lourdement sur son canapé.

"C'est quoi le problème?" Il s'assit à côté d'elle, plaçant son bras autour de ses épaules.

Elle a mis sa tête dans ses mains. Harry... celui qui a pris mon ordinateur portable est entré par effraction pour le prendre. Cette personne n'a pas de bonnes intentions pour Lila. Cette personne pourrait être celle qui veut la tuer."

Je sais où tu es maintenant, ma chère Lila. Bientôt, si bientôt, nous serons ensemble et je te montrerai combien je t'aime - encore. Mon couteau s'enfoncera de nouveau dans ta chair et tu souriras et tu me remercieras pour le cadeau que je te fais. Je te regarderai combattre la perte de contrôle alors que ton riche sang rubis nous couvre tous les deux, que tout le souffle quitte tes poumons et que la lumière dans tes beaux yeux commence à s'estomper et à scintiller.

Mais d'abord, Lila, quel qu'un dois d'abord payer pour leur trahison, pour t'avoir cachée. Quelqu'un que tu aimes paiera le prix ultime, mon amour.

Regarde. Le désespoir. Ce sera bientôt votre tour....

~

Île San Juan, État de Washington

Lila étendit son corps comme un chat, et se tourna vers son partenaire endormi. Noah Applebaum est dans mon lit, se dit-elle un peu contente. Elle toucha doucement le bout de ses doigts sur sa joue, sentit les débuts de sa barbe. Elle aimait la sensation de ses pommettes sculptées, les cheveux courts et épais foncés de ses tempes, la façon dont ses oreilles étaient un peu trop grandes. Dieu merci, elle a souri ou tu serais trop parfait.

Au signal, Noah ouvrit ses yeux verts et sourit. "N'était-ce pas un rêve, alors?"

"Ce n'était pas un rêve."

Il lui a pris le visage avec sa grosse main. "Je vérifie juste que tu es réel."

Elle ricanait. "J'ai le haleine du matin pour le prouver."

"Je m'en fiche."

Elle ricanait quand il la chatouillait. "J'étais trop occupé hier soir pour me brosser les dents."

"Dans ce cas, je m'excuse de ne pas avoir brossé le mien non plus, mais je ne m'excuse pas de t'avoir distrait."

Lila s'étira de nouveau et il courut une main tranquille le long de son corps, s'installant sur la petite bosse. Il traça les cicatrices encore roses qui s'entrecroisaient dans son nombril, rendues plus vives par la pression de la grossesse. "Tu connais le sexe?"

Elle secoua la tête. "Non, je suis vieux jeu, je voulais attendre, mais tu veux savoir? Parce qu'on peut aller le découvrir."

Noah réfléchit, sa main caressant doucement la bosse dans laquelle dormait son premier enfant. "Je ne suis pas sûr... je peux y penser?"

Bien sûr, je veux que tu aies l'impression de prendre autant de décisions que moi. Mon dieu, c'est difficile pour moi de maîtriser." Elle s'assit, souriant tandis que Noah regardait ses seins lascivement. "Hier, j'étais seule. L'homme dont je rêve depuis des mois est dans mon lit et on parle de notre enfant." Elle secoua la tête. "Fou."

"Tu as rêvé de moi?"

Elle a touché son visage. "J'ai pensé à toi chaque jour, chaque minute. Je sais que c'est dingue, mais j'ai passé trois ans avec Richard et pourtant, au cours de ces quelques semaines où nous avons parlé quand j'étais à l'hôpital, j'ai appris plus de choses et partagé plus avec toi qu'avec quiconque. Même Charlie. C'était juste... c'est vrai."

Noé se leva et la prit dans ses bras. "J'emmerde le haleine matinale, dit-il, qui mérite un baiser."

Finalement, ils sont sortis du lit et sont allés sous la douche. Ils ont essayé de faire l'amour, ricaner et éclabousser, mais la bosse de Lila n'arrêtait pas de gêner.

"Les acrobaties devront attendre la naissance du petit."

Ils ont fait le petit-déjeuner ensemble, Lila brouillant les œufs, Noah souriant. "Ton joli petit cul bouge quand tu fais ça."

Elle a souri et exagéré le mouvement, puis elle a pointé du doigt la casserole qu'il tenait, "Tes crêpes brûlent."

Tu ferais mieux de parier qu'ils le sont, marmonnait-il, mais il s'est retourné vers la poêle.

Ils se sont assis dans son endroit préféré sur le pont, en train de prendre le petit-déjeuner.

C'est si paisible ici, dit Noah, je me suis réveillé la nuit dernière à cause du silence. Comment as-tu trouvé cet endroit?"

Lila avait l'air déprimée. C'est petit mais son emplacement l'a rendu parfait pour un ermite comme moi. Rich m'a laissé un peu d'argent et je détestais le faire, mais j'ai dû m'en servir pour acheter cet endroit."

"Tu devais faire ce que tu avais à faire."

Lila soupira. Le fait est, Noah, Richard et moi avions mis fin à nos fiançailles quelques jours avant qu'il ne soit assassiné. Nous savions tous les deux que ça ne marchait pas, même avant d'être poignardé, mais comme nous étions de si bons amis et que la famille était excitée, je pense que nous avons conclu un accord silencieux pour aller jusqu'au mariage. Une des nombreuses raisons pour lesquelles je sais que ce n'est pas Richard qui a essayé de me tuer, c'est qu'il n'y avait pas un os sournois ou vindicatif dans son corps. S'il avait vraiment voulu sortir, il m'aurait parlé."

"Il te manque?"

"Bien sûr, mais il me manque en tant qu'ami, pas en tant qu'amant." Elle avait l'air un peu nerveux alors qu'elle répondait à sa question, mais il sourit.

"Lila, c'était ton fiancé pendant trois ans. Tu crois que je ne m'attendrais pas à ce que tu parles de lui?"

Lila à moitié souriante. "Merci." La raison pour laquelle j'ai pris le boulot en ville, c'est que même si j'ai utilisé l'argent de Rich pour acheter cette maison, je refuse d'utiliser son argent pour bébé."

Noah hocha la tête. "C'est juste, mais tu n'as plus à t'inquiéter de ça."

Lila avait l'air mal à l'aise. "J'ai vraiment la réputation d'un orpailleur."

Noah a ri. "Ça fait de moi ton troisième homme riche?"

Elle gémissait en riant. "Oh, ça a l'air terrible!"

Noah se pencha et l'embrassa. "Écoute, j'ai une idée..."

Lila secouait encore la tête. "Mon Dieu, et maintenant?"

Il a encore ri. "En l'honneur de ta brillante carrière de chercheur d'or"

"Arrête!" mais elle riait beaucoup maintenant, et ses yeux scintillaient de joie.

"Je pense qu'on devrait appeler notre premier-né... Kanye."

Pleurant de rire, Lila lui a lancé un morceau de crêpe. "C'est ça, tu ne donnes pas de nom à notre enfant."

Et à partir de maintenant, ton nom sera "GD", il s'est esquivé pour éviter une crêpe entière.

"Arrête, je ne peux plus respirer, dit-elle en étouffant. Elle a mis la main sur sa poitrine, respirant fort. Noah s'assit, souriant."

Eh bien, c'est ridicule; quiconque passe une minute avec toi saurait que tu n'es pas un parasite. Crois-moi, je connais ce genre de gens, hommes et femmes. J'en ai fréquenté quelques-uns."

"Hommes et femmes?" Elle plaisantait maintenant mais Noah, son sourire s'élargissait, hocha la tête.

"Oui. Ça te dérange?"

Lila a été surprise. "Tu es bisexuel?"

"Non, je plaisantais avec toi. Mais c'est ce que je veux dire. Tu ne sais pas avant de connaître quelqu'un à quoi il ressemble, ce qu'il fait. Si les gens veulent te peindre comme quelque chose, ils le feront jusqu' à ce qu'ils te connaissent. Et de toute façon, je les emmerde.

Elle le regardait, ses yeux à la fois intrigués et curieux. "Noah Applebaum, je n'ai jamais rencontré quelqu'un comme toi."

"Rentre chez toi, petit."

"Je suis grand."

"Je suis médecin et un mètre quarante, ce n'est pas grand."

Ce n'est pas possible, juste au moment où j'étais si compréhensif à propos de ton goût pour la bite, elle s'est mise le nez en l'air un moment. "Sérieusement, ça ne m'aurait pas dérangé si tu étais bisexuel."

Noah haussa les épaules. "Ça ne me dérangerait pas non plus. Mais je n'ai d'yeux que pour une seule personne."

Elle lui a fait un baiser et a vérifié sa montre. "Je dois être à la librairie à dix heures."

Et moi, dit-il avec regret, je dois retourner en ville, du moins pour aujourd'hui. J'aimerais revenir ce soir, si c'est d'accord?"

Elle sourit. "Apportez une valise pleine de tes affaires. Fais comme chez toi."

Noé se pencha et l'embrassa, puis lui pencha le front contre le sien. "Toi, moi et Kanye, ça fait trois."

Elle a rigolé. "Pas Kanye. Si tu insistes, je t'appelle "Applebum".

"Comme si je n'avais jamais entendu ça."

Ils sont entrés en ville ensemble, l'embrassant pour lui dire au revoir, Noah lui caressa le visage. "Jusqu' à ce soir, alors."

Elle est sortie de sa voiture. "Reviens vite à moi."

"Je le ferai. Toi et le petit K, prenez soin de vous."

"Pousse-toi, Applebum."

Elle regardait alors qu'il descendait vers le port où les ferries étaient reliés au continent. Encore une fois, elle s'émerveillait du changement dans sa vie en une journée. Elle se souriait à elle-même. Un nouveau jour, une nouvelle vie.

Elle a ouvert la librairie et est allée travailler.

Manhattan

Charlie Sherman est entré dans le commissariat lundi matin et est allé directement voir son capitaine. L'homme écouta Charlie exposer ses préoccupations au sujet de Riley Kinsayle, mais Charlie comprit qu'il ne le prenait pas au sérieux.

Charlie, que s'est-il passé entre vous deux? Cela fait des mois que vous avez eu cette distance et maintenant vous venez à moi avec cette idée que Riley Kinsayle - cet idiot d'homme-enfant - pourrait être assez obsédé par Lila Tierney pour vouloir la tuer? Même s'il n'a montré aucun signe de psychopathie... jamais?"

Je sais que ça a l'air dingue, mais écoutez... sinon pourquoi serait-il
si désespéré de la trouver? Ils ne sont pas si proches."

"Peut-être qu'il pensait faire quelque chose de bien pour toi?"

"Je ne risquerais pas d'exposer Lila parce que je me suis fait
tabassé un peu. Riley le sait."

Le capitaine secoua la tête. "Non, je suis désolé, Charlie. Vous avez
du grabuge avec Riley, vous y travaillez tous les deux - à l'extérieur du
commissariat. Je suis sérieux. En cas de problème, je vous suspendrai
tous les deux."

Charlie s'enflammait au moment où il retournait à son bureau,
allant même jusqu' à crier après son ami Joe Deacon, qui venait lui
donner un message. Joe leva les mains et recula immédiatement.

Riley n'est jamais venu travailler. À cinq heures et demie, Charlie a
appelé son portable pour la vingtième fois. Le capitaine, qui avait
gardé un œil sur Charlie, arriva à la porte de son bureau. "Toujours
rien?"

Charlie secoua la tête. Le capitaine soupira. "Ok, pourquoi on n'en-
verrait pas une unité chez lui?"

"Je veux y aller."

Le capitaine a roulé des yeux, sachant que ça ne valait pas la peine
de discuter. D'accord, tu prends une patrouille, mais tu restes derrière
eux, Sherman, tu es d'accord?

"D'accord."

Il est monté à l'arrière du véhicule alors qu'ils tissaient leur chemin
vers l'appartement de Riley à Queens. Alors qu'ils se garaient dehors,
Charlie regarda l'immeuble. Il n'y avait pas de lumière dans la fenêtre
de Riley.

"Les gars, restez vigilants. S'il a des ennuis, on ne veut pas empirer
les choses."

Les deux patrouilleurs, dont il ne connaissait pas les noms, sont
entrés en premier. Ils ont frappé à la porte de l'appartement du
deuxième étage de Riley, mais il n'y avait pas de réponse. Charlie
hocha la tête à la porte. "C'est un flic et il pourrait être blessé ou..."

"Compris."

Le plus costaud des deux a défoncé la porte. Riley? Riley Kinsayle? C'est Charlie, mec, crié si tu es blessé."

Pas de réponse. Charlie a allumé le plafonnier. L'appartement de Riley était propre, et bien rangé, aucun signe de dérangement. Sur la table, un ordinateur portable était ouvert et allumé.

Charlie soupira. "Jésus, Riley." C'était le portable de Tinsley. Charlie secoua la tête, puis leva les yeux. "Vous entendez ça?"

Les autres hommes secouèrent la tête et Charlie fit un signe de tête en direction d'une porte fermée, claquant la prise de son étui et tirant son pistolet. Les autres hommes emboîtèrent le pas et ouvrirent la voie. Alors que le premier policier entrait dans la pièce, il a crié qu'elle était claire et a allumé la lumière.

"Putain de merde, Charlie l'a entendu siffler, Sherman, viens voir ça."

Charlie a suivi l'autre flic dans la chambre de Riley. Le lit a été fait, et ce n'est qu'une fois qu'il a été complètement dedans qu'il a vu ce que le flic avait vu. Il a aspiré une profonde respiration comme si le choc était palpable. Le mur de la chambre de Riley était couvert de photographies. Chacun d'eux a une scène différente, un jour différent. Ils n'avaient qu'une chose en commun.

Chacun d'entre eux était de Lila...

TROISIÈME PARTIE: RESPIRE-MOI

Manhattan

"Oh mon Dieu." Les mots ont été sifflés d'entre les lèvres de Charlie Sherman alors qu'il se tenait dans l'appartement de Riley. Des images infinies de Lila ont agressé sa vision, des photographies prises à son insu sur ce qui semblait être les dernières années, depuis qu'elle était à New York. Richard était dans certains d'entre eux, et comme Charlie regardait de plus près, il a vu des images floues prises du couple à travers les fenêtres. Intrusion dans des moments privés.

"Sherman, regarde ça." Un des flics accompagnant Charlie se déplaça pour voir ce qu'il indiquait.

"Putain." En colère maintenant. Photos de Lila dans le lit d'hôpital, à peine vivante, des tubes dans les bras, le long de sa gorge, des taches de sang sur sa peau. Charlie secoua la tête.

"Comment n'ai-je pas vu ça?"

"Kinsayle est partie depuis longtemps", l'autre flic fouillait dans le placard de Riley. "On dirait qu'il était pressé."

"Bon sang, Riley," Charlie s'est retourné et a quitté la pièce, rappelant l'autre, "ne touchez à rien d'autre, appelez la CIA."

Charlie retourna directement voir son capitaine et lui raconta ce qui s'était passé. Cette fois, l'autre homme le prenait au sérieux.

"D'accord. On sait où est Lila Tierney?"

Charlie a fait un petit signe de tête. "Mais je ne veux pas qu'elle ait peur. Laisse-moi lui expliquer ce qui se passe."

"Très bien, je vais arranger ça. Charlie, si tu trouves Riley... prends-le vivant, si tu peux. Peu importe ce qu'il a fait, s'il a fait quelque chose, c'est toujours un flic. Procédure réglementaire, etc."

Charlie hocha la tête. "Dûment noté."

Charlie est allé directement à l'aéroport et a pris le vol suivant pour Seattle. Dans l'avion, il s'est frotté le visage en essayant de comprendre l'histoire. Lila déménage à New York, Charlie avec elle. Il a Riley comme associé et parce qu'il était toujours autour de Lila, Riley et Lila passent beaucoup de temps ensemble. Mais peut-être que ce n'était pas une blague pour Riley... peut-être qu'il s'est entiché de lui, qu'il se croyait amoureux et quand elle a rencontré Richard, la jalousie a soulevé sa tête hideuse et destructrice et l'obsession de Riley a commencé.

Charlie rétrécit les yeux, au plus profond de sa pensée. Riley avait joué le jeu d'attente, attendant que Lila voir qui Richard était vraiment, attendant qu'ils se séparent mais quelques jours avant le mariage allait avoir lieu, Riley a craqué. Il a suivi Lila à la boutique de mariage et l'a poignardée. Si je ne peux pas t'avoir, personne ne peut...

Charlie renifla, secouant la tête. La pièce la plus ancienne du livre. Crime passionnel. Et maintenant, ils cherchaient Riley Kinsayle, jovial et gentil.

Charlie a fermé les yeux, épuisé. Plus tôt il arrivait à Lila, plus vite il serait là pour elle, étant la meilleure ami sur laquelle elle s'appuyait toujours. Il ne pouvait pas attendre.

État de Washington

Lila lissé son chemisier en coton sur son ventre toujours grandissant et le sourire. "Je suis sûr que je l'ai sentie donner un coup de pied."

Noah, appuyé sur son coude à côté d'elle, sourit. "Elle?"

"J'ai juste un pressentiment."

Noah glissa sa grosse main sur son ventre et l'attendait. Rien du tout. "Je crois que tu l'as imaginé."

"Peut-être, mais ça ne sera pas excitant quand on saura à coup sûr?"

"Ça le fera." Noah jeta un coup d'œil à sa montre et gémit. "Mon Dieu, je dois aller travailler."

Il faisait encore nuit dehors. La présence de Noah dans l'un des hôpitaux les plus importants de Seattle signifiait un long trajet quotidien vers la ville et maintenant, alors que Lila voyait les cernes foncés sous ses yeux, elle fronça les sourcils. "Bébé... tu sais, je pourrais toujours déménager en ville à nouveau, sans que tu aies à voyager tous les jours."

Tu serais plus exposé dans la ville, dit-il en l'embrassant doucement sur les lèvres. "Ça ne me dérange pas de voyager. En plus, j'adore cet endroit, c'est un paradis."

Elle lui a caressé les cheveux aux tempes. "On pourrait garder cet endroit pour les week-ends. Je déteste que tu t'épuises pour mon bien."

"Pour ta sécurité", corrigea-il en souriant. "Et pour ta tranquillité d'esprit."

Lila s'allongea sur le lit, pensant. De quoi avait-elle si peur? Ce n'est même pas que son agresseur l'a trouve, c'était les Carnegie. S'ils découvrent le bébé avant qu'elle ait pu expliquer... Dieu. Elle a regardé Noah maintenant.

Noah, je pense que je dois aller voir la famille de Richard et leur dire qu'on est ensemble au moins. S'ils savent que je suis dans une nouvelle relation, je peux peut-être truquer les dates de ma grossesse. Je ne veux pas qu'ils soient blessés, c'est tout."

Noah hocha la tête. J'ai compris, Lila, vraiment. Et tout ça est si nouveau, toi, moi, nous et le petit haricot. Tallulah."

Lila a ri. "Pas question, José. Quoi qu'il en soit, je vais le faire, entrer en contact, commencer à reconstruire des ponts. Et si on restait chez toi la semaine et qu'on revenait ici le week-end?"

Noah considéra alors souriait. "Ça a l'air tentant, avoue-t-il en lui caressant le visage, et en pensant à tout ce temps que je pourrais gagner en voyage... Que pourrions-nous faire pour combler ce temps?"

Elle lui sourit, puis en bougeant, elle le chevaucha, prenant sa bite déjà raide dans ses mains. "Je me demande."

La main de Noah errait sur tout son corps, étirant ses seins et caressant son ventre arrondi. "Je t'ai dit à quel point tu es belle, dernièrement?"

Elle ricanait. "Bien trop souvent. J'e vais avoir la grosse tête."

Noah regarda ses mains en train de travailler sur sa bite. "Moi aussi, d'après ce que je vois." Il gémissait doucement pendant qu'elle bougeait le bout de sa bite vers le haut et vers le bas de son sexe humide.

"Tu aimes ça?" Chuchota-t-elle, son regard intense sur le sien. Il hocha la tête, ses mains sur ses seins, ses pouces caressant un rythme sur ses tétons. Lila lui a mis les couilles dans une main et les a doucement massés. "Et ça?"

"Dieu, oui..." Ses mains douces travaillaient sa bite jusqu' à ce qu'elle reste rigide, engorgée. Elle a tracé un motif avec son ongle doucement sur le bout sensible.

"Ça?"

La réponse de Noah aux gémissements l'a fait sourire. Elle le guida à l'intérieur d'elle et commença à bouger, en contemplant cet homme merveilleux et si beau. Ses mains étaient alors sur ses hanches, les doigts massant la chair molle pendant qu'elle le chevauchait. Sa bite, si grosse, si dure, plongea profondément en elle et elle gémit quand Noah commença à caresser son clitoris, augmentant la pression au fur et à mesure qu'elle accélérait son rythme. Mon Dieu, ça n'avait jamais été aussi bien avec Richard, ni personne d'autre. Son corps semblait s'adapter parfaitement à celui de Noah malgré la différence de taille entre les deux, sa bite s'ajustait à l'intérieur d'elle, l'étirait, frappait toutes les terminaisons nerveuses de sa chatte.

Leurs mouvements devinrent frénétiques, se baisant de plus en plus fort jusqu' à ce qu'ils frissonnent et gémissent tous les deux leurs orgasmes, la bite de Noah pompant du sperme épais et chaud au fond d'elle. Ils reprirent leur souffle, s'allongèrent côte à côte, se regardant fixement.

Finalement, Noah se brossa les lèvres contre les siens. "Lila Tierney, je suis fou amoureux de toi."

Lila sourit avec joie. "Tu es?"

"Bien sûr que oui."

Elle l'a embrassé. "Bien. Parce que je voulais te le dire depuis des lustres. Je t'aime, Doc."

Il la rassembla auprès de lui, puis glissa une main vers son ventre. Famille ", dit-il simplement et elle hocha la tête, les larmes aux yeux.

"Oui, dit-elle doucement," famille ".

Je te vois, toi. Je te vois avec lui, riant, aimant, baisant.

Espèce de pute. Espèce de sale pute.

A qui est ce bébé? Le sien? Je t'arracherai ce truc, Lila, après t'avoir tué, et je lui enverrai. Au fait, Lila est morte, mon couteau est enterré au fond d'elle. Cette fois, tu ne pourras pas la sauver, connard.

Cette fois, mon couteau va la vider de sa vie.

Bientôt, Lila, bientôt.

. . .

Lila se sentait presque étourdie, comme une écolière qui sortait avec le meilleur garçon de l'équipe de football. Noah Applebaum est amoureux de moi, se dit-elle, tout en flottant autour de la librairie, rangeant, réévaluant les livres en solde, déballant de nouvelles livraisons. Ce fut une matinée chargée, une belle journée de Washington dehors avait amené des vagues de touristes sur les ferries du continent et il semblait que chacun d'entre eux était venu au magasin. Quelques habitants de la région en avaient dit autant, certains louchaient les nouveaux venus comme s'ils étaient des intrus enragés. Lila sourit à elle-même; elle aimait cette petite librairie avec ses grandes vitrines et ses étagères en bois clair, de l'espace, le calme et la paix. À une extrémité, il y avait une sélection de grands divans battus dans lesquels les clients pouvaient s'asseoir et lire toute la journée s'ils le désiraient.

Ouais, si elle déménageait en ville pendant la semaine, cet endroit lui manquerait. Peut-être qu'elle pourrait trouver un nouvel arrangement et faire la navette pour quelques jours, au moins jusqu' à ce que le bébé arrive. Elle serait plutôt triste d'abandonner cet endroit.

Si profondément absorbée par ses pensées, elle ne l'a pas vu debout à la porte en train de la regarder, un petit sourire sur son visage.

"Hey, Boo."

Lila leva les yeux sursauté. Sa réaction immédiate fut la joie quand elle vit son ami le plus âgé et le plus proche debout à la porte; puis, la minute suivante, elle blanchit. "Charlie... qu'est-ce que tu fais ici?"

Il se tint à l'écart pour laisser sortir quelques clients, puis vint au comptoir. "J'ai toutes sortes de réponses pour ça, mais la plus importante était... mon dieu, tu m'as manqué."

Lila se figea un moment puis soudainement tourna autour du comptoir et se jeta sur lui. "Oh, Charlie, tu m'as tellement manqué."

Il l'emporta et la fit tourner dans ses bras. "Je détestais chaque minute sans toi." Il l'a reposée, et c'est seulement à ce moment-là qu'il a remarqué son ventre gonflé. Ses sourcils ont augmenté.

"Nourriture bébé?

Elle sourit et rougit furieusement. "Un vrai bébé. Longue, longue histoire."

Charlie avait l'air stupéfait. "Est-ce que c'est ce qui se passe ou est-ce un rêve?"

Sa couleur s'est accentuée. Charlie, il y a tant de choses que je dois te dire, mais d'abord... pourquoi es-tu là? A part que je te manque."

Son sourire s'est évanoui et il a jeté un coup d'œil aux autres clients - dont la plupart écoutaient aux portes de la scène. "Y a-t-il un endroit où on peut parler en privé?"

Lila jeta un coup d'œil à l'horloge. "Je pars dans une heure... Ecoute, il y a un café en face, tu peux attendre?"

Charlie hocha la tête. "D'accord, dans une heure alors." Il la regarda de haut en bas. Tu es radieuse, Lila. Oh salut, dit-il soudainement, qui est le père?

Elle sourit à son expression. "Je te dirai tout dans une heure, promis."

Une heure et quinze minutes plus tard, Charlie s'assit à sa place, la main dans les cheveux foncés. "Le bon docteur, hein?"

Lila hocha la tête. "Je suis fou de lui, Chuckles. C'est la personne avec qui je devais être... tu vas l'aimer, je le sais très bien."

Charlie était d'accord et il t'a aidé à te rétablir, alors je lui en dois toujours une. Alors quand...' Il a fait un geste à son ventre naissant et Lila a encore rougit.

"Quelques jours avant la mort de Richard. À notre dernière séance de physiothérapie."

Charlie s'est retourné la tête et a ri. "Wow, Lila..."

Elle a essayé de sourire. Je sais, c'est tellement différent de moi et... Je ne veux pas me tromper, mais ce n'était probablement pas le bon moment. Mais, mon Dieu, Charlie, je revenais d'entre les morts et je le voulais."

Charlie s'est penché en avant, prenant sa main. Je ne te juge pas. Je dis que c'est bien pour toi. Après toutes ces années avec ça,

"Charlie, non. Richard est mort, ne soyons pas..." Elle s'est étouffée, les larmes aux yeux. "La raison pour laquelle j'ai quitté New York était le bébé. Je savais que c'était celui de Noah et ce seul fait me donnait envie de ce bébé. J'étais tombé amoureux de lui presque aussitôt que je l'ai rencontré, pas que je lui aie dit ça." Elle sourit timidement. En fait, quand je suis venu ici, je ne l'ai dit à personne, pas même à Noah. Je ne voulais pas qu'il pense qu'il était piégé. Heureusement pour moi, il m'a retrouvé."

"Et maintenant, tu t'en sors?"

"Nous formons notre famille. Que tu sois là, c'est encore plus une famille. Comment m'avez-vous trouvé, au fait?"

Charlie fronça les sourcils. "Ta lettre, tu te souviens? Tu m'as dit que tu retournerais là où on s'est rencontrés. Tu voulais probablement dire Seattle, mais je me souviens de ta première rencontre ici. L'orphelinat nous avait amenés ici lors d'une sortie - tu es venue plus tard ce jour-là avec Susanna... tu te souviens?

Elle secoua la tête. "Non... mon Dieu, je ne veux pas." Elle a rigolé un peu. "Mais je m'en souviens bien."

Charlie sourit. Le reste était facile, je me suis renseigné à l'épicerie, au centre médical local. C'est étrange comme un badge de flic te donnera les informations dont tu as besoin."

Lila roulait les yeux en riant. "Oui, c'est un mystère. Je suppose que mes plans bien conçus ont échoué si c'était si facile de me trouver."

Charlie a perdu le sourire. "Pour un flic, oui, et c'est une autre raison pour laquelle je suis venu. Lila, j'ai de mauvaises nouvelles, des nouvelles choquantes." Il a pris une grande inspiration. "Boo, je crois qu'on sait qui vous a poignardé."

Lila commença à trembler, ses mains tremblèrent et elle déposa sa tasse de thé. "Qui?" Sa voix était basse, presque un murmure."

"Riley." Il a vu son expression passer du choc à l'horreur à la peur.

"Oh mon Dieu..." Lila a fermé les yeux. "Oh mon Dieu, s'il te plaît non."

Charlie fronça les sourcils. "Lila, il y a quelque chose que tu ne m'as pas dit sur toi et Riley, quelque chose que tu m'as caché?"

Elle secoua la tête mais ne le regarda pas. "Non. Mon Dieu, comment le sais-tu?"

Il lui a parlé de l'incident avec Tinsley et de ce qu'ils avaient trouvé dans l'appartement de Riley. Dès que j'ai vu ce mur de photos de toi, j'ai su. Il est obsédé, Lila. Dangereusement, nous pensons."

"Alors pourquoi ne l'avez-vous pas arrêté?"

Charlie regarda avec des yeux doux et sombres. "Chérie, parce qu'on ne le trouve pas. Riley a disparu."

Lila se sentait toujours malade alors qu'ils revenaient à son chalet. Riley... Elle n'arrivait pas à y croire et pourtant, lorsqu'elle repensa à cette horrible journée dans la boutique nuptiale, lorsqu'elle ouvrit le rideau et que son agresseur avait enfoncé ce couteau dans son ventre à plusieurs reprises... cela avait un sens étrange. Son agresseur avait été de la bonne taille pour Riley, certainement, grand et bien construit, mais cela ne voulait rien dire. Richard, Noah et Charlie étaient tous de la même taille que Riley.

Mais il y avait une autre raison pour laquelle cela avait un sens... une raison qu'elle a toujours regardée avec honte...

Elle avait trompé Richard avec Riley.

∾

Manhattan

Avant

C'était après Paris, après qu'ils aient fait le tour du monde en sac à dos et quand Richard s'était finalement mis en route et lui avait offert les vacances parisiennes de rêve les plus luxueuses. Après ça.

Ils étaient rentrés à New York et avaient repris leur vie quotidienne; Richard dirigeait son entreprise d'un milliard de dollars et Lila retournait à l'école et au bar. Maintenant que l'école touchait à sa fin, son emploi du temps était moins chargé et elle avait plus de temps pour réfléchir et traîner seule.

Ce qui s'est avéré être une grosse erreur. Elle avait été déclenchée par une photo dans un magazine de société de Delphine.

Camilla Van Der Haas, 27 ans, quitte Butter avec sa nouvelle flamme, Eric John Markham, 39 ans. Mlle Van Der Hass est la fille du magnat milliardaire de la propriété, Régis Van Der Haas et Lavinia Fortuna. M. Markham est à la tête de MarkoPharm, le géant pharmaceutique.

Il y avait une photo de Camilla dans une superbe robe en soie rouge, ses longs cheveux fauves tombant dans le dos, son large sourire ouvert et bien informé. Son escort était beau mais c'était Camilla Lila qui ne pouvait pas quitter les yeux. Ce regard avisé. Je pouvais avoir n'importe quel homme et je le sais, semblait-il. Surtout ton homme, Lila... tu te prends pour qui, tu es venu de nulle part?

Lila avait fait une grimace à la photo et jeté le magazine par terre. Putain de salope. Et pourquoi Lila avait-elle laissé Richard partir si facilement? Il m'a trompé, elle s'est racontée.

Elle était dans le bar, en train de nettoyer. Il était tard et le bar était presque vide de clients. Samedi soir... tard.

"Je t'ai regardé nettoyer le même endroit ces dix dernières minutes, avec un visage qui dit:" Imma va te buter, salope."

Lila leva les yeux et sourit. Hé, toi, je ne t'ai même pas vu. Quand es-tu arrivé ici?"

Riley Kinsayle lui sourit. "Comme je l'ai dit, dix minutes."

Lila gloussait. "Mec, je suis désolé, qu'est-ce que tu veux?"

Riley regarda autour du bar vide. Tu es sûr? On dirait que tu es prêt à fermer boutique pour la nuit."

Lila hésita puis se rendit à la porte, la fermant et faisant glisser le verrou. "Enfermé pour deux?"

Riley sourit avec joie. "Hey, je suis toujours partant pour ça."

Lila a pris quelques bières et ils ont pris une table au milieu de la pièce. Riley s'est tapé le goulot de sa bouteille chez Lila, et Riley a bu une gorgée. "Alors, pourquoi ce visage?"

Lila haussa les épaules. "Rien. Pas grand-chose... mon Dieu... ce n'est qu'un des ex de Richard."

"Je t'embête?"

Lila le fixa longuement. "Riley, si je te dis quelque chose... tu promets de le garder pour toi, même pas le dire à Charlie?"

Il a mis sa main sur son cœur. "Ma parole est mon lien, Lila." Il l'a étudiée de près. "Qu'est-ce qu'il y a, mon cœur?"

Elle soupira. "Richard m'a trompé avec un de ses ex. Camilla.

Riley a juré. Tu te moques de moi? C'est un idiot?"

Lila a essayé de sourire. "Oh, oui. Mais je lui donne le crédit de me l'avoir dit tout de suite, le même jour."

"C'est vrai? Je ne sais pas,' Riley était clairement énervé maintenant. "Quel putain d'idiot te trompe, *toi*?"

Lila rougit, saluant le compliment. "Non, c'est sûr que c'est un idiot, mais je ne pense pas que ce soit intentionnel."

"Alors il a trébuché et sa bite est tombée dans sa chatte par erreur?"

L'image que Riley conjure est si comique que Lila éclate de rire et sourit. Après un moment, Lila a arrêté de rire. "Riley, tu arrives toujours à me remonter le moral."

Peut-être parce que je suis géniale. Il a remué ses sourcils pour lui faire sourire, mais il l'a fixée avec un regard. "S'il te plaît, dis-moi que tu l'as mis dehors."

Lila haussa les épaules et Riley soupira. Lila, tu ne sais pas qu'il a de la chance de t'avoir? Qu'un type tuerait pour une femme comme toi?" Il regarda brièvement ses mains vers le bas. "Je le ferais."

Lila se leva et alla vers lui, le serrant dans ses bras. "Merci, Riley..."

Il s'est levé de sa chaise et s'est enroulé les bras autour d'elle. "N'importe quand, beauté, n'importe quand."

Ils sont restés comme ça pendant trop longtemps, puis Lila s'est retirée - mais l'a regardé de haut. Pour un battement de cœur, ils se regardèrent fixement, puis Riley plongea la tête et l'embrassa. C'était un baiser doux mais ferme et Lila répondit, ses lèvres contre les siens, ses mains à plat sur sa poitrine. Quand ses doigts glissèrent sous son t-shirt, pendant une seconde, elle pensa à l'arrêter.

Mais elle ne l'a pas fait... il était ici et Richard n'était pas... et elle avait besoin d'être tenue et aimée par quelqu'un de bon et pur, qui ne lui ferait jamais de mal....

Cela ne semblait qu'un battement avant que Riley ne lui arrache son t-shirt, ses yeux fixés sur ses seins pleins, son ventre. "Wow. Oh wow, dit-il doucement, tu ne sais pas combien de temps..."

Elle lui sourit en souriant: "Pas de mots."

Riley sourit, puis ils tirèrent sur leurs vêtements et tombèrent nus sur le sol, et Riley frappa ses jambes autour de ses hanches et la poussa contre elle.

"Oh mon Dieu, Lila... Lila..."

Sa façon de prononcer son nom la rendait si spéciale, comme Richard au début, si pleine d'amour et d'émerveillement. Riley était un amant habile, toute son attention rivée sur elle et son plaisir et il l'a fait venir, un long soupir d'un orgasme ébranlant à travers son corps. Par la suite, ils se sont serrés les uns contre les autres et ont parlé et ri - facile, décontracté et amical.

Lila rangea son tee-shirt dans son jean et prit sa main. "Hé, Riley... écoute, j'ai passé un très bon moment ce soir et je..."

Riley l'a arrêtée avec un baiser. "Juste entre toi et moi, dit-il, cette nuit nous appartient même s'il n'y a plus de nuits comme ça."

Lila lui sourit tendrement et lui toucha le visage. "Tu es une si bon ami, Riley."

Il y avait quelque chose dans ses yeux qui lui faisait mal à la poitrine, une tristesse, une déception mais il lui sourit. "Toujours, Lila. Toujours."

Et il n'y avait pas eu une nuit pareille. Au grand soulagement de Lila, la manière de Riley envers elle n'avait pas changé- il était toujours l'ami chaleureux et stupide pour elle, toujours flirté outrageusement comme s'ils n'avaient jamais été intimes. Quand Charlie était là, les trois d'entre eux ont agi comme ils l'avaient toujours fait, Lila et Riley taquinant Charlie à propos de ses manières grincheuses.

. . .

C'était une semaine avant le mariage de Lila et Richard. Lila célébrait sa dernière soirée au bar et tous ses amis étaient là. Le champagne coulait facilement, mais Lila s'aperçut que Riley collait à l'eau gazeuse toute la nuit. Finalement, elle l'a eu tout seul.

"Pourquoi tu ne bois pas, Smiley Riley?" Lila avait bu et était un peu étourdie. Elle se balança et il la stabilisa, souriant.

Parce que je suis un ivrogne minable, dit-il doucement, et ce soir de toutes les nuits, je ne voulais pas être ce type. Le type qui te dit qu'il est fou de toi depuis des années. L'ivrogne que tu regardes tristement, secoue la tête et te demande pourquoi tu l'as invité. Celui qui se saoule et te supplie de ne pas épouser le riche parce qu'il est amoureux de toi. Et écoute, j'ai dit tout ça quand même."

Lila le regarda fixement et Riley détourna le regard, se moquant un peu d'elle.

"Oh, Riley..." Lila s'est sentie mal, mettant les mains sur son visage. "Je suis désolée."

Il secoua la tête. "Ne le soyez pas, ce n'est pas quelque chose qu'il faut regretter. J'ai mal jugé ma capacité à rester... distante."

Lila se tint sur ses orteils et l'embrassa. Tu sais que je t'aime aussi, non? Mais je ne suis pas..."

"Amoureux de moi. C'est bon, petit, tant qu'on est amis."

"Toujours, dit-elle férocement, toujours."

Il l'avait retenue pendant une longue minute puis l'avait repoussée doucement. Vas-y. Va être heureuse pour toujours, Lila, va profiter du reste de ta vie."

Quatre jours plus tard, un homme avec un couteau - peut-être Riley - a tenté de mettre fin à sa vie et a presque réussi.

Île San Juan, État de Washington

Noah fronça les sourcils en ouvrant la porte du chalet. Normalement, Lila l'attendait sur le porche d'entrée, se jetait dans ses bras. Aujourd'-hui, rien.

Il y a quelqu'un à la maison ? Il a appelé, son cœur s'est accéléré avant qu'il n'entende sa voix.

"Ici, bébé."

Le salon. Il a jeté son sac et son manteau et est entré - et s'est arrêté. Charlie Sherman se tint debout et lui tendit la main. "Salut, doc."

Noah a cligné des yeux. "Salut toi-même." Il serra la main de Charlie et se pencha pour embrasser la joue de Lila. Elle lui sourit, et il vit de la tension dans son expression.

"Il s'est passé quelque chose ?"

Il s'est assis à côté d'elle et a mis son bras autour d'elle. Charlie les regardait et quand Lila a hoché la tête, Charlie a pris l'histoire pour elle. Noah siffla.

"Alors ce Riley....il a disparu ?"

Charlie hocha la tête. C'est pour ça que je suis là. Je sais que Lila voulait de l'espace et j'étais heureux de la laisser....mais les choses ont changé, les choses ont empiré. Et maintenant je sais que vous êtes ensemble, et qu'il y en a un petit sur le chemin....j'avais l'impression que c'était mon devoir".

Il est parti à la traîne, mais il a souri. Noah se sentait irrité. Tu sais, nous avons mis en place un système de sécurité. Tu ne le vois peut-être pas, mais c'est très discret. Nous avons ceci.".

Lila a serré sa main. "Chérie, Charlie est venu nous prévenir pour Riley, pas pour nous dire quoi faire, pas vrai Charlie ?"

Charlie a levé les mains. Bien sûr, bien sûr, désolé si j'ai causé l'of-fense. J'ai l'habitude d'être le protecteur de Lila. " Pardonne-moi."

Noah hocha la tête serrée, ses yeux se rétrécissant et Lila soupira. Si vous avez fini de pisser autour de moi, je vais nous préparer quelque chose à manger.

Noah s'est levé, son expression s'est excusée. Non, tu ne le feras pas. On va prendre des plats à emporter. "Ça te va, Charlie ?"

"Bien sûr."

Plus tard, lorsqu'ils avaient mangé et que Charlie était retourné en ville à son hôtel, Lila et Noah étaient allongés dans la baignoire ensemble, Lila se penchant en arrière contre sa poitrine et les doigts de Noah caressant son ventre. Il a dessiné un six dessus et elle a gloussé. Est ce que tu peux le croire ? Il ne reste que trois mois."

"Devrions-nous discuter des noms ? " Tu as des idées ?"

Lila lui a souri. "Quelques-uns....mais j'ai peur que tu les détestes."

Hmm, il s'est dit :"Et si tu me disais le tien, je te dirais le mien et nous verrions où nous en sommes".

"D'accord."

"Bien. "Si c'est un garçon.... William."

Elle a souri. J'aime bien ça. William Noah....ou Noah William. "Noah Applebaum II."

Oh non, a-t-il protesté, je trouve des gars qui donnent à leurs enfants le nom de leurs enfants si vaniteux. "Comment s'appelait ton fils ?"

Noah, boude-t-elle en riant, mais j'ai des pièces de rechange. "Gyjoo - Gee-shooo ?"

"Quel genre de nom, c'est Gee-shooo."

Elle sourit méchamment. "Ça s'écrit G.I.I.J.O.O.E.".

Noah a mis une seconde avant de l'éclabousser. 'G. "Je. Joe, très drôle."

"Désolé, mais je n'avais que Noah pour mes choix de garçon, mais j'aime vraiment William."

Noah a applaudi. Alors, j'ai le choix ? "Victoire !"

Lila se frottait le ventre avec suffisance. "Seulement si c'est un garçon, monsieur, et comme je fais cuire cette chose, je sais que c'est une fille."

"Ah oui, hein ? "Frappe-moi avec tes choix alors."

"D'accord, je fais ça, les trois premiers dans l'ordre inverse, d'accord ?"

Noah soupira dramatiquement. "Continue comme ça, femme."

Lila a gloussé. "Ok, à la troisième place....Olivia."

Noah y a pensé. "Oui, bien, continuez."

"Deuxième place.... Emeline."

Hmm, pas sûr, c'est sympa mais avec Applebaum ? "C'est une bouche pleine."

Lila a fait la moue. "Alors tu ne vas probablement pas aimer mon premier choix."

"Vas-y, vas-y."

"Matilda".

'Hmm. Matilda Applebaum. Matty Applebaum. Tu as un accord."

Elle se retourna et lui fit face, la surprise évidente sur son visage. "Pas question, tu étais d'accord si facilement ?"

C'est un nom magnifique pour notre magnifique fille, Lila Belle. "Et au fait, que dirais-tu de rendre tout ça officiel ?"

Elle s'arrêta et le regarda, son visage pâlissant. "Quoi ?"

Noah sourit. Ne paniquez pas, je ne fais pas de demande en mariage.... encore. Je veux dire, si nous allons avoir un bébé, j'aimerais bien qu'il ou elle, Matty ou Willy,' - il a souri à son expression peinée, rencontre ma famille, ce qui veut dire que j'aimerais que toi, ma chérie, tu rencontres ma famille. "Je te préviens, ils sont fous."

"Bonne ou mauvaise folie ?"

"C'est une ligne fine."

Lila hocha la tête lentement. D'accord, alors, je suis pour la folie. "Je vais rencontrer le clan Applebaum." Elle l'embrassa, ses lèvres se recourbant en souriant contre sa bouche. "N'importe quelle famille qui t'a élevé ne peut pas être que mauvaise."

Noah a gloussé. Merci, je crois. Et désolé pour tout à l'heure avec Chuckles. "J'étais trop sensible, le gars veut juste que tu sois en sécurité comme moi."

Lila soupira joyeusement, reposant sa tête dans le creux de son cou. "Oh et au fait......il n'y a pas moyen qu'on appelle notre fils' Willy'".

Ils ont tous les deux ri, puis Noah l'a chatouillée jusqu'à ce qu'elle hurle de rire, puis l'a embrassée jusqu'à ce que l'eau devienne très, très froide.

Seattle

J'aurais pu revenir sur l'île ", dit Charlie le lendemain matin alors qu'ils s'asseyaient dans le café, " Tu n'avais pas besoin de transporter tes biscuits ici, Boo.

Lila lui sourit. Ce n'est pas un problème.... en fait, j'ai eu du temps supplémentaire avec Noah pour venir en ville, donc tout s'est bien passé. Aussi, je vais rester à son appartement ici plus souvent maintenant que je ne me cache pas en tant que tel.

Charlie a remué son café. Tu es sûr que c'est sage ? On ne sait toujours pas où est Riley."

Je ne prendrai pas de risques inutiles ", dit-elle en levant les yeux. "Plus de cabines d'essayage de mariage pour moi."

Charlie a cligné de l'œil. Ne plaisante pas avec ça, Lila. C'était le pire jour de ma vie."

La mienne aussi, dit-elle, à moitié souriante. Charlie, je veux savoir ce que tu as fait, ou plutôt qui ? "Tinsley et toi pourriez vous remettre ensemble ?"

Elle avait l'air si plein d'espoir qu'il a souri. La réponse honnête est que je ne sais pas. "Elle sortait avec Harry depuis un moment."

La bouche de Lila s'est ouverte. "Harry....Carnegie ?"

Celui-là même. Un type sympa, en fait, mieux que...."

"Charlie." Lila lui a jeté un regard sur sa tasse à café.

Désolé, vieilles habitudes, mais il a souri. "Oui, ils ont été chauds et lourds pendant un moment, mais il est retourné en Australie."

"Tinsley contrarié ?"

Honnêtement, je ne pouvais pas te le dire. Elle et moi étions distraits par ce truc avec Riley. "Je ne lui ai pas parlé depuis que je suis arrivé ici."

"Je devrais l'appeler."

Oui, je sais que tu lui manques. "Lila ?"

Elle regardait par la fenêtre et quand elle s'est tournée vers lui, il y avait des larmes dans les yeux. "Charlie, je veux parler aux Carnegie, mais je n'ai aucune idée de ce qu'il faut leur dire, surtout maintenant."

Elle baissa les yeux vers son ventre arrondi, plaçant sa main protectrice dessus. Je pourrais attendre que le bébé soit né, mais je ne veux pas qu'il me tombe dessus. "Noah dit d'arracher le pansement."

Noah est un type intelligent. Il n'y a pas de moyen facile de leur dire ce que tu dois leur dire, Lila. Fais-le, c'est tout."

Lila a soudainement gloussé. "Bon sang, Charlie, dis-moi comment c'est, n'est-ce pas ?"

"C'est comme ça qu'on fait, Tierney."

La serveuse a apporté leurs petits déjeuners et Charlie est tombé sur ses crêpes comme s'il était à moitié affamé. Lila le regarda affectueusement. Mec, tu dois te remettre avec Tinsley. "Sois honnête, est-ce que tu t'es vraiment remis d'elle ?"

Charlie haussa les épaules. Je ne suis pas quelqu'un qui s'en remet, Lila, tu le sais. "Je suis le courant."

"Hmm," Lila l'a plissé les yeux. "Est-ce mal de vouloir que tu sois aussi heureux que je le suis maintenant ?"

Non, petit, ce n'est pas mal, ce n'est pas mal du tout. C'est juste que parfois ça n'arrive pas pour les gens et je suis d'accord avec ça. Tant que j'avais ma copine, il a tapoté son doigt contre sa joue et elle l'a mordu en riant.

"Bien sûr, bien sûr. "Noah m'a demandé d'aller avec lui et de rencontrer sa famille."

"Effrayé ?"

Plus excité. "Je ne peux pas attendre."

Dr. "Applebaum ?"

Noah se tourna vers la femme derrière lui. Joanne Hammond lui sourit et Noah sourit. Ils s'étaient rencontrés quelques fois alors qu'il sortait avec Lauren Shannon ; ils étaient collègues de travail et Joanne n'avait aucune des prétentions de Lauren. Joanne était le commandant en second de Derek Shannon - le père de Lauren - et le sang de son entreprise de relations publiques. Il adorait Joanne parce qu'elle dirigeait l'endroit comme une horloge - et supportait Lauren. Noah l'avait rencontrée lors d'un barbecue d'entreprise et fut instantanément attirée par son esprit, son sarcasme et son cynisme. Il avait toujours irrité

Lauren que Noah et Joanne étaient amis - ce qui le rendait encore plus agréable.

Joanne ! C'est bon de te voir....je pense. "Ça va ?" Il l'a serrée dans ses bras.

"Je le suis, mais Mackie est de nouveau atteint de diabète." Joanne, une petite femme athlétique à la peau foncée et aux yeux argentés, sourit, mais elle avait l'air fatiguée. Son mari, Mackie, était un ancien combattant qui s'était déprimé après avoir quitté l'armée et avait pris assez de poids pour déclencher le diabète de type 2 plus tard dans sa vie. Un homme bon, Mackie avait été hospitalisé deux ou trois fois et Joanne, presque âgée de soixante-dix ans maintenant, était épuisée.

Venez prendre un café avec moi pendant que le médecin est avec Mackie ", dit Noah en voyant son collègue parler à Mackie, " alors vous pourrez me raconter ".

Même le stoïque Charlie fut impressionné quand Lila l'a montré dans l'appartement de Noah. "Ok, j'aurais dû aller à l'école de médecine."

Lila a gloussé. Je sais, n'est-ce pas ? Dire qu'il nous fait confiance, deux enfants des rues, ici tout seul ? "On s'occupe du quartier?"

Charlie, riant, secoua la tête. "Tu sais, on n'a jamais vraiment été des enfants de la rue, jusqu'à ce qu'on soit assez vieux pour être jetés par nous-mêmes."

"On a réussi."

C'est ce qu'on a fait.

Lila les a fait boire tous les deux. "Sortons sur le balcon parce qu'on est fantaisistes."

"Toujours une bonne raison."

Le balcon de Noah avait une vue étonnante sur la baie d'Elliott et ils ont mis leurs pieds en l'air alors qu'ils se sont installés dans les meubles de pont très confortables. Le jour était lumineux et froid et les montagnes olympiques s'élevaient haut sur l'horizon.

Lila a regardé Charlie. "Chuckles, je peux te demander quelque chose ?"

"N'importe quoi."

Tu crois que je m'implique avec trop d'hommes riches ? "Je n'en ai jamais eu l'intention."

Charlie a ri. Lila, tu t'es regardée dans le miroir ? Tu attires tous les types d'hommes. Et ce n'est que Richard et Noah - deux situations complètement différentes. "Tous les autres avec qui tu es sorti n'ont pas étaient bien fortuné."

Ne dites pas ça, c'était tous des mecs géniaux - l'un d'entre eux en particulier ", lui sourit-elle. "Tu seras toujours mon premier amour, Chuckles."

"Je te reviens, Saddlebags."

Lila a presque reniflé son jus dans son nez. C'est si cruel, mais hilarant. "Je vais bientôt être énorme à ce rythme."

"Tu pourrais avoir la taille de Madison Square Garden et être la plus belle fille du monde."

"Langue de miel !" Elle a gloussé pendant qu'il enlevait une fausse casquette. "Arrête de flirter avec moi, Chuckles, je suis en plein gestation."

" Juste point", soupira Charlie. Regarde cette vue. "Mon Dieu, cette ville me manque."

Lila a avalé une gorgée de jus d'orange. "Tu pourrais toujours revenir ici."

Charlie la regarda et sourit. Je ne peux pas te suivre toute ma vie, chérie. En plus, si tu veux que je retrouve Tinsley...."

Lila a jeté ses bras en l'air. "Oui !"

"Et voilà."

"Je veux que tu te maries et que tu aies un million d'enfants."

"Doucement, ma fille."

"Alors viens vivre ici à Seattle."

Charlie soupira. "Jeez."

Lila sourit et haleta, se penchant vers l'avant et s'agrippant à son ventre. Immédiatement Charlie était en état d'alerte. 'Quoi ? "Qu'est-ce qu'il y a, Lila ?"

Lila ne répondit pas un instant, puis leva les yeux, les yeux brillants. Elle vient de donner un coup de pied. C'est la première fois que je le ressens. "Oh mon Dieu, Charlie, donne-moi ta main."

Elle a saisi son bras et a placé sa main sur son ventre. Elle l'a regardé, souriante. Charlie a commencé légèrement puis a retiré sa main.

"Ce n'est pas juste, ça devrait être Noah...."

"Il n'est pas là, imbécile", elle lui a attrapé la main. Noah sait comment ces choses fonctionnent, vous ne pouvez pas avoir un timing parfait, il sera juste content que j'ai eu quelqu'un que j'aime pour partager ce moment.

Noah a essayé de sourire en maintenant l'équilibre du téléphone entre son cou et ses épaules et a changé de blouse blanche. Chérie, c'est merveilleux. J'ai hâte de rentrer chez nous, mais mon père m'a demandé de le rencontrer pour dîner après le travail. "Ça ira pour quelques heures ?"

Bien sûr, je vais commander des plats à emporter, pour que Charlie reste avec moi. Je suis si excitée, Noah, j'ai hâte que tu la ressentes."

Noah a gloussé. "Vous êtes convaincu que c'est une fille, n'est-ce pas ?"

Bien sûr que oui. Dis bonjour à ton père de ma part, dis-lui que j'ai hâte de le rencontrer."

Probablement mieux si je lui parle de toi d'abord....puis essaie de travailler dans' Hey, papa, aussi, tu vas être un papy!'.

Lila a ri. Bonne chance avec ça, mon pote. "Je t'aime."

"Je t'aime aussi, ma belle."

En sortant, il s'est arrêté pour voir Joanne et Mackie. Mackie dormait et Joanne était assise près de son lit.

Noah - toujours le médecin - a vérifié les dossiers de Mackie. Il a essayé d'éviter la grimace sur son visage, mais Joanne le connaissait trop bien.

Oui, dit-elle, Mackie fait le tour de l'égout. Ses mots, pas les miens. Mais il ne veut pas se ressaisir et prendre la responsabilité de sa santé. Il mange, Noah, de la minute où il se lève jusqu'à ce qu'il s'endorme.

Peut-être pas toujours malsaines, mais tu sais aussi bien que moi, tout ce qui est en excès....".

Noah hocha la tête, soupirant. Bien sûr que si. "A-t-il essayé la psychothérapie pour traiter son trouble de l'alimentation ?"

Un tas d'entre eux. Rien ne colle. "Il s'est résigné à mourir, Noah, il dit qu'il préfère mourir heureux."

Noah était irrité. "Et toi, et toi ?"

Joanne l'a regardé et il a hoché la tête. "Oui, je sais. Ecoute, je dois aller voir mon père."

Ses yeux s'illuminent. "Tu vas lui parler du bébé ?"

Noah sourit à son expression. Ouais.... Souhaite-moi bonne chance. Hé, écoute, ne dis rien à Lauren, d'accord ?"

Joanne a roulé des yeux. Comme si je le ferais. "Bonne chance avec ta copine, Noah, tu mérites un amour."

"Je passerai demain, pour voir comment ça va."

Alors qu'il se rendait en voiture au restaurant pour rencontrer son père, il pensait à passer les cinquante prochaines années avec Lila, comme Joanne l'avait fait avec Mackie. Seraient-ils toujours aussi dévoués ? Il n'avait jamais été aussi sûr. Lui et Lila étaient les meilleurs amis, ils étaient le protecteur, l'esprit, le corps et l'âme de l'un et de l'autre.

Noah Applebaum avait grandi en voyant de première main ce qu'un mariage malheureux pouvait faire. Son père, Halston, avait été un mari terrible et violent pour sa mère, même lorsqu'elle mourait d'un cancer. Plus d'une fois, Noé s'était interposé entre eux et avait pris les coups de son père. Quand sa mère est finalement morte, elle a embrassé Noé et lui a dit qu'elle était heureuse de partir et de s'éloigner de son père.

Mais la mort de sa mère avait changé son père. Une panne complète a suivi et une thérapie intensive dans les spas les plus chers au monde. Son père est devenu quelqu'un d'autre. La première chose qu'il avait faite à son retour à Seattle était de chercher Noah et de s'excuser. Et ce n'était pas des excuses sordides tirées d'un programme ; c'était un véritable appel du cœur, non pas pour le pardon, mais pour une seconde chance. Et son père n'a pas hésité ; il a créé une fondation pour lutter contre la violence domestique, a donné des interviews où il a admis librement et honteusement être un agresseur, et a été un orateur public engagé sur le sujet. Noah, déjà dans la vingtaine et cynique, n'avait pas été convaincu du revirement jusqu'à ce qu'il assiste à contrecœur à l'un des événements de son père. Après quelques discours, son père a demandé un volontaire de l'auditoire, pour une femme qui avait été maltraitée. Il y a eu des hésitations et finalement une petite femme ressemblant à un oiseau est arrivée sur la scène.

Hal Applebaum lui avait demandé de se tenir en face de lui, puis il rencontra son regard. Je suis ton mari, ton frère, ton démon, ton cauchemar. Je suis ici, dépouillé de toute colère. Dis ce que tu as toujours voulu dire, crie ta rage contre moi, dis-moi tout ce que tu voulais me dire quand tu étais maltraité".

La femme était nerveuse au début, sa voix à peine audible, mais au fur et à mesure qu'elle commençait à parler, à vocaliser sa douleur, l'atmosphère dans la pièce était électrique. Noah s'est retrouvé presque incapable de respirer lorsque la femme a commencé à crier, à tirer sur la chemise de son père, à exprimer chaque gramme de douleur que son agresseur lui a infligé et son père vient de la prendre. Quand les sanglots de la femme se sont calmés, Hal a pris ses mains.

Je ne suis pas ton mari, dit-il doucement, et tu n'es pas ma femme. Il ne s'est jamais excusé auprès de vous et ma femme ne m'a jamais entendu m'excuser. Cela ne compensera pas cela, mais je pense que cela nous aidera tous les deux. Je suis désolée. Je suis désolé que cela vous soit arrivé, il n'y a pas d'excuse pour toutes les choses haineuses que vous avez entendues, pour la douleur qui vous a été infligée. Tu es fort et gentil et beau et tout homme qui te traite moins qu'une déesse n'est pas digne de toi. "Je suis vraiment, vraiment désolé."

Le regard sur le visage de son père - Noah savait que non seulement il parlait à la femme tourmentée devant lui, mais aussi à la mère bien-aimée de Noah.

Après, il s'est approché de son père. Les deux hommes se fixèrent l'un l'autre, puis Noé tendit la main et son père tomba en lambeaux. Des larmes coulant sur son visage, il a tiré son fils dans un câlin.

Je sais que cela ne fait rien de bien, dit-il, sa voix se brisant, mais je vais passer le reste de ma vie à essayer.

Cela n'avait pas résolu leurs problèmes du jour au lendemain, mais ils y ont travaillé. Maintenant Noah jouissait d'une existence chaleureuse mais séparée de son père. Il s'était remarié, une charmante femme appelée Molly, et maintenant son père vivait à Portland avec elle et le fils adolescent de Molly, Kyle. Kyle et Noah se sont vite rapprochés et maintenant Noah considère Kyle comme un frère. Le plus jeune homme avait obtenu un diplôme summa cum laude et travaillait maintenant comme journaliste à Kuala Lumpur.

Noah est entré dans le restaurant et a vu son père et Molly l'attendre. Ils l'ont serré dans leurs bras et ils ont bavardé facilement pendant qu'ils étaient assis.

Halston sourit à son fils. J'entends de grandes choses à propos de ton travail, fiston. Saul Harlow dit que tu pourrais être le plus jeune chef de chirurgie en une génération."

Noah l'a remercié. "Mais, en fait, papa, Molly, il y a autre chose que je dois te dire - quelque chose d'assez gros."

Et il leur a parlé de Lila et du bébé. Hal et Molly ont été surpris, choqués, puis ravis. Eh bien, c'est une nouvelle extraordinaire ", a applaudi Hal sur le dos de son fils, " Félicitations, Noah, c'est merveilleux ".

Si excitante, Molly serra la main de Noah, son visage doux s'illumina. Noah leur sourit.

"Alors, je veux que vous rencontriez Lila, vous l'aimerez." Son sourire s'est un peu estompé. "Je devrais vous dire qu'elle était fiancée à Richard Carnegie."

"Attendez," son père fronça les sourcils,"C'est la jeune femme qui a été attaquée, n'est-ce pas ?"

Elle a été poignardée, oui, l'esprit de Noah est revenu à l'époque où il avait rencontré Lila pour la première fois : " Ils n'ont toujours pas trouvé la personne qui l'a fait, alors nous avons dû renforcer la sécurité.

"Horrible", Molly avait l'air bouleversée. Noah lui sourit.

Lila va beaucoup mieux maintenant ; je veux dire, il y a encore du chemin à faire avec son amplitude de mouvement mais nous attendons jusqu'à ce que le bébé soit né pour terminer sa rééducation.

"Quand doit-elle accoucher ?"

Noah s'est éclairci la gorge. "Environ trois mois."

Les sourcils de son père ont monté en flèche. "Et tu nous le dis maintenant ?"

"C'est une longue histoire."

~

Seattle

Charlie Sherman a quitté Lila au condo et est allé à la rencontre de ses confrères au service de police de Seattle. Le détective qu'il a rencontré, un homme fatigué d'âge moyen, Cabot Marin, l'a salué d'un soupir résigné. "Si je gagnais un dollar pour chaque sac à noix qui traque une femme...."

Charlie l'a mis au courant de l'affaire de Lila. Non, je dois être juste, à part la disparition de Riley et ce que nous avons trouvé dans son appartement, nous n'avons aucune autre preuve suggérant que Riley est l'homme qui a poignardé Lila, ou qu'il a déjà commis un crime. Mais il est notre seule piste et le fait qu'il a disparu le jour où nous l'avons lié à l'attaque...".

'Yup. Parfois, nous devons aller là où l'enquête nous mène, même si c'est quelque part qui est inconfortable. Eh bien, écoutez, nous savons déjà que le Dr Applebaum avait employé des mesures de sécurité supplémentaires - ils ont demandé des licences d'armes dissimulées, ce qui leur a été accordé. Mlle Tierney semble bien protégée, tant sur l'île qu'à l'appartement du médecin. "Est-elle du genre à suivre les instructions pour se protéger ?"

Charlie a souri à moitié. Pas du tout, ce n'est ce qui m'inquiète. Lila est intelligente dans la rue mais têtue - elle se frotte contre toutes les restrictions. Elle dit qu'elle ne prendra pas de risques inutiles, mais si j'étais Riley, j'attendrais les risques nécessaires et je me mettrais en mouvement à ce moment-là.

Cabot Marin hocha la tête. 'Yup. Eh bien, tout ce qu'on peut faire pour l'instant, c'est d'être vigilant."

Charlie lui serra la main. "J'apprécie".

Il a quitté le bâtiment de la police et est retourné à pied à son hôtel. Il avait dit à Lila qu'il rencontrerait Noah et Lila pour le petit-déjeuner le lendemain et qu'il retournerait ensuite à New York. Il sortit son téléphone et composa un numéro, souriant quand il entendit l'accent australien de Tinsley. "Hé, toi," dit-il chaleureusement, "tu as des projets pour demain soir ?"

∼

Seattle

Noah s'est glissé tranquillement dans la chambre à coucher, en retirant ses vêtements et en les accrochant au-dessus de la chaise, aussi silencieux qu'il pouvait l'être. Lila dormait, couchée sur le côté, une main sous sa joue, l'autre s'étendant vers son côté du lit. Noah s'est glissé à côté d'elle et elle a remué, ouvrant les yeux et lui souriant.

"Salut, ma chérie."

Noah brossa ses lèvres contre les siennes, goûtant son dentifrice à la menthe sur son haleine. "Salut toi-même, bébé." Il lui a muselé le nez avec le sien, puis a glissé ses bras autour d'elle et l'a rapprochée. Elle sentait la chaleur endormie et le linge frais, et sa peau était si douce qu'il ne pouvait s'empêcher de passer ses mains sur sa peau nue.

Tes mains sont froides ", grogna-t-elle, mais gloussa quand il la chatouilla.

Je t'aime quand tu es tout endormi comme ça, il a passé ses doigts dans ses cheveux ; tu es si drôle.

Elle a grommelé quelque chose d'inintelligible.

"Qu'est-ce que c'était ?"

Lila se frotta les yeux. "Désolé, j'ai dit, comment était ton dîner avec les unités parentales ?"

Noah sourit. Bien.... ils ont hâte de te rencontrer, mais ils ont dû retourner à Portland ce soir, alors papa nous suggère d'y aller pour le week-end. Qu'en penses-tu ?"

J'en suis. "Hé, le bébé donne encore des coups de pied."

Noah a glissé sa main sur son ventre et elle l'a guidée jusqu'à l'endroit où le bébé lui donnait des coups de pied. Les yeux de Noah se sont élargis. "Wow....ça fait tellement bizarre."

N'est-ce pas ? Mon Dieu, elle est aussi un peu plus bruyante, je le jure, elle a fait de l'orage toute la journée. "Va dormir, Matty Apple."

Noah sourit. "Matty Apple ?" Lila sourit et l'embrassa.

"Je connais peut-être un moyen de la bercer pour qu'elle dorme." Elle s'est tirée vers le haut et l'a chevauché, atteignant sa bite.

Noah s'allongea et se détendit en le caressant doucement entre ses mains, puis traça le bout de son sexe vers le haut et vers le bas.

"Tu me veux ?" Lila demanda doucement et il hocha la tête, incapable d'arracher ses yeux de son corps, éclairé par le clair de lune qui inondait la pièce, ses cheveux foncés tombant en vagues désordonnées.

Ils ont fait l'amour lentement, chaque mouvement sensuel et langoureux, se buvant l'un et l'autre. Quand ils ont fini, Noah l'a enveloppée dans ses grands bras et ils se sont endormis.

Le téléphone les a réveillés tous les deux un peu avant trois heures du matin. Noah l'attrapait. 'Yup ? D'accord. D'accord. J'arrive tout de suite."

Lila protesta alors qu'il glissait hors du lit. "Qu'est-ce que c'est ?"

Un patient a fait une chute.... Mackie ; c'est une sorte d'ami. Il n'était même pas censé être sorti du lit....bon sang.".

Il s'est cogné la tête ? "C'est pour ça qu'ils t'ont appelé ?"

"Oui....mon Dieu, je suis désolé, bébé." Il était frénétiquement en train de s'habiller, maintenant.

"Ne t'inquiète pas, j'espère qu'il va bien."

Il s'est penché pour l'embrasser. "Ça va aller ?"

"Bien sûr, vas-y, vas-y."

"Verrouillez la porte derrière moi."

Elle l'a suivi endormi jusqu'à la porte d'entrée et l'a embrassé à nouveau. "Va sauver une vie, Superman."

Elle a fermé et verrouillé la porte derrière lui et s'est couchée, ne voyant pas la sonnerie d'alarme clignoter. Elle s'est recroquevillée sous les couvertures et s'est endormie en quelques minutes.

Elle n'a pas entendu que les portes du balcon s'ouvraient et qu'un personnage entrait dans sa maison. L'intrus s'est dirigé vers la chambre et s'est tenu sur le côté du lit de Lila, la regardant dormir.....

Noah est allé chercher Joanne juste après six heures du matin. La femme regardait par la fenêtre de la chambre réserver pour les membres de la famille à l'aube rampant sur l'horizon. Elle a vu son reflet et s'est retournée et par l'expression sur son visage, elle était déjà préparée à ses nouvelles.

"Je suis désolée, Joanne."

Elle a hoché la tête une fois. Je sais, je sais. Je l'ai senti partir.... pas seulement ce soir, mais il y a des années. "Ce n'était pas une vie, Noah, il est en paix maintenant."

Et toi, qu'est-ce que tu fais ? "Ça va aller ?"

Elle lui sourit et tapota le siège à côté d'elle. Noah s'assit et prit ses mains dans les siennes. Elle lui a souri. Je le serai, dit-elle, et probablement plus tôt que je ne devrais l'être. "Qu'est-ce que c'était à la fin, la chute ?"

Noah hocha la tête. L'enfer est que s'il avait été en meilleure santé, il aurait pu s'en sortir, mais à cause du tabagisme, il privait déjà son cerveau d'oxygène. "Sa cause de décès sera une lésion cérébrale hypoxique due à une chute et à des choix de style de vie."

Eh bien, Joanne était stoïque, " c'est justement ça. "C'étaient ses choix." Elle soupira et se leva. Je vais rentrer chez moi, alors. "Est-ce qu'ils vont s'occuper de Mackie jusqu'à ce que je puisse arranger les choses ?"

Bien sûr, Noah s'est levé et l'a serrée dans ses bras. "Je suis désolée, Joanne, encore une fois, si je peux faire quoi que ce soit."

Tu en as fait beaucoup, dit-elle, si Mackie avait eu la moindre chance après cette chute, c'est toi qui lui aurais donné. "Certaines personnes ne peuvent pas être sauvées."

Après son départ, Noah s'est affaissé sur une chaise et a enfoui sa tête dans ses mains. La vitesse à laquelle les vies peuvent changer. Il pensait que Joanne rentrait chez elle dans un lit vide pour la première fois en cinquante ans. Dieu…

Une image de Lila dans la cabine d'essayage il y a des mois....ok, donc il n'avait pas été là mais il avait vu assez de victimes poignarder - et maintenant il l'imaginait, enroulée dans une position fœtale, son sang s'accumulant autour d'elle, sa main appuyée fort contre son ventre pendant qu'elle essayait d'arrêter le sang.....arrêtez ça ! C'est du passé.

Il s'est levé et s'est dirigé vers le vestiaire, se déshabillant de ses vêtements et les jetant dans une corbeille à linge.

Il ne savait pas si c'était la combinaison de la perte de Mackie, l'heure tardive ou les visions de Lila qui le hantaient, mais il savait qu'en ce moment, il n'y avait qu'une seule chose qu'il voulait faire.

Rentrez chez lui. Maintenant.

Elle respirait à peine, les yeux fermés, mais ses sens étaient sur le fil du rasoir alors qu'elle écoutait l'intrus se promener autour du condo. Elle s'était réveillée - mais heureusement elle n'avait pas ouvert les yeux - quand elle a entendu le grincement du plancher et a immédiatement senti la présence à côté du lit. Elle a attendu le couteau ou la balle ou les mains sur son corps, mais aucune n'est venue.

Elle risquait d'ouvrir les yeux un tout petit peu. Elle a vu la silhouette à travers la porte du salon et a fait un balayage mental de tout ce qui se trouvait dans la chambre à coucher qu'elle pouvait utiliser comme arme. Ses yeux se sont tournés vers une petite sculpture de tête de lion en marbre sur la table de nuit de Noah.

Elle a souri à elle-même et s'est déplacée lentement à travers le lit pour l'attraper. Elle s'est assise et a glissé hors du lit et jusqu'à la porte, en regardant autour d'elle pour voir où se trouvait l'intrus. Le coin cuisine. Bien.

Lila s'est glissée dans le salon en silence, ses pieds nus ne faisant pas de bruit sur le tapis. Lorsqu'elle a atteint l'intrus, ils se sont tournés et Lila a soulevé la sculpture. L'intrus a battu son bras, mais Lila a lâché prise et la tête du lion en marbre s'est écrasée sur l'épaule de l'intrus. Un cri aigu - féminin - a fait perdre à Lila sa concentration pendant un moment, puis l'agresseur était sur elle, les mains autour du cou, s'étouffant, la poussant jusqu'au sol. Lila a enfoncé ses doigts dans les yeux de l'agresseur et il y a eu un cri - cette fois, Lila était sûre. C'était une femme.

Elle a donné un coup de pied à l'agresseur dans l'aine et elle l'a roulé. Toutes les émotions que Lila avait l'habitude de ressentir en se défendant dans la rue lui sont revenues, et elle a fait le tour de l'agresseur enclin, a ouvert un tiroir et a sorti le plus gros couteau qu'elle pouvait trouver et l'a tenu devant elle.

Viens vers moi, mon frère, grogna-t-elle, furieuse, osant l'agresseur d'essayer à nouveau.

Au lieu de cela, l'attaquant a donné un sangloté et froissé au sol. Lila a regardé le personnage en noir dans l'incrédulité, puis s'est penchée, a allumé les lumières et a arraché le masque de la tête très blonde de l'agresseur. La jeune femme ne l'a pas regardée.

Je suis désolé, okay-y-y-yy, sa voix vacillait en sanglotant, "Je voulais juste te voir".

Lila a laissé tomber son bras mais pas le couteau. "Qui êtes-vous ?"

La femme a finalement levé les yeux, et Lila a vu qu'elle était jeune, de l'âge de Lila, et très jolie - quand elle n'était pas couverte de morve et de larmes.

"Es-tu Lauren ?"

Noah lui avait parlé de son ex-petite amie il y a des mois, alors que Lila était encore en cure de rééducation. La fille hocha la tête.

Je suis désolée, dit-elle encore une fois et elle s'est levée. Lila a fait un pas en arrière et a soulevé la lame devant elle. Lauren a levé les mains.

"Je te promets, je n'ai jamais eu l'intention de te faire du mal....Je suis désolé pour tout à l'heure, mais tu viens de me frapper à l'épaule."

"Vous êtes entré chez moi par effraction."

Lauren hocha la tête, la regardant curieusement. "Qui êtes-vous ?"

Lila a pris une grande inspiration. Lila Tierney. Je suis....avec Noah maintenant.". Presque inconsciemment, sa main s'est déplacée vers son ventre, en se protégeant, et les yeux de Lauren ont suivi.

"Oh."

"Oui."

Les yeux de Lauren se sont à nouveau remplis de larmes.

"Noah ?"

Lila hocha la tête. Ecoute, Lauren, tu peux y aller ? Ou me dire ce que tu veux ? Si tu pars maintenant, je ne dirai rien à Noah - ou à la police - c'est arrivé."

Lauren hocha la tête, mais trempa la tête timidement. "Juste quelques questions avant de partir et je ne vous dérangerai plus."

Soupira Lila. "Que voulez-vous savoir ?"

Lauren l'a étudiée. "Où avez-vous rencontré Noah ?"

Lila a hésité. Au travail. Son travail.".

"Vous êtes médecin ?"

"Non."

"Un patient ?"

Lila a hésité. Plus maintenant. Ecoutez, Lauren, je suis désolé mais vous devez vraiment partir maintenant."

"Je vais, je vais, je vais, juste.... Vous l'aimez ?"

L'expression de Lila s'est adoucie. "Beaucoup".

"Et il vous aime ?"

"C'est ce qu'il me dit."

Lauren sourit tristement. "Il ne m'a jamais dit qu'il m'aimait."

Je suis désolé, dit Lila de façon égale. Lauren hocha la tête et se dirigea vers la porte d'entrée.

Moi aussi, je le suis. Désolé si je vous ai blessée, je n'ai pas vu que vous étiez enceinte. "Bonne chance avec tout ça."

"Au revoir Lauren."

Lila a fermé la porte après la femme et s'est appuyée contre elle en secouant la tête. Le monde est plein de tarés petit Matty, dit-elle à sa bosse. Elle s'habituait à ce nom - si c'était un garçon, il faudrait peut-être l'appeler Matthew, elle réfléchissait maintenant en fermant la porte et cette fois, elle se souvenait de déclencher l'alarme. Elle a verrouillé les fenêtres du balcon - comment Lauren a-t-elle pu grimper aussi haut ? C'est de la folie.

Elle s'est retournée au lit, mais n'arrivait pas à dormir, fixant le plafond. Toute l'adrénaline avait quitté son corps, et le choc de l'assaut commença à s'enfoncer.

Jésus, se chuchota-t-elle à elle-même. Serai-je à nouveau en sécurité ? Chaque fois qu'elle se sentait apaisée, quelque chose lui arrivait de basculer son équilibre. Finalement, elle est tombée dans un sommeil agité, pleine de cauchemars et de rêves d'être harcelée par une menace inconnue.

Lila a retourné les crêpes sur une assiette, couvrant un bâillement pendant qu'elle écoutait Noah et Charlie parler. Noah était rentré à la maison quelques heures après le départ de Lauren et un regard sur son visage lui a dit que Mackie n'avait pas survécu. Elle lui tendit les bras et il était entré dans ses bras, la serrant fort. Ils se sont tenus l'un et l'autre jusqu'à ce qu'ils se rendent tous les deux endormis et quand Charlie a sonné à la porte, ils gémissent tous les deux.

Charlie leur sourit à tous les deux, leurs vêtements tirés à la hâte et leurs cheveux de tête de lit. Je te donne une heure ? "Je peux revenir."

Noah et Lila lui ont fait signe de s'éloigner de sa suggestion. Tu es de la famille, dit Noah, et Lila lui a fait un sourire reconnaissant. Ses deux hommes préférés dans le monde s'entendaient bien et cela la rendait incroyablement heureuse.

Mais maintenant, bien sûr, ils ont dû aller le gâcher en parlant de Riley. Elle se demandait si elle devait leur dire qu'elle avait couché avec Riley cette nuit-là il y a si longtemps. Mon Dieu, je suis une salope ? Elle secoua la tête. Les deux hommes dans cette pièce, Riley, Richard, un couple de gars quand elle était plus jeune. Selon les normes modernes, elle était pratiquement novice.

Donc, la meilleure chose à faire est de prendre les précautions normales, de verrouiller les portes, de déclencher les alarmes, de ne pas marcher seul la nuit.

Lila se retourna et fixa Charlie et il sourit. "J'ai pensé que ça attirerait ton attention."

Lila a agité la tranche de crêpe vers les deux. "Vous savez que je suis dans la pièce, oui ?"

Noah a reniflé de rire. "Lila Belle, c'est ta sécurité qui nous préoccupe, c'est tout."

Lila s'est retournée vers la cuisinière, cachant une expression de culpabilité. Elle avait promis à Lauren qu'elle ne dirait rien.....ah, et puis merde, la femme s'était introduite chez eux par effraction.

"Dans ce cas, dites à ton ex-petite amie de ne pas entrer par effraction au milieu de la nuit." Elle a déposé une assiette de crêpes sur le bar du petit-déjeuner un peu trop fort. Noah a cligné des yeux.

"Excuse-moi ?"

Lila s'assit et regarda les deux hommes. Lauren. Elle s'est glissée sur le côté de notre immeuble la nuit dernière, elle est entrée par le balcon. "J'ai dû me battre avec elle."

Noah lui a mis sur écoute. "Qu'est-ce que c'est que ce bordel ? Pourquoi tu n'as rien dit ? "Je vais la tuer...." Il s'est levé, mais Lila lui a attrapé la main.

Assieds-toi. En bas. Maintenant. Elle l'a regardé droit dans les yeux. Noah s'est assis.

Charlie murmura " fouetté ", mais Lila le regarda fixement. Noah regarda entre les deux puis se frotta le visage en essayant de se réveiller suffisamment pour penser clairement.

Laisse-moi bien comprendre. "Lauren est entrée par effraction dans cette maison hier soir ?"

"Yup."

"Et toi, quoi, tu as lutté ?"

"Elle fouinait, je lui ai tendu une embuscade, elle m'a étouffé et je l'ai frappée dans ses couilles de femme."

Charlie a craché son café, s'étouffant de rire.

"Ce n'est pas drôle", dit Noah en se moquant de l'homme qui riait. "Jésus-Christ, Lila."

Son visage s'est adouci. C'est bon, bébé. On s'est calmé, on a parlé. Elle est bizarre, mais il n'y a pas de mal. La plupart du temps. "Je lui ai peut-être fracturé l'épaule avec ta tête de lion."

"C'est de mieux en mieux." Charlie regarda le visage de Noah et se tut à nouveau.

Tu dois me dire des trucs comme ça. "Où était la sécurité ?"

"Pour être juste, ils ne s'attendaient pas à Spider Woman."

Noah soupira. Nous déménageons. "Si quelqu'un peut entrer aussi facilement...."

"Pas question, j'adore cet endroit."

Noah secoua la tête. "On en reparlera plus tard."

Charlie s'est éclairci la gorge. "C'est mon signal." Il s'est levé et Lila l'a serré dans ses bras, en faisant la moue.

"Tu dois vraiment y aller ?"

"J'en ai bien peur, mon petit chou." Il l'a serrée dans ses bras. "Je vous verrai bientôt tous les deux."

"Tu es sûr qu'on ne peut pas t'emmener à l'aéroport ?" Noah a serré la main de Charlie.

"Merci, mais non, le taxi est plus facile."

Il déteste les adieux ", Lila a roulé ses yeux, " Il pleure ". Tu devrais le voir, c'est comme "Love Actually".

Ouais, ouais, ouais, ouais, Charlie lui a fait signe de s'éloigner. "Prenez soin l'un de l'autre."

Quand Charlie est parti, Lila savait que Noah voudrait revenir sur le sujet de Lauren, alors elle l'a devancé. "Tu aurais dû parler du bambino à Lauren."

Noah soupira. "Je ne vois pas en quoi cela la concerne ; nous avons rompus il y a des mois."

Pourtant, quand ton ex très récent a un bébé en route. "Ça doit piquer."

"Ça t'intéresse ?"

Réfléchit Lila. Je suppose que non. "J'ai eu pitié d'elle."

Non, ne fais pas ça. "C'est une vipère, ne fais pas confiance à l'innocente petite fille."

"Oh, je ne le fais pas. "On ne peut pas parler d'autre chose que d'elle ?"

Noah sourit et lui enroula les bras autour d'elle. C'est une bonne idée. Dieu merci, c'est le week-end. Qu'est-ce qu'on fait ?"

Elle se moquait de son sourire suggestif. "À part ça, on pourrait voir si ton père et ta belle-mère veulent venir au chalet avec

Nous ?"

Sa voix trembla à la fin, nerveuse, mais Noah sourit largement. Vraiment ? "Prête ?"

Lila l'embrassa et hocha la tête, les yeux excités. "Je suis prête."

~

Manhattan

Tinsley Chang a applaudi alors que Charlie entrait dans le bar ce soir-là. "Enfin", dit-elle, allant le serrer dans ses bras, "Mec, je veux tous les ragots".

Charlie gloussa, mais en baissant le ton, il jeta un coup d'œil autour du bar très fréquenté. "Aucun signe de Riley ?"

Elle secoua la tête, son sourire s'estompe. "Non, mec, je suis désolé." Elle a regardé Mickey qui était derrière le bar. "Mec, je m'en vais, t'es prêt ?"

Mickey lui a fait signe de partir. "Va t'en et laisse-moi, ingrate."

Tinsley a ri, puis a traîné Charlie dans la rue. Nous allons chez moi. "J'ai acheté des micro bières et on peut commander des pizzas et on va parler, Sherman."

. . .

"Enceinte".

"Oui."

"Lila est enceinte."

Comme je l'ai dit.

"Enceinte de six mois."

Charlie soupira. Ils en avaient parlé encore et encore, mais Tinsley le regardait encore comme s'il était devenu fou. "Je ne sais pas quoi te dire d'autre, Tins."

"Avec le bébé du docteur sexy ?"

"Tu le trouves sexy ?"

"Le ciel est-il bleu ?"

Charlie était un peu irrité et ne l'a pas bien caché. Tinsley l'a poussé. Tu es toujours mon préféré, Chuckles. "Alors, elle est heureuse ?"

Elle y arrive, je crois. Elle flippe sur ce qu'il faut dire aux Carnegie. En parlant de qui....comment va ton homme, Harry ?"

A l'autre bout du monde, dit Tinsley, c'est une question de fait. On s'est parlé plusieurs fois. Surtout sur le fait que Melbourne est le meilleur endroit au monde." Elle a souri à elle-même. "Ça me donne le mal du pays."

"Pour l'Australie ou Carnegie ?"

Tinsley a réfléchi. Harry et moi avons passé un bon moment, mais je pense que nous n'étions pas faits pour être à long terme. "Je ne fais pas du long terme."

Charlie s'est mis à rire. "Je sais ça."

Elle soupira et releva les jambes sous elle. "Tu étais mon truc le plus long....".

Charlie a souri. "Bah, merci."

"Ne sois pas dégoûtant." Mais elle a gloussé. Mais sérieusement, je fais mon propre truc ces derniers temps. Mais ce truc avec Riley m'énerve vraiment. Woods est venu me voir."

Charlie leva les yeux en l'air. "Il l'a fait ?" Woods était le frère de Riley ; les deux avaient une relation antagoniste et Charlie n'avait jamais été chaleureux avec lui. Prétentieux, arrogant - le contraire de Riley, affable et facile à vivre.

Il voulait savoir si j'avais vu Riley. "Je croyais que tu avais parlé à la famille ?"

Pas encore, jusqu'à ce qu'on sache avec certitude que Riley est un suspect. "Dieu", Charlie a passé une main dans ses cheveux. "Ça me rend fou, de ne pas savoir et...."

Il s'est arrêté quand son portable a sonné. Donne-moi une seconde. Ouais?".

Tinsley regardait son visage pendant qu'il écoutait. Il est passé de l'ennui à l'inquiétude.

"Oui, oui, bien sûr, j'y serai tout de suite."

Il a éteint son téléphone et s'est tourné vers elle. C'est Cora Carnegie. "Elle a été prise au milieu d'une descente de drogue."

"Oh, non, pauvre enfant."

Charlie soupira et se tint debout. "Je suis désolé, Tins, je dois y aller."

"Bien sûr." Elle l'a accompagné jusqu'à la porte, mais lorsqu'il est sorti, elle l'a arrêté. Ecoute, si Cora.... ne veut pas rentrer chez elle ce soir, ramène-la ici. Ça lui donnera un peu d'espace pour réfléchir, pour se reposer sans.... tu sais...".

Charlie lui a souri. "Tu es une pêche." Il a hésité puis l'a embrassée, pleine sur la bouche, brève, rapide, puis a couru dans le couloir jusqu'à l'escalier.

Tinsley a fermé sa porte lentement, ses émotions dans la tourmente. Elle ne voulait pas s'engager avec quelqu'un si tôt après Harry et surtout si cela risquait de mettre en danger l'amitié qu'elle et Charlie avaient construite mais....ce baiser. Merde.

Tinsley secoua la tête. Elle était encore sous le choc des nouvelles concernant Lila et le bébé. Tinsley a souri à elle-même et a souhaité qu'il y ait un moyen pour qu'elle puisse entrer en contact avec Lila, lui parler. Charlie avait dit que Lila voulait entrer en contact, mais qu'elle devait d'abord parler aux Carnegie, leur expliquer. Tinsley n'enviait pas son amie dans cette conversation.

Elle n'enviait pas du tout cette conversation.

~

Seattle

Lauren a donné un couinement de surprise quand Noah a saisi le haut de son bras et l'a dirigée vers le café le plus proche.

Assieds-toi et ferme-la, lui dit-il en convoquant la serveuse et en commandant du café noir.

Lauren a essayé de cacher sa nervosité. Noah avait l'air aussi en colère qu'elle ne l'avait jamais vu et il n'a pas fallu un génie pour comprendre pourquoi. Inconsciemment, elle a touché son épaule, encore très abîmé là où Lila l'avait frappée il y a quelques nuits.

Ce n'est pas pour toi ", répliqua Noah, puis s'est relâché et a commandé un thé à la camomille pour elle.

Lauren a essayé un sourire gagnant. "Tu t'en souviens."

L'expression de Noah était foudroyante. Tu as de la chance de ne pas être assis dans une cellule de police. Qu'est-ce que tu croyais que tu faisais entrer par effraction dans notre maison au milieu de la nuit ?"

Lauren a laissé tomber le faux-semblant. "Salope, je savais qu'elle me balancerait."

"Tu ne dis pas un mot sur Lila, tu comprends ?" Le ton de Noah était bas, dangereux et Lauren détourna le regard de la fureur dans ses yeux.

Je voulais juste voir qui m'a remplacé. Et, bon sang, Noah, tu aurais dû me dire qu'elle était enceinte." Des larmes ont coulé dans ses yeux et elle a fait un spectacle en les brossant.

La serveuse est venue avec leurs boissons, les yeux oscillant entre les deux, curieux de la tension. Noah lui a donné un sourire froid et l'a remerciée, et la serveuse, déçue, s'est éloignée.

Je ne te dois rien, Lauren. "Toi et moi, c'était il y a des mois, avant même que je rencontre Lila."

Exactement, siffla-t-elle. Et pourtant, elle est déjà enceinte? "Salaud, tu sais à quel point je voulais un bébé."

Noah soupira. Mais je ne voulais pas d'enfants avec toi, Lauren. Je ne les voulais avec personne jusqu'à ce que je rencontre Lila. Je suis désolé si cela peut paraître cruel, mais toi et moi n'étions pas destinés à être heureux pour toujours. "Nous voulons des choses différentes."

Lauren était silencieuse pendant un long moment et quand elle rencontra son regard, son expression s'était transformée en une expression pleine de méchanceté. "Je pouvais toujours lui dire que tu me baisais encore après l'avoir rencontrée."

Noah n'était pas troublé. "Elle saurait que ce n'est pas vrai."

"Psychique, n'est-ce pas ?"

Noah lui a donné un sourire sans humour. "Et quand dirais-tu que ce soi-disant "coup" s'est produit ?"

Lauren a souri. "Entre la première fois que tu la baises et quand elle est tombée enceinte."

Noah sourit alors. Ici à Seattle, c'est ça ? "Est-ce que je suis passé chez toi après l'avoir vue ?"

La fanfaronnade de Lauren a faibli. "Noah...."

Le fait est, Lauren,' Noah s'amusait maintenant, à moins que tu n'aies inventé le voyage dans le temps dans un avion à réaction très rapide, ce serait physiquement impossible. Non seulement j'étais à New York, mais il n'y avait pas de temps entre la première fois que Lila et moi étions intimes et le moment où elle est tombée enceinte.

Les yeux de Lauren s'élargirent et son sourire devint méchant. Wow, c'est du travail rapide. "Je dois le lui donner, c'est du travail rapide de fouille d'or."

Les yeux de Noah étaient sombres. "Lila n'a pas besoin de désirer mon argent ; ne la juge pas selon tes critères, Lauren."

Lauren devint rouge mais releva le menton. "Je n'en ai pas besoin, se faire engrosser au premier rendez-vous parle d'elle-même."

J'étais déjà amoureux d'elle ", dit Noah doucement, tranquillement et avec un tel sentiment que Lauren ne pouvait pas aider le souffle de détresse.

Noah soupira, chercha dans sa poche des billets pour payer le café. J'ai dit ce que je suis venu dire, Lauren. "Ne t'approche pas de Lila, ne t'approche pas de moi."

Lauren a rétréci ses yeux. Et si je ne le fais pas ?

Noah sourit froidement. Papa chéri découvrira quel psychopathe est sa fille chérie et hop, ton fonds en dépôt disparaît. " Crois-moi, il ne faudrait pas grand-chose pour le convaincre."

"Tu ne le ferais pas", lui dit-elle en sifflant, les yeux flamboyants.

Si tu t'approches encore une fois de moi et Lila, j'ai son numéro en numérotation rapide. Souviens-toi de ça.

Et il était parti. Lauren s'est soudainement rendu compte que d'autres personnes dans le café la fixaient. Elle a levé le menton, s'est levée, a jeté de l'argent pour son thé sur la table - elle était damnée si elle laissait Noah payer pour elle - et a traqué.

Putain, putain, putain, putain de salope. Elle aurait dû savoir que Lila Tierney parlerait à Noah de l'effraction. Eh bien, elle paierait pour cette petite indiscrétion....parce que Lauren savait qui était Lila Tierney et bientôt, le reste du monde aussi.

∿

Manhattan

Charlie est passé à l'appartement le matin. "Comment va-t-elle ?"

Tinsley lui fit signe d'entrer dans la cuisine. Elle dort encore, dit-elle, et je ne pense pas qu'elle soit heureuse d'être ici.

Charlie avait l'air confus. "Mais elle a dit qu'elle ne voulait pas rentrer chez elle."

Tinsley roula les yeux et lui sourit. "Tu n'es pas au courant, Charles." Elle a collé sa tête autour de la porte pour vérifier que Cora n'était pas là, puis lui a fait demi-tour. "Elle voulait rentrer chez elle avec toi, Charlie."

La réalisation s'est réveillée et il s'est mis à gémir. "Oh, mon Dieu."

"Exactement. Etre enfermé avec ton ex-petite amie n'est pas ce qu'elle avait prévu. Pourtant, elle est allée directement au lit, pas très bavarde non plus. "Sera-t-elle inculpée ?"

Charlie secoua la tête. "Elle était juste au mauvais endroit au mauvais moment, elle n'avait même pas consommé, Dieu merci."

Tinsley sentit une pointe de jalousie devant l'affection de la voix de Charlie, mais se détourna pour la cacher.

Je ne peux pas te dire à quel point je suis reconnaissant que tu lui aies offert de la faire rester ici ", dit Charlie doucement, et il lui a touché le dos en le caressant. "Son retour à la maison avec moi n'aurait pas été une bonne idée."

Tinsley l'a regardé et il a souri. Cora n'est pas celle qui m'intéresse, chuchota-t-il en courbant la tête pour l'embrasser. Tinsley ferma les yeux et s'enfonça dans le baiser, enroulant ses bras autour de son cou. Mon Dieu, cet homme lui manquait, son machisme, sa force. Harry avait été une merveilleuse diversion qu'elle n'oublierait jamais, mais....Charlie Sherman........

Elle a regretté de s'être séparée de lui. On ne peut pas faire ça maintenant, Charlie, pas avec - Elle a branlé sa tête vers la porte de la chambre à coucher où Cora dormait alors qu'ils entendaient tous les deux le claquement de la porte d'entrée.

"Merde."

Tinsley est allé dans la chambre à coucher et elle était vide. "Elle nous a vus."

Charlie soupira. On dirait que oui. "Nom de Dieu." Il est allé à la fenêtre. "Monter dans un taxi."

Elle n'est vraiment pas ta responsabilité, Charlie. Et nous n'avons pas besoin d'avoir honte de vouloir être ensemble".

Charlie la regarda, son esprit était visiblement en surcharge. Tinsley soupira.

Ecoute.... va au travail, vérifie qu'elle est bien rentrée chez elle. C'est tout ce qu'on peut faire pour l'instant."

"Tu seras au travail plus tard ?"

"Seulement jusqu'à vingt heures."

Je viendrai te chercher et on ira dîner. "Cool ?"

Elle sourit et s'approcha de lui. "Très cool." Ils se sont encore embrassés, brièvement, puis Charlie est parti.

· · ·

Charlie l'a appelée vers 17 h. Hé, Tins, écoute, je suis désolé, j'ai une piste sur Riley dans le Queens - je dois la suivre. " Peux-tu rentrer chez toi en toute sécurité ?"

Déçue, Tinsley lui a dit qu'elle le pouvait et quand son service au bar s'est terminé, elle a pris son sac et est sortie dans la nuit. Elle marchait à vive allure, l'air frais de la nuit rafraîchissant après l'atmosphère moite du bar. À son appartement, elle a pris les escaliers un à la fois, puis a dérapé jusqu'à un arrêt. Woods Kinsayle se tenait devant son appartement. Tinsley envisageait de se retourner, mais Woods l'a vue. Il avait l'air épuisé et stressé.

"Hey, Woods", elle a affiché un sourire sur son visage. Elle n'avait jamais aimé l'homme, pensant qu'il traitait Riley de façon épouvantable.

'Tinsley, hey, écoute, désolé pour ça. Je passais et c'était un caprice de s'arrêter et de venir voir si tu avais entendu quelque chose."

Tinsley avait pitié de lui. Ecoute, Woods, entre, on boira un verre et on parlera. Ca sonne bien?".

Elle a vu ses épaules s'affaisser de soulagement. Ça a l'air génial.

Une fois installés, avec des bières froides, sur son canapé, Tinsley le regarda. "Woods, je ne sais vraiment pas ce que je peux te dire d'autre, sauf peut-être que l'absence de Riley n'a pas l'air très bien pour lui".

Woods secoua la tête. Je sais, je sais. Mais, Tinsley, vraiment - peux-tu imaginer Riley blesser quelqu'un, sans parler de Lila, qu'il adorait?" ?

Tinsley n'avait pas pensé à grand-chose d'autre. "Non, je ne peux pas, mais ça ne veut pas dire que, dans un moment de folie, il ne l'a pas fait."

Woods soupira, frustré. Mais regarde, la manière de l'attaque, la brutalité. Si Riley a eu un moment de folie, pourquoi n'aurait-il pas utilisé son arme ? Pourquoi s'est-il enfui ? Une situation de meurtre/suicide n'aurait-elle pas été plus facile à croire ? "Riley tire sur Lila, réalise ce qu'il a fait, puis se tue ?"

Je ne suis pas psychologue ", dit-elle doucement et Woods hocha la tête.

Je sais, je sais, je sais, je passe en revue tous ces scénarios dans ma tête. Qu'est-ce que Charlie dit ?

Tinsley s'est déplacé inconfortablement. "Je pense qu'il ne veut pas croire que c'est Riley ; en même temps, il veut désespérément protéger Lila."

Mais il n'a pas besoin de dire à nos parents que non seulement Riley a disparu, mais qu'il est soupçonné d'être un tueur.

Elle a mis sa main sur son épaule. Je sais, je sais. Je suis désolé, Woods, vraiment."

Il n'est resté qu'un peu plus longtemps, puis il est parti. Tinsley soupira. Mon Dieu, quel gâchis.

Elle a joué avec l'idée du plat à emporter, mais elle s'est endormie sur le canapé en regardant la télévision, avant qu'elle n'ait pu décider quoi prendre.

Elle s'est réveillée en sursaut et a presque crié. Il faisait sombre, la télé avait été éteinte et, sur le côté du canapé où elle était couchée, se tenait une silhouette en noir. Elle a vu la lueur de la lumière du couteau qu'il tenait. Elle a réagi immédiatement, donnant des coups de pied à l'intrus, les attrapant à genoux, entendant un grognement agacé. Homme.

Riley. Et il était là pour la tuer.....

Non, non, non, non. Alors qu'il se penchait vers l'avant pour l'attraper, elle s'est jetée sous son bras et s'est jetée à la porte, tordant la poignée avant qu'elle ne sente le couteau trancher dans son dos.

Pas profond. Elle a crié et s'est jetée derrière elle alors qu'il revenait la chercher. Elle a ouvert la porte et l'a frappé avec, utilisant chaque centimètre de sa force pour se tordre et se retourner hors de sa portée, tout en criant à l'aide. Aucun n'est venu. Le couteau s'est enfoncé dans son côté et elle s'est éloignée de lui et est presque tombée dans l'escalier menant à la rue.

Elle pleurait à moitié de peur, à moitié en criant, en maudissant les lâches qui ne voulaient pas aider une femme en détresse. L'agresseur a saisi son bras et l'a fait tomber au sol. Tinsley s'est battu avec toutes les forces qu'il lui restait, en lui tordant le corps pendant qu'il lui donnait un coup de couteau.

Soudain, il y avait un groupe de jeunes hommes qui criaient et l'homme-couteau a disparu. Tinsley ne pouvait pas le croire. Elle s'est allongée sur le trottoir en saignant pendant que deux des gars s'age-nouillaient pour s'occuper d'elle. Ils l'ont aidée à se lever quand elle a dit qu'elle allait bien.

On dirait qu'il t'a eu deux ou trois fois ", un gamin, pas plus de vingt ans, a pelé sa chemise et l'a pressée contre les pires de ses blessures.

En quelques minutes, les ambulanciers paramédicaux et la police étaient là et, dans un étourdissement, Tinsley a été emmené aux urgences. Différentes voix lui ont parlé pendant un certain temps, mais voyant qu'elle était en état de choc, elle l'a rapidement laissée seule. Ses blessures n'étaient pas grave, mais elle était endolorie et couverte de sang.

Qu'est-ce qui s'est passé ? Son cerveau était un brouillard, pas aidé par la morphine que les médecins lui avaient donnée pour la douleur.

Ce n'est que lorsqu'elle a entendu la voix grave de Charlie, élevée, en colère et effrayée, qu'elle a été frappée.

Quelqu'un avait essayé de la tuer.

La respiration devenait difficile et lorsque Charlie est apparu, Tinsley s'est finalement effondré. Charlie l'a prise dans ses bras alors qu'elle pleurait, lui disant sans cesse que tout allait bien et qu'elle était en sécurité maintenant.

Seattle

Noah regarda affectueusement Lila démolir une pile de crêpes et une assiette de bacon. Alors qu'elle mâche, elle lui sourit et il se mit à rire. "Comment peux-tu ne pas avoir la taille d'une maison ?"

Lila a avalé sa nourriture. "Croyez-le ou non, c'est juste les deux derniers jours où j'ai eu si faim."

Il a pris sa main pendant qu'ils s'asseyaient dans le restaurant. "Tu es excité de découvrir le sexe de notre bambino ?"

C'était leur dernier scan et hier soir, Lila lui avait dit qu'elle en avait assez d'attendre de savoir si leur petit Matty était une fille ou un garçon. Noah n'avait pas eu besoin de beaucoup de persuasion pour être d'accord.

J'aimerais que nous commencions à chercher des maisons familiales pour nous ", a-t-il dit, et elle a hoché la tête.

"Ce serait bien....j'aimerais garder le chalet sur l'île ; c'est un si bon endroit pour le week-end."

"Je suis d'accord, mais je pense que nous avons besoin de quelque chose de plus convenable que l'appartement ici."

"Avec un jardin et une clôture blanche ?" Lila gloussa et il sourit.

"Bon sang, oui, une clôture blanche."

Lila a remué son lait chaud. Noah, cela te dérangerait-il beaucoup si ce n'était pas dans l'une de ces communautés fermées ? Je sais qu'entre nous, nous pourrions probablement nous acheter une communauté entière pour nous-mêmes, mais je veux que nos enfants soient les meilleurs amis des enfants dans une rue de banlieue normale, qu'ils fassent du vélo, qu'ils jouent au petit pois.

Noah éclate de rire. "Sais-tu au moins ce qu'est un pois ?"

Lila sourit. "Aucune idée, mais tu vois le tableau."

Noah hocha la tête sérieusement. "Oui, tu veux que nos enfants grandissent dans les années 50."

Elle lui a lancé du lait. Je pensais plus aux années 80, E.T. dans le panier à l'avant, grand-père."

Noah secoua la tête en souriant. Je t'adore, Mlle Tierney. Allez, c'est l'heure.".

. . .

Main dans la main, ils ont attendu que le gynéco commence le scan. Lila a grimacé ; une fois que le médecin a jeté un coup d'œil à ses cicatrices encore vives, encore plus proéminentes maintenant que son ventre était gonflé, puis que le médecin a pressé le gel froid sur sa peau.

Lila s'est soudainement sentie nerveuse....elle voulait tellement une fille qu'elle avait peur que si c'était un garçon, elle ne l'aimerait pas autant. Elle a levé les yeux vers Noah, qui lui a souri, et elle s'est sentie mieux. Un petit garçon - un petit Noah. Bien sûr qu'elle l'aimerait, mon Dieu, elle l'aimerait.....

D'accord, allons-y.... ", Le médecin, regardant l'écran et pressant le capteur dans l'estomac de Lila. Elle l'a déplacé pendant un certain temps, mais elle n'a rien dit. Lila jeta un coup d'œil à son visage.

"Pouvez-vous voir de quel sexe il s'agit ?"

Elle sentit Noah serrer sa main et quand elle le regarda, il y avait quelque chose dans ses yeux qui la faisaient sentir froide. Elle se retourna vers le médecin et soudain, sa gorge se sentit pleine de laine de coton.

"Dr. "Stevens ?" La voix de Noah était plate. "Qu'est-ce que c'est ?"

Le médecin a posé le capteur et s'est tourné vers eux. Elle semblait avoir du mal à faire sortir les mots.

"Noah, Lila, il n'y a pas de façon facile de dire ça...."

Lila a gémi quand elle a réalisé ce que la femme était sur le point de dire. "Non....non...s'il vous plaît, non...."

"Je suis désolé, mais je ne trouve pas de battements de cœur, ni de signes de vie."

Noah fit un bruit, un gémissement, un bruit déchirant pendant que Lila secouait sa tête furieusement.

"Non, ce n'est pas possible, je l'ai sentie, je l'ai sentie donner des coups de pied...."

"Quand avez-vous ressenti ça pour la dernière fois ?"

Les larmes de Lila tombaient sans retenue. Hier, hier, hier, mon bébé me donnait des coups de pied...oh mon Dieu, oh mon Dieu...."

Noah l'enveloppa de ses bras, son visage froissé de douleur et de chagrin. "Lila...."

Vérifier à nouveau, Lila a failli crier, vérifier à nouveau. Peut-être qu'elle dort."

Lila, chérie, il n'y a pas de battements de cœur ", dit Noah d'une voix brisée et Lila s'effondra.

Le médecin - un ami et collègue de Noah - avait l'air aussi bouleversé qu'eux, et elle a quitté la pièce en fermant la porte derrière elle.

Comment ? Comment est-ce possible ?" demanda Lila désespérément, s'agrippant à Noah, qui secoua la tête.

"Je ne sais pas, chérie, parfois ça arrive.... c'est juste...".

Ils se sont alors accrochés l'un à l'autre, Lila sanglotant, le visage de Noah mouillé de larmes. Finalement, en se calmant, Lila ferma les yeux. Je la voulais tellement, tu sais ? J'étais si excitée d'avoir ton bébé, Noah ; je sais qu'on peut en avoir d'autres mais....".

C'est bon, dit-il avec lassitude, le cœur brisé, c'est bon, ma chérie, de pleurer notre enfant.

On a frappé à la porte et le médecin est revenu. Je suis désolée, pour vous deux, c'est rare, mais des fausses couches tardives peuvent se produire. "Avez-vous eu des traumatismes dernièrement ?"

Lila a donné un rire creux. "Par où je commence ?"

Noah maudit sous son souffle, puis s'excusa auprès d'eux deux. Lauren. Jésus H. "Christ."

L'autre médecin avait l'air confus. Lila, la tête dans les mains, lui a parlé du cambriolage de Lauren et de la bagarre qui a suivi. Les yeux du Dr Steven étaient grands et elle secoua la tête.

"Tu devrais appeler la police, signaler ça. Évidemment, nous n'aurons pas la cause complète de la mort avant l'autopsie ", a-t-elle pris la main de Lila, la sympathie dans ses yeux bruns et chauds. Lila.... Je suis désolé d'ajouter à votre douleur, mais nous devons prendre une décision maintenant. En raison de la date avancée de votre grossesse, nous devrons soit vous donner un médicament qui provoquera l'accouchement immédiatement, soit attendre que votre corps commence naturellement le travail. Cela prend environ deux semaines, mais, Lila, il est risqué de le quitter et de risquer l'infection.

"Je dois accoucher." La voix de Lila était plate.

J'en ai bien peur. La césarienne est trop risquée, surtout dans votre cas. Je suis vraiment désolée. "Je vais vous donner à Noah et toi du temps pour discuter de ce que vous voulez faire."

En fin de compte, ils ont accepté de le faire, de passer à travers le pire. Lila a donné naissance à leur fille mort-née à quatre heures du matin le lendemain matin et après, ils ont été laissés seuls avec elle pour lui dire au revoir. Lila ne pouvait pas détourner les yeux des petits traits parfaits ; Matilda Tierney Applebaum était un beau bébé - avec ses petits yeux fermés, elle avait l'air de dormir.

Je continue à la regarder et tout en moi espère qu'elle ne prendra qu'une seule respiration, qu'elle vivra ici avec nous, même si ce n'est que pour un moment. "Entendre nos voix une seule fois." La voix de Lila s'est brisée, son corps enveloppé de sanglots épuisés et brisés. Les larmes de Noah se sont jointes aux siennes, coulant sur le petit front de leur fille.

Nous t'aimons, Bean, Noah embrassa la peau froide de son enfant puis embrassa le temple de Lila. Ils y sont restés pendant des heures, tous les trois, leur famille jusqu'à ce que les médecins viennent chercher Matty.

∼

Manhattan

Tinsley s'est réveillé dans le lit de Charlie. A l'hôpital, après s'être fait recoudre et avoir refusé de passer la nuit à l'hôpital, Charlie avait surmonté ses objections et l'avait ramenée chez lui. Là, il l'interrogea sur tous les détails de l'attaque jusqu'à ce qu'elle tombe d'épuisement. Il s'est excusé et l'a mise au lit dans son lit fraîchement changé. Elle avait saisi sa main alors qu'il se tournait pour lui donner un peu d'intimité et lui a juste dit : " Reste ".

Maintenant elle s'est réveillée, bercé dans la cage de ses bras, respirant son odeur boisée, écoutant sa respiration. En sécurité.

Ses blessures étaient maintenant douloureuses, ses muscles endoloris, mais Dieu, elle était heureuse, étonnée qu'elle soit encore en vie. Il ne restait plus que de la confusion ; qui voudrait la tuer ?

Elle a réalisé l'ampleur de la confusion que Lila a dû ressentir - et avec la douleur que Tinsley avait ressentie, elle ne pouvait pas comprendre la douleur d'être poignardée à plusieurs reprises, profondément dans le ventre, que Lila avait éprouvée. Elle se sentait étrangement plus proche de son amie absente et, maintenant, elle se sentait désespérée de voir Lila, de parler avec elle, pour cette chaleur féminine et cette compréhension.

Tinsley regarda le visage de Charlie alors qu'il dormait, de profondes lignes d'inquiétude gravées sur son front, même au repos. Charlie, elle chuchota, puis pressa ses lèvres contre les siennes. Charlie lui ouvrit les yeux et lui sourit. Elle voulait lui dire alors qu'elle voulait aller voir Lila mais comme il lui souriait et l'embrassait à nouveau, rien d'autre au monde n'avait d'importance, rien d'autre n'existait sauf pour eux, ici et maintenant.

Tinsley l'a tiré sur elle et a enroulé ses longues jambes autour de sa taille. Pendant une seconde, il a regardé avec étonnement, puis avec méfiance. " Tu es sûr ?"

Elle a hoché la tête. J'ai besoin de toi, Charlie....' et avec un gémissement, il a enterré son visage dans son cou et ils ont commencé à faire l'amour, lentement, doucement au début. Comme ils se sont perdus l'un dans l'autre, Charlie a attaché ses jambes autour de sa taille et a enfoncé sa bite profondément en elle. Tinsley haleta, un mélange de doux plaisir et de douleur, puis alors qu'elle bougeait avec lui, leurs regards s'enfermaient et elle se livrait à l'animal sauvage en elle et ils baisaient longuement et durement, l'intensité ne se relâchant jamais jusqu'à ce qu'ils gémissent et essoufflent, brisant des climax qui les déchirent. Charlie a gémi comme sa bite pompé épais, crémeux sperme au fond de sa chatte veloutée et Tinsley a révélé dans la sensation de son poids sur elle.

Il la fit venir de nouveau avec sa bouche, encore et encore jusqu'à ce qu'elle soit épuisée et qu'elle pleure, puis il la rassembla dans ses bras et la tint si tendrement qu'elle libéra toute la tension qui s'était accumulée en elle au cours des vingt-quatre dernières heures.

. . .

Tinsley a été surpris. "Vraiment ?" Ils étaient assis dans sa cuisine et elle venait de lui faire part de son souhait de voir Lila. Charlie avait haussé les épaules et hoché la tête. "D'accord."

Il lui a souri maintenant. Bien sûr, j'ai pensé la même chose et je sais que tu lui manques. Je veux aussi que tu sois loin de ton appartement, du bar et de tout autre endroit où Riley pourrait te chercher, alors j'ai aussi des raisons égoïstes.

Tinsley a siroté son café. "Je dois d'abord parler à Mickey."

Charlie s'éclaircit la gorge et sourit, son visage rougissant légèrement. C'est déjà fait. "Désolé si c'était un excès."

Tinsley soupira. En cette occasion, tu es pardonné. "Combien de temps tu m'as eu ?"

Charlie s'est penché pour brosser une mèche de cheveux blonds sur sa joue. Aussi longtemps qu'il le faut. C'est Mickey qui parle aussi."

Tinsley était soulagé. Et Lila ? "Est-ce qu'elle sera d'accord avec ça ?"

Charlie acquiesça lentement. Je ne l'ai pas encore appelée, mais je pense que oui. Surtout maintenant ", ajouta-t-il en souriant et Tinsley gloussa. Regardez, dit-il en vérifiant sa montre, que dites-vous de ceci ? Tu vas prendre une douche et je l'appellerai, puis nous irons ensemble chez toi pour faire les bagages, prendre un vol cet après-midi?"'.

Tinsley fronça les sourcils. "Et ton travail ?"

"Ne t'inquiète pas pour ça, j'ai un peu de temps à prendre."

Après qu'elle s'était douchée, vérifiant ses blessures dans le miroir - une longue tranche en bas de son omoplate le long de son dos, environ trois ou quatre pouces de long ; de petites coupures dans un motif sur sa poitrine gauche ; une blessure plus profonde dans la chair molle de sa hanche. Mon Dieu, j'ai tellement de chance. Alors qu'elle s'habillait, elle a avalé quelques aspirines avec le verre d'eau près du lit.

Quand elle a terminé, elle est retournée dans la cuisine - et s'est arrêtée. Charlie regardait à mi-distance, un regard non identifiable sur son visage, son téléphone sur la table devant lui.

Pendant une seconde, chaque scénario horrible lui a traversé la tête.

Riley avait-il enfin trouvé Lila ?

"Qu'est-ce que c'est ?"

Charlie secoua la tête. C'est Lila. "Elle a perdu le bébé."

~

Île San Juan

Noah caressa les cheveux doux de Lila alors qu'ils étaient allongés sur le lit, se faisant face, parlant doucement. Elle avait voulu revenir sur l'île plutôt que dans le condo, l'endroit où ils savaient maintenant que le bébé était mort. Le pathologiste avait été rapide, patient et gentil. Le placenta s'était partiellement détaché pendant le combat avec Lauren et le bébé a cessé d'obtenir les nutriments dont il avait besoin pour survivre.

Lila réagit d'un signe de tête serré, mais Noah s'était éloigné pendant quelques secondes, essayant de garder son sang-froid face au chagrin absolu de Lila.

Ils avaient un petit service funèbre ; Lila avait voulu des funérailles juives pour Matty et Noah a donc fait un petit service dans la chapelle non confessionnelle. Ce fut une journée d'une douleur incroyable pour eux deux.

Maintenant, ils s'allongent ensemble, essayant de soulager une partie de cette douleur en étant tout simplement ensemble. Charlie avait parlé à Noah et Noah lui avait dit avec reconnaissance, ainsi qu'à Tinsley de venir. Lila aussi, avait dit qu'elle ne voulait pas être l'une de ces femmes qui perdent leur temps à souhaiter que les choses puissent être différentes.

Parlant d'autre chose, Noah dit maintenant : " J'envisage d'abandonner ma pratique à l'hôpital. J'ai fait tout ce que j'ai pu faire dans mon domaine... J'aimerais me lancer dans la recherche, peut-être dans l'enseignement. Et c'est quelque chose qu'on pourrait faire n'importe où, Lila. Qu'est-ce que tu veux faire?"

Soupira Lila. "Je veux retourner à l'école, finir ma maîtrise et voir où nous allons."

Noah a souri à moitié. "Tu veux toujours la palissade ?"

Un regard de douleur a brièvement traversé son visage, mais elle a hoché la tête. C'est ce que je fais. Avec toi. Rien d'autre n'a d'importance, Noah, pas pour moi, sauf toi maintenant. Mais je ne serai pas défaitiste, ou,' - et elle a souri pour la première fois depuis des jours - 'soyez une femme retenue. J'ai décidé que je ne veux pas garder l'argent de Richard. Je ne l'ai jamais voulu au départ. Si les Carnegie ne veulent pas le reprendre, je leur dirai que je le donne à une œuvre de charité - l'un que Richard a soutenu ou quelques-uns d'entre eux, je ne sais pas. "Je divague, je sais."

Noah l'embrassa doucement. "Continue. Et je suis d'accord avec toi....pourquoi s'accrocher à quelque chose qui ne s'est jamais senti bien ? Ce n'est pas comme si on n'en avait pas les moyens."

J'ai besoin de payer ma propre voie ", a dit Lila fermement, puis ses épaules se sont affaissées. "Mais je me rends compte que je ne pourrai jamais rivaliser."

Ce n'est pas une compétition et c'est juste de l'argent. "Je donnerai chaque centime tant que je t'aurai."

"Romantique mais totalement impraticable, c'est pour ça que je t'aime." Elle a mis sa joue dans sa paume.

Quand nous serons mariés, ce sera légalement le tien de toute façon ", a-t-il dit, mais rien de plus.

"Je suis content que Charlie et Tinsley viennent aujourd'hui."

"Moi aussi, bébé."

Quand leurs invités sont arrivés, cela leur a donné à tous les deux une décharge. Tinsley et Lila se sont tenus l'un à l'autre pendant longtemps, Lila horrifiée d'apprendre ce qui était arrivé à son amie. Tinsley et Charlie, remarqua Lila, étaient plus proches que jamais. Au moins une bonne chose s'était produite et Lila était contente. Je t'ai mis dans la chambre à l'avant, j'espère que c'est bon ", dit-elle avec tant de nonchalance que les trois autres ont regardé sa demande et elle s'est mise à rire. Mon Dieu, c'était bon de rire.

Subtil comme un marteau de forgeron, comme toujours ", grogna Charlie en riant pendant que Tinsley riait. Noah a regardé sur la joue de Lila.

Maman Ours, réalisant ce qu'il avait dit, il s'est figé. Lila, malgré le choc de la douleur, lui sourit.

"Toujours maman ourson", dit-elle doucement. "Allez, venez, mangeons."

Après le déjeuner, le téléphone de Noah a sonné et il s'est grimacé. On dirait que je dois aller en ville pour un truc de travail. "Ça va aller ?" Il a laissé la question en suspens, en regardant Lila.

Elle a hoché la tête. "Bien sûr, chérie."

Il a embrassé le sommet de sa tête. Je te verrai plus tard. Charlie, je peux te prendre une seconde ?"

Charlie l'a suivi jusqu'à sa voiture. Noah prit une grande respiration et le fixa d'un regard régulier.

"T'es verrouillé et chargé ?"

Charlie sourit d'un sourire sinistre. Bien sûr que je le suis. "Ne t'inquiète pas....rien ne touchera nos filles."

Noah lui serra la main. "Il y a des renforts en cas de besoin - Lila sait où sont les boutons de panique et les alarmes."

"Ne t'inquiète pas, mec, je m'en occupe."

"Je sais, je te fais confiance."

Seattle

En ville, au lieu de se rendre en voiture à l'hôpital, Noah s'est dirigé vers le centre-ville jusqu'au quartier des affaires, s'arrêtant dans le parking souterrain de l'un des immeubles de bureaux de grande hauteur. Joanne l'attendait. Je peux te faire passer la sécurité plus facilement ", a-t-elle dit lorsqu'il lui a demandé ce qu'elle faisait.

Noah s'est arrêté. " Tu seras viré."

Elle a ri. "Non, je ne le ferai pas, pas quand il entendra ce que tu as à dire." Elle a posé une main sur son bras. Je suis vraiment désolé, Noah, pour le bébé. "Je n'ai pas les mots."

Moi non plus, Joanne, mais merci. "Elle est là ?" Joanne montrait ses lettres de créance aux agents de sécurité.

Et toujours aussi ignorant. "J'ai hâte d'y être." La sécurité les a fait signe et ils sont entrés dans le foyer de l'immeuble de Shannon Media.

Noah a souri en montant dans l'ascenseur. Croyez-moi, moi aussi.

Derek Shannon avait bâti son entreprise sur quarante ans de dur labeur, au détriment de deux mariages et, croyait-il, de ses compétences paternelles. Lauren avait le talent mais aucune des applications, ou la faim qu'il avait, ou qu'il avait besoin de son personnel. Mais il avait trop bon cœur pour faire quoi que ce soit, comptant de plus en plus sur Joanne, qui dirigeait l'entreprise avec une telle efficacité que Lauren n'était qu'une figure de proue. Bizarrement, tout s'est bien passé ; Lauren a fait plaisir aux clients, Joanne est heureuse de rester à l'écart des feux de la rampe. Mais dernièrement, Lauren était devenue morose, et est devenue cette chose que Derek avait toujours crainte - gâtée.

Derek Shannon a pu retracer le jour même où cela s'est produit ; c'était le jour où Noah Applebaum avait décidé qu'il avait eu sa dose de l'acte de princesse de Lauren et l'avait laissé tomber. Non pas que Derek blâme Noah ; il avait beaucoup aimé le jeune homme intelligent et avait espéré qu'il aurait une certaine influence sur Lauren. Mais une fois que Lauren a découvert que Noah était de l'ancien argent - oublie ça. Lauren voulait être une femme trophée et ne jamais avoir à travailler. Derek admirait Noah pour avoir dit non à Lauren et avoir mis fin aux choses, mais c'était aussi le problème - Lauren n'a jamais été abandonnée ; elle a toujours fait le rejet. Et il s'est classé.

. . .

En ce moment, alors qu'il parlait aux membres de son conseil d'administration, il n'arrêtait pas de jeter un coup d'œil à sa fille, qui regardait
par la fenêtre, s'ennuyant clairement. Derek soupire vers l'intérieur,
puis regarde Joanne entrer dans la pièce avec Noah Applebaum. Le
visage de Derek s'est illuminé.

Noah ! Comme c'est merveilleux de vous voir ", dit-il en marchant
vers l'avant et en prenant sa main, la pompant vigoureusement. Lauren
était à mi-chemin de son siège, l'air choqué et alarmé, mais Joanne, très
délibérément, se tenait le dos contre la seule porte de la chambre, et la
fixait vers le bas. Son regard, plein de dégoût, lui dit :"Essaie, salope,
et je te descends". Lauren étouffa sous le regard de la femme beaucoup
plus âgée.

Noah a dévisagé Lauren puis s'est retourné vers Derek, qui avait l'air
mystifié. Derek, je suis désolé de m'immiscer dans votre réunion, mais
la raison pour laquelle je suis venu est la suivante. "Vous devez savoir
quel genre de personne est votre fille."

Noah, s'il te plaît, commença Lauren, mais Noah leva la main et
elle se tut. Derek, il y a quelques jours, votre fille est entrée par effraction dans ma maison aux premières heures du matin et a agressé ma
petite amie. Ma copine enceinte de six mois. "Lila se défendait et
Lauren l'a attaquée."

"Lauren, qu'est-ce que...."

Il y a deux jours, Lila a perdu l'enfant à cause de l'attaque. Notre
fille est morte in utero. "Lila a dû donner naissance à un bébé mort-né
et hier, on l'a enterrée."

Le visage de Lauren s'est vidé de toute sa couleur et il y avait des
halètements autour de la table. Joanne avait l'air malade et Derek,
semblant se rétrécir en lui-même, trébuchait et devait saisir la table. Il a
regardé sa fille.

"Papa...."

Lauren, est-ce vrai ? "Avez-vous pénétré chez Noah et attaqué sa
petite amie ?"

"Elle m'a frappé en premier !"

Noah a arrondi sur elle. Tu avais pénétré chez nous par effraction au milieu de la nuit ! "Je devrais te dire, Derek, que ma petite amie est Lila Tierney."

Ce nom est familier ", dit Derek faiblement et Noah hocha la tête, le visage dur.

Elle a été poignardée l'année dernière, brutalement et elle a failli mourir. "A l'époque, elle était fiancée à Richard Carnegie."

"Oh mon Dieu...."

Lauren, voyant le regard de son père, commença à plaider. Je voulais juste la voir, qui elle était, pourquoi Noah avançait si vite. "Elle m'a attaqué ; elle m'a frappé avec quelque chose, regarde !" Elle a tiré son chemisier vers le bas pour leur montrer le gros bleu sur son épaule.

" Tu es entré par effraction dans la maison d'une survivante d'une tentative de meurtre au milieu de la nuit juste pour la voir ?" La voix de Derek était plate maintenant, en colère. Et tu te demandes pourquoi elle t'a frappé en premier ? "Et quand tu as vu qu'elle était enceinte ?"

"Non, non, non, non, je le jure, après avoir vu qu'elle était enceinte, je n'ai rien fait."

Noah ferma les yeux. Il ne frapperait jamais, jamais, jamais une femme, mais Lauren rendait difficile pour lui de rester calme et concentré.

Mais tu as déjà essayé de l'étrangler ", a dit Noé, sa rage, une chose vacillante à l'intérieur de lui. Tout le monde assis autour de la table, Joanne à la porte, était rivé sur les trois personnes au centre du drame. Lauren a pris une grande respiration.

Papa, elle s'est approchée de son père, mais il est revenu, la fixant avec consternation.

"Qui ai-je élevé ?" Sa voix était un murmure. Quel genre de personne es-tu, Lauren ? On t'a tout donné. Tout. Inclure plus de chances que la plupart des gens n'en rêvent. "Et finalement, ton insouciance a coûté une vie."

Lauren a commencé à pleurer mais c'était Derek pour lequel Noah

se sentait mal, mais ensuite il a pensé à Lila et Matty et sa détermination s'est durcie. Derek a posé une main sur son bras.

Que veux-tu que je fasse, Noah ? Je vais essayer d'arranger les
choses, je vous le jure."

Noah a aspiré un poumon d'air. Personne ne peut faire cela, Derek,
pas quand notre enfant est couché dans une tombe et pas dans les bras
de sa mère. Mais il doit y avoir des conséquences."

Derek hocha la tête. Je comprends. Tu veux que j'aille à la police,
ou que je m'en occupe en interne ?"

"Je te laisse faire, Derek, j'ai dit ce que je suis venu dire." Il s'est
approché de l'homme et s'est penché pour murmurer : " Laissez Joanne
en dehors de ça, elle faisait ce qu'il fallait ".

Derek hocha la tête serrée, jetant un coup d'œil à son adjoint. "
Vous pouvez me faire confiance, Noah."

Noah hocha la tête, puis les autres, ignorant Lauren et se dirigea
vers la porte.

"Je vais arranger ça, Noah."

Noah hocha de nouveau la tête et quitta la pièce, suivi de Joanne.
Dans le couloir, ils se sont serrés dans les bras, n'ayant pas besoin de
mots, puis Noah a pris l'ascenseur jusqu'au foyer. Avant d'aller chercher sa voiture sur le parking, il est sorti à l'air frais, a descendu l'allée
latérale de l'immeuble et a vomi, vomi tous ce qu'il avait dans le
ventre.

Île San Juan

C'est vraiment magnifique ici ", a dit Tinsley, son bras lié à celui de
Lila alors qu'ils se promenaient dans le parc national. Lila indiquait
tous les endroits où elle avait l'habitude de venir marcher lorsqu'elle
arrivait ici, surtout pour observer l'épaulard depuis le rivage. Ils ont
trouvé un banc et se sont assis. Lila regarda son amie.

Comment vas-tu ? Je veux dire, après l'attaque. " Tu as l'air éton-namment bien."

Tinsley soupira. Je suis en colère plus que tout. Qui pourrait faire ça ? Pénétrer dans mon appartement comme ça ? Et mes voisins...." Elle a grincé des dents et secoué la tête et Lila a pris sa main.

"Tins, tu peux rester avec nous aussi longtemps que tu veux."

Tinsley sourit alors. Lila Tierney, si c'est plus ton complot pour amener tous tes amis à Washington... alors j'admets que c'est tentant quand c'est aussi beau que ça.

Tous mes amis sauf un. Je n'arrive pas à croire que Riley est le suspect. Riley....il ressemble à un ours en peluche géant ; c'est un ours en peluche géant. "Je n'y arrive pas, mais Charlie est convaincu."

Le sourire de Tinsley s'est estompé. Je sais, je sais. Une partie de moi veut crier sur Charlie, ne sois pas si ridicule ! Mais jusqu'à ce qu'on trouve Riley...."

Lila détourna les yeux de son amie et Tinsley pouvait voir des larmes briller dans ses yeux. "Lila...."

Dans ma tête, Lila l'a interrompue, " nous trouvons Riley, il est un peu amoché mais d'accord et il nous dit qu'il a trouvé qui c'était, mais ils ont essayé de le faire taire. Puis lui et Charlie vont attraper ce salaud et...."

Nous vivons tous heureux pour toujours. Je suis désolé, tu le sais mieux que la plupart. "Ça n'arrivera pas."

Plus tard, à la maison, Lila et Noah étaient seuls. Tinsley et Charlie étaient allés chercher des plats à emporter en ville - ils donnaient de l'espace au couple, savait Lila.

"Comment va ma chérie ?" Noah a brossé ses lèvres contre les siennes. Elle s'est penchée dans son étreinte.

"J'aimerais pouvoir dire bien, Noah, mais je pense que c'est encore loin."

"Oui." Ses lèvres sur sa tempe maintenant. Dieu, elle voulait qu'il l'emmène au lit, qu'il oublie tout, mais le médecin les avait mis en garde contre les rapports sexuels avec pénétration pendant quelques semaines. Elle a regardé dans les yeux de Noah et savait qu'il pensait la même chose.

"Que penses-tu d'un bain?" elle murmura contre ses lèvres. Noah la conduisit par la main à la salle de bain et ils se déshabillèrent lentement pendant que la baignoire se remplissait, embrassant chaque morceau de chair exposée avant de grimper dans la baignoire. Lila le chevauchait, enroulant ses bras autour de son cou et étudiant son visage comme si elle ne l'avait jamais vu auparavant.

"Je t'aime, Noah Applebaum."

Il sourit, ses grandes mains caressant lentement son dos et ses seins lourds. Il trempa la tête pour prendre chacun de ses tétons dans sa bouche à tour de rôle, sa langue se tortillant autour du nub. Il glissa doucement sa main entre ses jambes. "Est-ce que ça fait mal quand je fais ça ?"

Il caressa son clito doucement et elle secoua la tête.

"Non, ça fait du bien." Elle se pencha vers le bas pour caresser sa bite, engorgée et palpitante pendant qu'elle faisait courir ses mains le long de celle-ci, son doigt taquinant doucement la pointe, entendant le gémissement de Noah. Ils s'embrassaient lentement, se goûtant l'un l'autre, leurs langues se massant, leur souffle se mêlant.

C'était une lente, tendre et belle libération de la tension, s'amenant l'un l'autre à l'orgasme, le dos de Lila arqué, sa tête tombant en arrière alors qu'elle venait, Noah gémissant son nom pendant que ses mains caressaient jusqu'à ce qu'il lui tire du sperme chaud et blanc sur son ventre.

Par la suite, elle s'allongea contre sa poitrine, et il étendit ses grandes mains sur son ventre, toujours gonflé mais visiblement plus mince. Lila soupira.

Un jour, j'espère que mon ventre sera à nouveau gonflé par tes bébés. Beaucoup d'entre eux. Les garçons et les filles et les garçons sont aussi beaux que leur père, et les filles sont toutes aussi brillantes que toi aussi".

Noah embrassa son temple. "Pour que les garçons n'aient pas à être brillants ?"

"Non, ce sont des garçons, ils doivent juste être beaux." Ils riaient tous les deux, heureux qu'ils puissent encore être ensemble face aux horreurs récentes.

Je voulais te le dire, dit Lila, j'ai reçu un joli bouquet d'une amie à toi....Joanne, n'est-ce pas ?

Noah a été surpris. "C'était gentil de sa part."

J'aimerais la rencontrer.... et en parlant de rencontrer des gens, je pense qu'il est temps que je rencontre tes parents.

"Papa et belle-mère, mais oui."

"Tu n'aimes pas Molly ?"

J'adore Molly et je te le garantis, mais elle a toujours pris soin de dire qu'elle ne remplace pas ma mère, même si elle m'aime comme si j'étais son fils.

Lila a senti un pang. C'est vraiment gentil. "J'aurais aimé connaître ma mère, mais non, rien du tout."

Les bras de Noah se serraient autour d'elle. Molly va te materner, je te le promets. Et, écoutez, je vais essayer d'arranger quelque chose bientôt. "Devrions-nous inclure Charlie et Tinsley ?"

Cela pourrait alléger la conversation ", dit Lila en essayant de cacher un sourire.

"Tu veux juste que Tinsley soit là comme bouclier."

C'est tout à fait vrai. Tu sais à qui j'ai pensé ? Cora et Delphine."

Noah soupira. Je sais, je sais. Il faut vraiment qu'on aille les voir, qu'on leur donne des informations."

Oui, je pense que nous avons eu de la chance que rien de tout cela ne soit sorti et je n'ai pas appelé pour expliquer. "Je ne pouvais pas le supporter."

Mais, bien sûr, il est finalement sorti - et dans le pire des façons. Lila et Tinsley étaient en train de faire des achats au marché fermier local quand Lila a soudainement remarqué que les gens s'arrêtaient pour la regarder. Elle a froncé les sourcils, mais n'a rien dit jusqu'à ce qu'ils montent dans sa voiture. Elle a demandé à Tinsley si elle l'avait remarqué.

Oui, en fait, toute la matinée, même lorsque nous prenions un café ", a admis Tinsley. Lila secoua la tête.

"Je ne comprends pas - est-ce que j'ai une crotte de nez sur mon visage ou quelque chose comme ça ?"

Tinsley a ri. Fille, tu ne me connais pas mieux que ça ? Je te l'aurais dit."

Ils en ont ri en rentrant chez eux, mais ce n'est que lorsqu'ils ont préparé le déjeuner et que Lila a allumé la télévision. Dans la cuisine qu'ils ont découvert l'horrible vérité.

Lila, ses coups de couteau, Richard Carnegie, son meurtre et sa grossesse subséquente par son propre médecin. Dans tous les journaux. Et l'angle ? Lila était un chercheur d'or qui a conduit un ex-amant pour la poignarder au moment où elle était sur le point de piéger le milliardaire Carnegie. Sa disparition et sa grossesse subséquente par son médecin - un autre homme riche, bien sûr, et la perte de ce bébé - que ferait Lila maintenant que son ticket de repas lui échappait ?

Tinsley était enragé - mais Lila se sentait malade. C'était tout ce qu'elle espérait ne pas devenir une connaissance publique.

Quand Noah est rentrée à la maison, furieuse, quelques heures plus tard, elle l'a simplement regardé calmement et a dit un mot.

"Les Carnegie."

Upper East Side, Manhattan

Delphine la regardait d'un air plutôt froid. "Tu as l'air...bien."

Lila savait qu'elle ne l'était pas - en fait, elle avait l'air d'une misérable, volant sur le Red Eye depuis Seattle, après avoir supplié Delphine de la voir. Ses cheveux étaient un chignon en désordre à la nuque, ses vêtements tirés en vitesse.

Delphine.... Je suis désolée que tu aies dû l'apprendre comme ça. "J'allais venir te voir, mais les événements m'ont pris."

" Tu as eu six mois."

Lila grimaça mais hocha la tête. C'est ce que j'ai fait. Mais j'étais un lâche. Je ne savais pas comment dire à la mère de mon ex-fiancé assassiné que j'étais déjà enceinte du bébé d'un autre homme. "Aurais-tu pu faire ça ?"

Delphine détourna le regard. Lila a pris une grande inspiration.

Delphine....Richard et moi...nous n'aurions jamais dû être fiancés, ou même être un couple depuis longtemps avant d'être attaqués. Nous le savions tous les deux. Nous nous aimions, mais en tant qu'amis. "On ne savait pas comment sortir des montagnes russes."

Delphine l'a étudiée. "Quand tu es allé le voir la dernière fois...."

Nous avons rompu les choses. On s'est séparés en bons termes, je veux que tu le saches."

" As-tu couché avec le bon docteur avant ou après cette conversation, Lila ?" La voix de Delphine était de la glace et Lila savait qu'elle connaissait déjà la réponse.

Avant. Et je suis désolé, Delphine, mais je ne regrette rien. Je suis tombé amoureux de Noah bien avant de coucher avec lui. Il est tout pour moi et notre enfant, bien qu'elle n'ait pas survécu, elle est toujours réelle pour moi. "Je me sens toujours comme une maman."

Le visage de Delphine s'est adouci. Je suis désolé pour l'enfant, Lila, vraiment. Mais je pensais que nous étions proches, que tu me faisais assez confiance pour savoir que tu viendrais me voir. Quand on a perdu Richard, c'était l'agonie, mais quand tu es parti aussi....une partie de moi est morte.".

Ses paroles ont brisé le barrage que Lila avait construit autour de ses émotions et elle a pleuré. Je ne veux pas faire ça, dit-elle, je ne veux pas pleurer et tu penses que je pleure pour que tu sois gentille avec moi. Ce que j'ai fait.... Je ne peux pas revenir en arrière, je ne veux pas le faire. Mais si je pouvais sauver une partie de la blessure que tu as ressentie... Je sais qu'il est trop tard. Je t'aime, Delphine, j'aimais Richard, j'aime Cora et Harry et Richard Sr. "Mais je ne peux plus faire partie de ta famille."

La bouche de Delphine a tremblé et elle l'a rapidement recouvert de sa main, détournant le regard de Lila, respirant profondément pour stabiliser ses nerfs.

Ne dis pas ça, chuchota-t-elle un jour ou l'autre. S'il te plaît, ne nous expulse pas de ta vie. Pas de façon permanente. Si tu as besoin de plus de temps, très bien, mais s'il te plaît, quand tu seras plus fort, reviens vers nous. "Si ce n'est pas en tant que notre fille, en tant qu'amie."

Lila, essayant de se contenir, ferma les yeux. S'il te plaît, laisse-moi partir. Mais une partie d'elle ne le voulait pas non plus. C'était sa famille. Lila a juste senti qu'elle ne méritait pas d'avoir à la fois les Carnegie et sa nouvelle vie - c'était trop.

"Bonjour." Une petite voix derrière elle. Lila s'est retournée. Cora, rousse, mince comme un petit oiseau, se tenait derrière elle. Ses yeux étaient ternes, ses traits pincés, mais elle regardait Lila non pas avec haine mais avec tristesse. Lila n'a pas pu s'empêcher de lui tendre les bras et Cora est entrée dedans, la serrant dans ses bras.

Delphine les a regardés un moment puis s'est levée. Pendant un long moment, elle posa sa main sur l'épaule de Lila, la regarda de haut, puis hocha la tête et quitta la pièce.

~

Manhattan

Noah s'assit avec Charlie dans le commissariat, regardant le reste du bureau pendant qu'ils faisaient leur travail. Charlie était au téléphone, mais il a mis fin à l'appel.

Désolé, mec, un autre mauvais tuyau. "Je ne pensais pas qu'on n'aurait rien sur Riley, et je veux dire, rien."

" Tu as parlé à ce frère avec qui tu ne t'entends pas?"

Charlie a roulé des yeux. Plusieurs fois. Ecoute, est-ce que Lila flippe à propos de cette histoire de reportage ? "Parce que je te garantis que personne ne s'en souviendra la semaine prochaine."

"Seulement que les Carnegie seront blessés, mais elle est avec eux maintenant."

"Une idée de qui a vendu cette histoire ?"

Noah a reniflé sans humour. Oh oui.... Lauren Shannon. Elle m'en veut encore, j'aurais dû le voir venir."

Eh bien, au moins nous savons quelque chose alors. "J'en ai un peu marre d'être dans le noir à propos de ces attaques."

Moi aussi. Je me sens anxieux d'être ici, même si Lila est en ville. Tu dois ressentir ça pour Tinsley."

Charlie hocha la tête. "L'homme, les choses que les hommes font aux femmes."

Les choses que nous faisons.

Cora a finalement laissé partir Lila. Elle s'est assise et a essuyé ses yeux. Lila, je suis désolée pour tout. Quand j'ai vu cet article, je savais pourquoi tu étais parti, et je ne t'en voulais pas. J'ai entendu ce que tu as dit à maman et tu as raison. "Toi et Richard n'étiez pas destinés à être heureux pour toujours."

Lila a été un peu ébranlée. Cora...Je pensais que tu serais la plus en colère contre moi. Tu venais d'enterrer ton frère et maintenant tu découvres que j'étais déjà enceinte du bébé d'un autre homme aux funérailles. "Je ne peux pas me pardonner cette partie, même si je ne regrette pas avoir été enceinte."

Cora la regarda avec de grands yeux bleus, luttant pour trouver les mots puis dit. Nous avons tous fait de mauvaises choses, Lila, nous tous. "Je....oh mon Dieu...."

Elle s'est de nouveau effondrée en larmes et Lila, qui s'inquiétait vraiment pour la jeune femme, l'a serrée dans ses bras.

Cora, qu'est-ce que c'est ? Qu'est-ce que tu essaies de me dire ?"

Cora, à travers ses larmes, a dit quelque chose d'inintelligible. Lila a caressé ses cheveux en arrière de son visage. Cora, respire. C'est ça, un autre. Maintenant, dis-le-moi doucement."

Cora tremblait violemment. C'était lui, vois-tu. Je suis tombée amoureuse de lui et j'ai pensé.....cette nuit-là...je pensais qu'il me voulait, mais il m'a emmené chez elle et je l'ai vu l'embrasser".

Lila secoua la tête. "Cora, tu n'as aucun sens."

Cora secouait la tête en avant et en arrière. J'ai payé quelqu'un. Un type que je connais, pas un type bien. Je l'ai payé pour lui faire peur.....Je l'ai payé pour qu'il se débarrasse d'elle, mais je ne savais pas qu'il irait jusqu'au bout....J'avais si peur....".

Le sang de Lila s'est refroidi. "Cora....tu me dis..."

C'est moi qui ai envoyé cet homme pour faire du mal à Tinsley. Oh mon Dieu, Lila, j'étais tellement amoureuse de Charlie et ce n'était pas juste et j'étais folle de jalousie et...."

La tête de Lila était dans ses mains, ne voulant plus rien entendre. "Non....non...."

"Je l'ai envoyé pour blesser Tinsley, Lila...J'ai essayé de tuer Tinsley...."

4

QUATRIÈME PARTIE: TIENS-MOI

Manhattan

Noah baissa les yeux vers Lila, se glissa dans le creux de son bras pendant qu'ils regardaient la télévision à leur hôtel. Elle était silencieuse depuis qu'elle était chez les Carnegie - bien qu'elle ait dit que tout s'était bien passé - et maintenant Noah était inquiet. Il a pris la télécommande et a éteint la télé. Lila a à peine réagi.

D'accord, dit-il, il y a quelque chose dans ta tête. "Crache le morceau."

Lila hésita puis soupira. Je pensais à toutes les façons dont l'amour - ou du moins ce que nous pourrions penser être l'amour - est corrompu. "Taché."

Noah sourit. C'est profond pour cette fin de soirée. "Qu'est-ce qui te tracasse vraiment ?"

Lila se frotta les yeux. "Juste entre nous ?"

"Bien sûr."

"Cora a engagé un type pour tuer Tinsley."

Noé sentit le sang s'écouler de son visage et il gémit. "Oh, putain."

"Oui." Lila a enroulé son bras autour de sa taille pour le réconforter. L'avantage, c'est qu'elle en est bouleversée. "Elle est contente que
le gars n'ait pas réussi."

"A cause de Charlie ?"

Lila hocha la tête. Tu vois ce que je veux dire ? Les gens font des
choses folles par amour. "Ou la luxure." Elle a avalé fort et l'a regardé.
Noah, j'ai quelque chose que je veux te dire et, mon Dieu, ce n'est pas
facile. "Je ne l'ai jamais dit à personne, pas même à Charlie."

Il a froncé les sourcils. "Qu'est-ce que c'est, mon amour ?"

J'ai couché avec Riley. Il y a une quinzaine de mois. Richard et moi
traversions une mauvaise passe, il m'avait trompé et j'avais essayé
d'être aveugle, mais un soir, Riley et moi étions au bar en retard, après
la fermeture et j'en avais juste assez. Ce n'était qu'une fois, mais...."

"Mais quoi ?" Noah gardait sa voix à niveau. Il ne jugeait pas Lila -
ou Riley - pour ce qu'ils avaient fait, mais il était toujours étrangement
jaloux.

Il m'a dit qu'il était amoureux de moi, que s'il était quelqu'un
d'autre, il me supplierait de ne pas épouser Richard. Il n'était pas.... Je
veux dire, il n'avait pas l'air obsessionnel, juste un type triste avec un
béguin. J'avais mal pour lui, je me sentais coupable."

Noah serra les bras autour d'elle. Nous faisons tous des erreurs avec
le cœur des autres, nous tous. "Ça ne fait pas de nous de mauvaises
personnes."

Lila s'est éloignée de lui pour qu'elle puisse lui faire face. "Exactement. C'est pourquoi j'ai du mal à penser que Riley est derrière tout ça.
"Ça n'a aucun sens."

Noah se tut un moment, la laissant réfléchir. "Les photos sur le mur
de son appartement."

Quelqu'un aurait pu les y mettre... non, je sais, c'est ridicule. "C'é-
tait peut-être sa façon de gérer son béguin."

Noah était sceptique. Chérie, si tu as le béguin, tu as peut-être une
photo. "Pas des milliers."

D'où il les a eues, c'est ce que je veux savoir. En fait, grattez ça.
Nous ne parlions pas de Riley et moi ; il s'agit de....est-ce que je dis à
Charlie et à Tinsley ce que Cora a fait?'

Noah a laissé une longue respiration siffler entre ses dents. "C'est difficile...."

N'est-ce pas juste. Qu'est-ce que tu ferais ?"

Noah réfléchit. Peut-être demander à Cora de parler à Tinsley en privé. "Tinsley mérite de connaître la vérité - Charlie....eh bien, c'est à Tinsley de décider."

Lila hocha la tête lentement. C'est une bonne idée, ouais, c'est une bonne idée. J'appellerai Cora dans la matinée." Noah a vu ses épaules se détendre et un petit sourire jouer autour de ses lèvres. "Merci, bébé, tu sais toujours quoi faire pour le meilleur."

Elle rampa dans ses bras et pressa ses lèvres contre les siens. Pourquoi ai-je l'impression, malgré tout, que tout va bien se passer ? Je crois que c'est toi, Noah Applebaum. "Quand je suis avec toi, je me sens en sécurité, aimé."

" Tu es ces deux choses, Lila Belle." Il souriait alors. "Je n'ai jamais demandé, est-ce que ton deuxième prénom est vraiment Belle ?"

Lila a gloussé. Non, c'est comme ça que Delphine m'appelait. Cora est Cora Belle et cela s'est traduit en quelque sorte pour moi aussi. "J'ai aimé."

"Quel est votre deuxième prénom ?"

Je n'en ai pas. Je ne sais même pas quel est mon vrai nom, ou même si ma mère biologique m'a donné un nom. Apparemment, et je sais que c'est bizarre, jusqu'à ce que j'avais trois ans et que je sois placé dans l'orphelinat, ils m'appelaient Lily. "C'est Charlie qui m'a appelé Lila et m'a donné le nom de jeune fille de sa mère." Elle souriait maintenant, se souvenant et Noah lui caressait le visage.

Peut-être qu'un jour bientôt, je pourrai te donner mon nom - si tu le veux,' sourit-il, mais ses yeux étaient méfiants. Lila l'a embrassé.

"Rien ne me rendrait plus heureux." Elle a appuyé ses lèvres contre son cou. Noah a enterré son visage dans ses cheveux.

Puis, quand tu seras guéri, nous partirons ensemble. "Quelque part où nous sommes les seuls à le savoir et je te le demanderai correctement."

Elle l'a regardé avec des yeux brillants. Je ne peux pas attendre, mon amour. "Je ne peux pas attendre."

. . .

Le lendemain matin, Lila se rendit à Westchester dans la voiture de
location que Noah avait organisée pour elle. Elle avait pooh-poohed sa
suggestion d'être conduit par un garde du corps. "Qui va m'attraper
voyager à grande vitesse sur l'Inter state?"

Il ne se disputait pas et elle l'embrassa avec reconnaissance. "Je
t'appellerai quand j'y serai, je te le promets."

C'est Richard Sr. qui l'a accueillie à la porte. Jamais un homme
effusif, Lila a été choqué quand il l'a tirée dans une étreinte d'ours. " Tu
nous as manqué, Lila Belle."

Sa voix chaude lui a fait pleurer et tout ce à quoi elle pensait à
l'époque, c'était à quel point elle les avait tous blessés en disparaissant.

Richard lui a dit que Cora l'attendait dans sa chambre et avec le
sourire ; il est retourné à son bureau.

Cora était assise sur son lit, ses grands yeux ouverts avec nervosité
et Lila ne pouvaient s'empêcher d'éprouver de la compassion pour la
jeune femme. Cora était fragile, vulnérable....mais, Lila se rappelait
sévèrement, ce n'était pas une excuse pour ce que Cora avait fait. Et
c'était à peine une petite chose non plus.....

"Cora, chérie, j'ai beaucoup réfléchi à ce que tu m'as dit."

Cora fronça les sourcils. Qu'est-ce que je t'ai dit ?

Un petit coup de peur frappa l'estomac de Lila et elle soupira.
"Cora, je pense que tu sais."

"Aucune idée de ce dont tu parles."

Alors c'était comme ça que ça allait se passer, n'est-ce pas ? Lila
secoua la tête. "Si, tu le sais, Cora et prétendre le contraire ne va pas
l'aider à disparaître."

Cora a mis son nez en l'air. " Tu vas vraiment devoir m'éclairer."

Lila en avait assez entendu. "Cora, ce que tu as fait était mépri-
sable." Assez de marcher doucement, pensa Lila, et elle vit le visage de
Cora rougir.

"Lila...."

Non, Cora, non. Nous ne faisons pas ça. Tu me mets au milieu en
me le disant, et maintenant tu dois faire face aux conséquences. "Je

pense que tu devrais parler à Tinsley, lui dire ce qui s'est passé, pourquoi tu as fait ce que tu as fait."

Cora rit, un faux son aigu. "Je connais à peine la femme, pourquoi devrais-je lui parler ?"

L'humeur de Lily s'est assombrie. Essayer de faire tuer quelqu'un, Cora, juste parce qu'il est impliqué avec un homme que tu aimes bien - tu ne penses pas que c'est une bonne raison..."

Cora détourna le regard de Lila. Je ne comprends pas pourquoi tu me dis cela. Ce doit être les hormones dans ton système ; je sais que tu dois encore te sentir bizarre après le bébé et tout le reste".

Coup bas. Cora, tu veux vraiment que je le dise à Tinsley ? Charlie ? "Tes parents ?"

Cora les regarda, son regard bleu glacé. Sa bouche s'est attachée dans un sourire cruel. "Et qui penses-tu qu'ils croiront, Lila ?"

Le sang-froid de Lila s'est évasé et elle a serré les poings, creusant ses ongles dans sa paume. Très bien. "Voyons voir, d'accord ?"

Elle est sortie de la chambre et a descendu les escaliers. Elle a claqué la porte d'entrée en sortant et ce n'est que lorsqu'elle était à mi-chemin de la route qu'elle a poussé un hurlement de frustration. Pourquoi cela ne pourrait-il pas être simple ? Elle avait eu des visions d'emmener Cora à Tinsley, un aveu en larmes, un pardon instantané de Tinsley. Et tout le monde vit heureux pour toujours, elle secoua la tête. Espèce d'imbécile, Tierney.

Elle est retournée en ville et à son hôtel, saluant l'équipe de sécurité de Noah. Dans la suite, elle a jeté son sac et s'est affalée sur le canapé. Jésus. Qu'est-ce qu'elle devrait faire ? À qui était-elle loyale ?

Elle a attrapé un oreiller et y a mis son visage en criant "Putain!". au plus profond de sa douceur.

Non. Si Cora devait être une garce à ce sujet, il n'y avait qu'une seule chose à faire. Dites à Tinsley ce qu'elle savait. Ensuite, c'était à Tinsley de décider des mesures qu'elle prenait et Lila pouvait se retirer de l'équation.

Elle a appelé Tinsley au bar et lui a demandé de la rencontrer plus tard, puis elle est allée prendre une douche, en espérant que l'eau fraîche refroidirait son tempérament chaud. Tant de violence, pensait-elle en frottant son corps avec le savon, tant de violence. Elle a regardé les cicatrices livides sur son ventre. Son corps était rapidement revenu à sa forme d'avant la grossesse, et maintenant elle pouvait sentir ses côtes contre la peau tendue. Trop maigre. Elle avait à peine mangé depuis que Matty était mort-née, et elle savait que Noah était déchiré entre le fait d'insister pour qu'elle mange et s'occupe d'elle-même et le fait de ne pas vouloir lui mettre la pression. Dieu. Elle a fait couler le robinet et s'est appuyée sur le front contre la tuile froide. Elle voulait partir avec lui bientôt, aller quelque part où il n'y avait que les deux, commencer à reconstruire une vie.

Lorsqu'elle était habillée, elle regardait sans enthousiasme dans le réfrigérateur lorsque l'interphone a sonné. "Hé, ma chérie, c'est moi."

Charlie lui a offert un bouquet de fleurs. "Cheesy, je sais, mais pourquoi pas ?"

Elle a souri et l'a embrassé. Ils sont magnifiques, merci, Charlie. Tu ne travailles pas ?"

Il a haussé les épaules. Oui, en quelque sorte, mais je voulais te voir.

"Parce que ?"

Son sourire était tordu. "Ai-je besoin d'une raison ?"

Lila se détendit et l'embrassa. Bien sûr que non. On dirait qu'à chaque fois, il y a une raison. "C'est bien que tu veuilles juste traîner avec ton plus vieux pote."

"Mot, ma sœur. "Où est le bon docteur ?"

Réunion. Il songe à quitter l'hôpital et à s'installer ailleurs, dans son propre cabinet, alors il rencontre des gens de l'intérieur pour obtenir des conseils.

Charlie a fait une grimace. "Mon Dieu, des réunions d'affaires."

Lila hocha la tête en souriant. C'est pourquoi tu es flic et moi artiste. "Non pas que tu le saches, je me repose depuis trop longtemps."

"Il est temps de s'y remettre ?"

Mon Dieu, oui, je dérive depuis quelques années maintenant. Voilà pour ma position de femme indépendante ; d'abord Richard, maintenant Noah - ils m'ont tous les deux soutenu financièrement, que cela me plaise ou non". Elle soupira. Je dois faire quelque chose, Charlie.

Peut-être que je pourrais y retourner et me recycler comme professeur d'art." Elle avait soudain l'air excitée. "Mon Dieu, pourquoi n'y ai-je pas pensé avant ?"

Charlie la regardait, un petit sourire sur son visage. Tu continues à faire des projets là-bas. " Tu restes à Seattle ?"

Elle a hoché la tête. Je le suis. C'est là où Noah est, où je veux être. Il ne manque qu'une seule chose, et c'est toi."

"Oui." Le sourire de Charlie s'est estompé. "Quand les choses tourneront mal ici, je rentrerai à la maison."

Lila l'a étudié. Il avait l'air fatigué. "Ça va ?"

Il a hoché la tête. J'ai beaucoup de choses en tête. Ils vont m'associer avec quelqu'un d'autre la semaine prochaine et je ne sais pas ce que je ressens pour lui. Ou le travail. "Ou New York."

"Et Tinsley ?"

"La seule bonne chose."

Lila sourit. "Je suis content." Elle a mâché sa lèvre puis soupire. Charlie, j'ai quelque chose à te dire et je ne veux pas que tu exploses et que tu deviennes folle. "C'est moi qui te le demande en tant qu'ami, pas en tant que flic."

"Vas-y, petite."

Il s'agit de l'attaque sur Tinsley. "Je sais qui c'était."

Charlie s'assit, le visage dur. "C'est quoi ce bordel ?"

C'était Cora, se dépêcha Lila, voyant la colère dans ses yeux. Elle me l'a avoué il y a quelques jours. Je ne savais pas quoi faire, alors j'ai discuté avec Noah et je suis retourné voir Cora hier pour qu'elle aille à Tinsley elle-même.

Et?'

Elle nie qu'elle me l'a avoué. Tu aurais dû la voir, Charlie. Elle était froide comme la pierre. "Je ne l'ai jamais vue comme ça avant."

Charlie a baissé la tête en arrière et a regardé le plafond. Tu aurais dû venir me voir ", dit-il d'une voix basse et en colère, et Lila rougit.

Je sais, je suis désolé. Mais j'étais pris entre...".

Cora a essayé de faire tuer Tinsley. Poignardé à mort, Lila. Cela te semble familier ?"

Le sang s'est écoulé du visage de Lila. Non....pas question, Charlie. "Cora et moi étions si proches avant le mariage qu'elle était excitée."

L'était-elle ? Ou est-elle juste une meilleure actrice que ce qu'on lui attribue ? Elle a toujours été troublée, sur le fil du rasoir - désolé, c'était une mauvaise métaphore. Mais, Lila, vraiment....elle était très proche de Richard. N'est-il pas possible qu'elle soit jalouse, inquiète de perdre son frère ? Si elle savait à qui s'adresser pour engager un tueur, pour-quoi pas Cora ? C'est peut-être le même type qui t'a poignardé. Bon sang, Lila...."

Il se leva, sortit son téléphone de sa poche et Lila savait qu'il allait passer à l'action.

"Qu'est-ce que tu vas faire ?"

Charlie, téléphone à l'oreille, la regarda de haut, son visage posé et sinistre. Je vais arrêter Cora Carnegie pour tentative de meurtre, a-t-il dit, deux chefs d'accusation.

Lila a mis sa tête dans ses mains et espérait qu'elle avait fait ce qu'il fallait.

∽

Îles d'Hawaï

Un mois plus tard...

Lila s'étendait luxueusement sur la chaise longue sur la terrasse de leur villa. Au loin, elle pouvait voir la lueur rouge des volcans en éruption sur les autres îles. Ils étaient là depuis un jour, une villa empruntée à l'un des amis de Noah, et ils avaient marché le long de la plage, nagé dans l'eau claire et se sont gorgés de la nourriture étonnante qu'ils avaient achetée en ville : fruits frais, fromage, pain et vin.

Lila leva les yeux lorsque Noah sortit sur la terrasse, une nouvelle bouteille de champagne à la main. Il portait des shorts en marne grise et rien d'autre et elle ne se réjouissait de son corps ferme, ses épaules larges, son ventre ferme et ses bras épais et musclés. Merde, ça faisait trop longtemps.....

Noah, voyant sa luxure flagrante, sourit....et laissa tomber un glaçon sur son ventre nu. Elle criait de rire. Tu as gâché le moment, imbécile, grogne-t-elle. Noah a arraché le glaçon avec sa bouche, puis l'a fait courir autour du monticule mou de son ventre. Lila soupira joyeusement. Noah, souriant, défait le cou de son maillot de bikini, libérant ses seins, déjà légèrement bronzés - sa peau d'olive absorbait le soleil. Elle a regardé, en souriant, alors qu'il prenait son téton dans sa bouche et elle a suffoqué alors que les restes du glaçon touchaient son bourgeon sensible.

"Noah...."

Sa main a glissé vers le haut de l'intérieur de sa cuisse, caressant et pétrissant la chair molle, jusqu'à ce que ses doigts se glissent sous le coton de son short et commencent à caresser son sexe. Lila gémit doucement, ses propres doigts se nouant dans ses courtes boucles foncées. Noah se déplaça pour taquiner son autre téton alors que son long index glissait à l'intérieur d'elle et commença à chercher l'endroit qui la faisait gémir et crier.

Sa tête s'est levée et il a souri, embrassant sa bouche, ses intentions étaient claires. Il a glissé son short le long de ses longues jambes puis s'est tenu debout pour pousser son propre short vers le bas. Sa bite, si grosse et si épaisse, se tenait fièrement contre son ventre et il en a pointé la racine lorsqu'il est revenu vers elle. Elle lui tendit les bras et il entra en eux, tous deux soupirant au toucher de la peau contre la peau.

Je t'aime, Noah Applebaum, chuchota-t-elle en lui enroulant les jambes autour de sa taille et il lui sourit en glissant en elle, gémissant doucement au toucher de sa chatte douce et humide qui l'enveloppait pendant qu'il la remplissait.

"Dieu, Lila...."

Ils ont bougé ensemble, complètement concentrés l'un sur l'autre, profitant de chaque sensation pendant qu'ils baisaient pour la première fois depuis des semaines. Ils s'aimaient et riaient, se faisaient venir et revenir longtemps dans la nuit, puis finalement, épuisés et rassasiés, couchés ensemble, membres entrelacés, regardant le spectacle de lumière lointain des volcans.

Cet endroit est irréel, dit Lila, sa tête reposant contre sa poitrine. "
Ton ami est très généreux de te prêter cet endroit."

Il est,' convient Noah, ses mains caressant doucement sa peau nue.
Quand nous retournerons à Seattle, nous devrions avoir un double
rendez-vous avec Jakob et Quilla - toi et elle a beaucoup en commun.
"Beaucoup."

"Ont-ils des enfants ?"

"Des jumelles, adoptés. Maika et Nell, je crois sont leurs noms."Ils
restèrent longtemps dans le silence, soupira la Lila. "Penses-tu que
nous aurons beaucoup d'enfants ?"

Nous en avons déjà un. Ce n'est pas parce qu'elle n'est plus là....Je
me sens toujours comme un père.".

Elle lui a souri. Je sais, je me sens comme une maman. Tu crois
qu'on en aura plus ?"

Il a appuyé ses lèvres sur son front. Je le pense, je l'espère. On a le
temps, bébé. "Profitons de nous, pour l'instant."

"D'accord." Elle s'est rapprochée, traçant une ligne le long de sa
poitrine avec son doigt. "Noah ?"

"Quoi de neuf ?"

"Je pense à retourner à l'école, à me recycler en tant qu'enseignant."

Noah la regarda avec surprise. "Vraiment ?"

'Yup. "Je n'ai rien peint de nouveau depuis des années et je ne peux
pas vivre de ta bonne volonté pour toujours."

Noah sifflait de frustration. Bébé... J'aimerais que tu arrêtes de t'inquiéter pour ça. C'est juste de l'argent. Ce qui est à moi est à toi ; je
pensais que tu l'aurais déjà réalisé."

Facile à dire pour toi ; tu n'es pas celui qu'on appelle un chercheur
d'or. En outre, je suis réaliste - même en enseignant, je n'égalerai
jamais ta richesse, mais je peux au moins contribuer. J'en ai besoin."

Noé soupira, clairement insatisfait. "Bien."

Elle lui a cassé le menton. "Ne sois pas en colère, Applebum."

Il gloussa, l'embrassa doucement. "Je ne suis pas fâché, je veux
juste.... Je veux m'occuper de toi."

Et c'est ce que tu fais. Tout le temps. "Mais l'argent n'en fait pas
partie, tu m'aimes beaucoup plus que ça."

"Mushy."

Elle a ri. "Si tu veux."

Ils se sont tenus en silence pendant un certain temps avant que Lila ne se démêle de lui. "Où vas-tu ?" Noah grogna en se levant. Elle a souri.

"Juste pour pisser, je reviens tout de suite."

Elle a marché pieds nus à travers la villa sombre jusqu'à la salle de bain. Elle pourrait vivre ici pour toujours, rien que tous les deux. Elle avait un léger mal de tête et elle a appuyé son front chaud contre la tuile froide pendant qu'elle utilisait les toilettes.

Ici, elle pourrait oublier le désordre à New York. Cora avait été arrêtée et libérée sous caution et le procureur était en train d'examiner les charges retenues contre elle. Elle avait avoué avoir engagé quelqu'un pour tuer Tinsley - pendant une pause psychotique, a affirmé Cora, poussé par la jalousie. Tinsley avait été choqué à l'idée que Cora était derrière l'attaque et n'avait pas pris la nouvelle que Lila avait sue et ne l'avait pas bien raconté. Pas bien du tout et pendant les deux dernières semaines, avant qu'ils ne soient venus sur l'île, la relation entre Lila et Tinsley s'était refroidie.

Cora, cependant, a nié avec véhémence qu'elle était derrière la tentative de meurtre de Lila. Lila la croyait en quelque sorte, mais Charlie était tellement convaincu qu'ils avaient enfin trouvé les réponses qu'ils cherchaient qu'elle gardait ses croyances pour elle. Charlie n'était pas un homme irrationnel, se dit-elle, s'il était si convaincu, il doit y avoir une raison.

Lila, sur la recommandation de Charlie, n'avait pas contacté les Carnegie et cela la tuait de ne pas savoir comment allaient Delphine et Richard Sr. Pendant si longtemps, ils avaient été sa famille et maintenant.... elle ne pouvait pas imaginer un chemin de retour pour leur relation. Cette partie de sa vie était terminée et si Cora était vraiment responsable de l'horrible coup de couteau que Lila avait enduré et avait survécu d'une manière ou d'une autre, alors le bon côté des choses était qu'elle pouvait vraiment passer à autre chose.

Avec Noah. Elle s'est lavé les mains et a souri à elle-même. Mon Dieu, elle aimait cet homme. Chaque fois qu'elle le voyait, c'était comme la première fois ; son cœur s'emballait, son souffle se prenait dans sa gorge. Quand il posait ses mains sur elle - dieu, ses mains - sa peau vibrait de plaisir, le pouls entre ses jambes commencerait à battre.

En y pensant, elle est retournée sur la terrasse pour le trouver endormi. Elle lui souriait et le chevauchait, ses mains glissant entre ses jambes pour lui couper les couilles, caresser sa bite en tumescence.

Il gloussa en prétendant qu'il dormait, puis un large sourire se répandit sur son visage et ses yeux s'ouvrirent tandis qu'elle étendait ses lèvres et le guidait dans sa chatte lisse.

Eh bien, bonjour encore une fois à toi ", murmura-t-il, ses mains s'étendant sur son dos nu pendant qu'elle le chevauchait doucement. Ses lèvres ont trouvé les siens, sa langue taquine la sienne. "Mon Dieu, tu as bon goût, Mlle Lila."

Elle sourit, les lèvres courbées contre les siennes. "Content que tu le penses." Elle claqua durement ses hanches contre lui, l'emmenant dans les profondeurs et il gémit. Ses doigts se serraient sur la chair molle de sa taille, la gardant empalée sur sa bite. Il la regarda, ses yeux verts et clairs amusés, affectueux et intenses.

"Je t'aime, Mlle Lila Tierney, plus que tout au monde."

"Ravi de l'entendre."

Il a beaucoup souri. Puis, voyant que ma bite est au fond de ta belle chatte, je pense que c'est le bon moment pour dire, Lila Tierney, me ferais-tu l'honneur de m'épouser ?

Lila a poussé fort sur sa bite comme il s'est étendu vers le bas pour frotter son clitoris et elle a gémi avec plaisir. Oui....oui, mon Dieu, oui Noah...Je t'épouserai...tant que tu promets de continuer à faire...ça...oui...oui...oui...oui...oui...oui...je t'épouserai....tant que tu promets de continuer à faire...ça...oui...oui...oui...'je t'épouserai.je t'épouserai!

Manhattan

Tinsley se retourna dans son lit et soupira. Le sommeil lui échappait encore une fois et à côté d'elle, le lit était vide. Charlie travaillait sur une affaire qui l'emmenait à Brooklyn la plupart des nuits - du moins c'était l'histoire officielle. Tinsley savait qu'il cherchait partout où Riley pourrait être. Maintenant que Cora était sur le crochet pour les tentatives de meurtres, Charlie était devenu silencieux et agité, voulant trouver son partenaire et son ami. Tinsley savait que c'était parce qu'il se sentait coupable d'être convaincu de la culpabilité de Riley et de n'écouter aucune autre théorie que " Riley a essayé de tuer Lila ".

Mon Dieu, quel désordre. Quand Lila lui avait dit que Cora avait avoué l'attaque de Tinsley, le choc l'avait fait s'en prendre à son amie, l'accusant d'avoir fait passer Cora en premier. Lila avait pris ses coups de langue stoïquement.

Je sais qu'il semble qu'il en soit ainsi, dit-elle doucement, après que Tinsley l'ait dénoncée, mais ce n'est pas la vérité. Je t'aime tellement et je voulais être sûre. "Je veux que Cora vienne te voir elle-même, mais elle s'est retournée contre moi aussi."

Cette dernière ligne hantait Tinsley. Elle s'est retournée contre moi aussi....jésus, si Tinsley pensait qu'elle l'avait eu au cours des derniers mois, ce n'était rien par rapport à ce que Lila avait enduré. Tinsley se souvenait de la douleur du couteau qui tranchait son corps et ses coupures n'étaient même pas graves. Imaginez qu'un couteau plongé profondément dans votre ventre, à plusieurs reprises.... Tinsley frissonnait. Elle n'a pas compris.

Elle est sortie du lit pour aller chercher de l'eau. Une boîte à cigares était assise sur le comptoir de la cuisine, à moitié ouverte. Tinsley n'a pas pu résister. Elle a siroté son eau et a ouvert le couvercle de la boîte. Elle a tout de suite vu la photo de Charlie et Lila - Dieu, comme elle est mignonne. C'étaient des adolescents ; Charlie devait avoir environ dix-neuf, vingt ans, Lila un peu plus jeune, peut-être même pas à l'adolescence. Charlie avait son bras lourd autour de son cou et ils riaient tous les deux pendant qu'ils jouaient à la lutte.

Tinsley a regardé le reste de la boîte. Des reçus de films - certains très anciens, a-t-elle remarqué - des billets des ferries de Staten Island, des ferries de l'État de Washington, des dépliants de musée, des talons de billets de concert. Une vie, pensait-elle, toute une vie documentée dans les souvenirs. Elle n'avait jamais pensé que Charlie pouvait être aussi sentimental.

Elle a trouvé la lettre en bas et a immédiatement reconnu l'écriture de Lila. L'enveloppe était un papier lourd et coûteux et Tinsley l'a ramassée. Elle a hésité avant de glisser le papier et de l'ouvrir.

Mon plus cher, mon plus vieil ami,

Je n'ai pas de mots pour dire que je suis désolé d'être parti comme ça - sachez simplement que je ne le ferais pas à moins que ce ne soit absolument nécessaire.

Charlie, tu es mon frère, mon ami, mon guide et le fait de savoir que je ne pourrai pas te voir, du moins pas dans un avenir proche, me tue. Je dois le faire, Charlie, et s'il te plaît, s'il te plaît, ne viens pas me chercher. S'il te plaît. J'ai vraiment besoin d'être seule.

Si tu peux, ou si tu le veux, donne cette autre lettre aux Carnegie et dis-leur que je suis désolé de le faire si peu de temps après la mort de Richard.

Je suis désolé, Charlie. Tu vas me manquer et je t'aime,
Lila.

Tinsley sentit des larmes piquer le dos de ses yeux. Mon Dieu, c'était une sacrée tempête de merde. Elle n'était pas surprise que Charlie ait gardé cette lettre - le lien entre eux et l'amour que Lila ressentait pour lui était dans chaque ligne.

"Aimer ça ?"

Tinsley haleta et se retourna, laissant tomber la lettre sur le sol. Charlie, son visage à moitié dans l'ombre, attendait. Elle a pris la lettre et l'a remise dans la boîte.

"Charlie, je suis désolé, je n'ai pas d'excuse."

Il y eut un long silence, puis il s'avança dans la lumière et elle ne pouvait pas lire son expression. "Ne t'inquiète pas pour ça."

Elle l'a regardé ramasser la boîte et la mettre dans un tiroir avant de se lever enfin. La tension dans l'air était forte.

Merde, Charlie, elle est allée le voir et a essayé de lui mettre la main sur la poitrine, mais il s'est caché.

J'ai dit, ne t'inquiète pas. "Je vais prendre une douche, je suis plutôt dégoûtant."

Il s'est éloigné. Je pouvais me joindre à toi ", a-t-elle crié, espérons-le, mais quand il n'a pas répondu, elle s'est sentie encore plus mal. Elle a débattu de le suivre, mais au lieu de cela, elle est retournée au lit et a attendu.

Il essuyait ses cheveux à peu près au fur et à mesure qu'il rentrait dans leur chambre à coucher. Leur chambre. Huh. Ils vivaient ici depuis moins de deux semaines et Tinsley n'arrivait pas à s'habituer au fait qu'elle vivait avec un homme. Ce n'était tout simplement pas elle et maintenant elle se demandait si le risque en valait la peine. C'est pour cela qu'elle avait besoin de son propre espace, d'un endroit où elle pouvait absolument se détendre. Elle détestait la confrontation dans les meilleurs moments, mais quand c'était avec la personne avec qui on partageait un lit.....

Charlie s'est couché et l'a tirée dans ses bras. Il sentait le gel douche et le linge frais. Tinsley s'est blotti contre lui avec reconnaissance, a senti son érection contre sa cuisse et a enroulé une jambe autour de lui.

"Pardonne-moi ?"

Il l'embrassa brutalement. "Rien à pardonner." il l'a prise, la poussant profondément à l'intérieur d'elle, la pressant de nouveau sur le lit pendant qu'il la baisait. Tinsley, ses mains épinglées par les siennes, le regardait fixement pendant qu'il bougeait. Quelque chose n'allait pas, quelque chose n'allait pas, elle s'est rendu compte de sa tristesse.

Elle n'est pas venue bien qu'elle ait fait semblant et quand il était dans la salle de bain par la suite, elle a essayé de comprendre pourquoi. Ce n'est que plus tard, alors qu'il ronflait doucement à côté d'elle, qu'elle s'est rendu compte de ce que c'était. Il ne l'avait pas regardée tout le temps qu'ils avaient fait l'amour.

Le lendemain, elle est rentrée chez elle pour trouver tous ses biens disparus, un mot sur la table.

Je ne peux pas faire ça. Je suis désolée.

Tinsley a relu la lettre et l'a froissée dans sa main. Elle se sentait étrangement soulagée.

~

Seattle

M. Halston Applebaum aimerait annoncer les fiançailles de son fils, le Dr Noah Alexander Applebaum du comté de King, Seattle, dans l'État de Washington, avec Mlle Lila Tierney de l'île San Juan, dans l'État de Washington.

Lila acquiesça d'un signe de tête approbateur. Joli. "Courte et douce."

Noah sourit. "Seul mon père insisterait pour placer un avis de fian-çailles de nos jours."

Meh, haussa Lila. Il n'y a pas de mal à cela. "Je suis contente qu'il m'aime bien, c'est tout."

Au retour de l'île, Noah et Lila étaient occupés, avec son père et sa belle-mère, à faire connaissance avec certains de ses amis. Elle aimait particulièrement Jakob et Quilla Mallory et Quilla et elle et Quilla s'étaient rencontrées plusieurs fois par leurs propres moyens depuis. Elle aimait beaucoup l'autre femme ; elle était insolente, drôle et belle et plus que tout, une survivante. Quilla avait été violée et poignardée par un ex-collègue vengeur de Jakob et portait encore les cicatrices de cette attaque. Ses deux petites filles, des jumelles, a-t-elle dit à Lila, ont fait en sorte que tout en valait la peine.

Même si elles sont épuisantes, sourit-elle à Lila. Lila adorait les deux enfants ; leur sourire espiègle et leur personnalité exubérante étaient encouragés par leur mère - au grand dam de Jakob.

On pourrait penser qu'elle voudrait qu'elles se taisent à la fin de la journée, mais non ", dit-il en souriant affectueusement à sa femme, " Je rentre chez moi et ils sont là, tous les trois, me criant dessus, me chantant dessus ".

Lila pouvait imaginer la scène maintenant et ressentait une pointe de tristesse. Est-ce qu'elle et Matty auraient été aussi liés que Quilla et ses filles? Elle l'espérait.

Quilla la poussa, voyant sa contemplation. Je sais ce que tu penses, dit-elle, et oui, je pense que toi et Matty auriez passé un bon moment ensemble.

Lila lui sourit, les larmes aux yeux. Merci. Elle me manque. Je sais que cela peut paraître étrange, mais c'est le cas.

"Bien sûr que si."

Soupira Lila. Je n'arrête pas de penser que le coup de couteau m'a fait quelque chose, que je n'ai pas pu mener à terme.

Les yeux de Quilla étaient gentils. Je ne peux pas te dire la réponse à cela, seulement que quand ça m'est arrivé, ça a détruit mon utérus. "D'où...."

"Mon Dieu, je suis désolé."

Ne le soyez pas. C'est juste une de ces choses. On n'a pas demandé ça, n'est-ce pas ? Nous devons tirer le meilleur parti du fait que nous avons survécu, Lila. "Nous avons survécu."

Lila pensait encore aux paroles de Quilla plus tard, quand elle et Noé étaient seuls. Quilla m'a dit que la fondation des arts qu'elle dirige songe à ouvrir des succursales pour aider les survivants de la violence à se remettre sur pied. Elle m'a demandé si j'aimerais diriger des groupes et faire un peu de travail à ce sujet. Je ne suis pas sûr de quoi....peut-être l'art-thérapie?'".

Elle était excitée par l'idée et Noah sourit. Regarde-toi, toute excitée. "Tu as l'air d'un enfant avec un nouveau jouet."

"Peu importe, grand-père." Elle s'est moquée de son visage à ce moment-là. Noah a tiré sur une mèche de ses cheveux.

"Alors, je pense qu'on devrait marquer nos fiançailles d'une façon ou d'une autre ?"

Lila l'a regardé. Je te l'ai dit, je ne fais pas de bagues. "Mariage oui, fiançailles...."

"Tu portais une bague de fiançailles pour Richard."

Lila a avalé. Noah....cette fois c'est différent. Richard n'arrêtait pas de me le dire pour que j'en porte un ; à la fin, j'ai cédé. Tu me connais mieux que lui. "Tu m'as eu."

Noah s'assit sur sa chaise en souriant. "Bien joué, Tierney."

Lila allait protester, mais elle a pensé que c'était mieux. "Merci." Elle a bâillé et s'est glissée sur ses genoux. "Si tu me veux ce soir, tu devras faire vite."

Noah éclate de rire. "Mon Dieu, l'amour a déjà disparu ?" Il l'a chatouillée jusqu'à ce qu'elle le supplie d'arrêter. Ils ont fait l'amour lentement et tranquillement, puis se sont endormis en s'enroulant l'un autour de l'autre.

Le téléphone les a réveillés à quatre heures du matin. Noah a cherché son téléphone portable et l'a vérifié. Bien à toi, dit-il, d'un air suffisant et Lila gémit, sans même se donner la peine d'ouvrir les yeux pendant qu'elle cherchait son téléphone sur la table de nuit.

"Ouais ?" Sa voix était étouffée, mais sa tête s'est levée, ses yeux se sont ouverts. Charlie ? "Est-ce que tout va bien ?"

Noah la surveillait, son front s'est froissé. Lila l'a regardé, puis a dit au téléphone. D'accord. D'accord, alors. Tiens-moi au courant. Ouais, toi aussi, mon pote."

Elle termina l'appel et regarda Noah pendant une longue minute, les yeux pleins de confusion et de tristesse. Quoi ? "Qu'est-ce qu'il y a, Lila ?"

Elle secoua la tête avec incrédulité. C'est fini, dit-elle d'une voix étourdie, le corps de Riley a été retrouvé.

～

Manhattan

Woods Kinsayle avait le visage blanc et tremblait alors qu'il s'asseyait à côté de Charlie dans la voiture de police. Charlie, à son crédit, avait insisté pour aller annoncer la nouvelle aux Kinsayles lui-même et Woods s'était porté volontaire pour aider à identifier le corps.

Charlie le regardait maintenant. "Woods.... Je dois t'avertir. Nous l'avons sorti de l'East River - et il semble qu'il y est depuis un certain temps. Il y a....Dieu, Woods, tu es sûr?" ?

Je saurai si c'est mon frère ", dit Woods avec raideur. "Je le saurai".

Charlie soupira. Le corps avait été découvert par des enfants qui racontaient sans doute l'histoire de la façon dont ils avaient sorti le cadavre de l'eau. Ils n'auraient pas besoin d'exagérer. Riley - si c'était lui - était gonflé, à moitié manquant et nu. Ce qu'ils pouvaient dire, c'est qu'il y avait un trou de balle dans ce qui restait de son crâne, à la tempe. Les poissons l'avaient mangé, les éléments ne l'aidaient pas non plus ; il ne restait pas grand-chose à identifier.

À la morgue, Woods s'est bâillonné en voyant les restes. Charlie ne lui en voulait pas. Il était difficile de penser qu'il s'agissait de Riley - Riley Kinsayle, qui aimait s'amuser, avec le charme et la beauté que les femmes adoraient. Riley Kinsayle, obsédé ou non par Lila.

C'est lui, dit Woods, ses yeux se sont verrouillés sur la tête gonflée. Il l'a pointé du doigt. Derrière cette oreille, il avait un petit 'K' tatoué. Si c'est là, c'est lui."

Le médecin légiste regarda Charlie qui hocha la tête une fois et le médecin, les mains gantées, souleva doucement l'oreille. Une partie est partie dans ses mains et Woods a tourbillonné et a vomi dans la poubelle la plus proche. Le médecin - qui avait tout vu de son temps - leva les yeux et hocha la tête." 'K' derrière l'oreille gauche - confirmé."

"Putain." Charlie a sifflé le mot et Woods a donné un sanglot étranglé, poussant la porte ouverte et claquant hors de la pièce. Charlie remercia le technicien et alla le chercher.

Woods était à l'extérieur, respirant de profondes bouffées d'air pour essayer de ne pas vomir à nouveau. Charlie se tenait à ses côtés et attendait.

Je le savais ", dit Woods en s'essuyant la bouche. Je savais qu'il était mort. "Je pouvais le sentir."

Charlie a essayé de garder le scepticisme en dehors de son ton. "Ouais ?"

Woods hocha la tête. "Ok, donc on ne s'entendait pas souvent, mais c'était mon frère, tu sais ?"

Charlie hocha la tête, se taisant. Si Woods pensait qu'il pouvait tromper le monde que lui et Riley étaient proches.....

Je sais ce que tu penses, dit soudain Woods, son expression féroce. Ouais, je lui ai cassé la gueule. Ouais, je lui ai botté le cul. C'est ce qu'on a fait."

Charlie n'a pas pu s'arrêter. "Non, Woods, c'est ce que tu as fait."

L'expression de l'autre homme est alors devenue sournoise. As-tu pensé que Riley s'est peut-être suicidé quand il a découvert que le type en qui il avait confiance tous les jours essayait de l'enfermer? Que tu es entré par effraction dans son appartement et que tu as fouillé dans ses affaires personnelles était une violation de cette confiance ? "Qu'il aurait pu poignarder Lila de sang froid, c'est peut-être la paille qui a brisé le dos du chameau?"

Charlie l'a regardé avec constance. Riley n'était pas suicidaire. Et le fait d'avoir un mur recouvert de photos dont le sujet ne savait pas qu'elles étaient prises n'est pas seulement des " choses personnelles ", Woods, c'est du harcèlement. C'est une obsession. "Lila n'en avait aucune idée."

Woods riait alors. Mon Dieu, pauvre trou du cul trompé. Tu ne crois pas que Lila savait ce que Riley ressentait pour elle ? "Ils ont baisé, pour l'amour de Dieu."

Charlie est resté immobile. " Tu ne sais pas de quoi tu parles."

Le sourire de Woods était accrocheur. Ta précieuse petite Lila a baisé mon frère sur le sol du bar. Il me l'a dit lui-même. Tu vois, tu peux sortir la fille du camping, mais...."

Charlie a enfoncé son poing dans la mâchoire de Woods et l'autre homme est tombé durement. Il a essayé de se défendre, mais Charlie l'a frappé avec ses poings, sans relâche jusqu'à ce que Woods soit battu et que deux hommes de la morgue lui arrachent Charlie.

Son capitaine vient de secouer la tête. Je suis désolé, Charlie. Insigne et pistolet. Je ne serais pas surpris que Woods porte plainte. Il venait d'identifier son frère pour l'amour de Dieu. Maintenant, écoutez, je peux parler aux pouvoirs en place, leur dire que vous étiez désemparé à cause de Riley....vous m'écoutez, Sherman?"'.

Charlie regardait par la fenêtre du ciel blanc au-dessus de Manhattan. Il a porté son attention sur son capitaine et l'a regardé, le visage fixé. Ne vous dérangez pas, dit-il calmement. Il se tenait debout, posait son arme et son insigne sur le bureau. "Je démissionné."

Son capitaine soupira. "Sherman, ne soyez pas idiot."

Je ne le suis pas. Vraiment, je ne le suis pas. J'y pense depuis un moment. Maintenant que Riley est parti et que Tinsley et moi avons arrêté, il n'y a plus rien pour moi ici. Ma famille est à Seattle. "Lila est à Seattle et je veux être avec ma famille."

Son capitaine l'a regardé fixement. "Vous ne pouvez pas partir tant que nous ne connaîtrons pas l'état de Wood ou si des accusations seront portées."

C'est très bien. Vous savez où me joindre."

Charlie est sorti dans la rue et a pris une grande respiration. Oui, c'est ce qu'il voulait. Il en avait assez de cette ville, trop de gens. Il était temps.

Il a sorti son téléphone portable et a appelé. Quand Lila a répondu, il a souri. Hé gamin, devine quoi ? "Je rentre à la maison."

Seattle

Lila n'était qu'à moitié à l'écoute de Quilla alors qu'elle lui faisait visiter les bureaux de la Fondation QCM. Elle n'arrêtait pas de penser à Riley, à son visage joyeux, à son sourire. Son corps la nuit où ils avaient fait l'amour. Il avait été exactement ce dont elle avait besoin cette nuit-là et maintenant il était mort. Peut-être à cause d'elle, parce qu'elle l'a utilisé. Non, non, non, cette nuit-là avait été si....elle l'avait voulu et il l'avait voulu. C'était cela ; purement naturel, purement instinctif.

Mais les hommes de sa vie n'arrêtaient pas de mourir. Dieu.

"Lila ?" Le joli visage de Quilla était inquiet. "Est-ce que ça va ?"

Si quelqu'un devait comprendre, ce serait cette femme, mais Lila ne pouvait pas se résoudre à en parler. C'est une honte. Elle avait honte. Elle a essayé de sourire à Quilla. Non, désolé, j'ai un peu mal à la tête. "Où en étions-nous ?"

C'est ici que nous interrogeons les personnes qui présentent une demande au fonds. C'est très décontracté, mais parce que nous ne pouvons pas donner de l'argent à gauche et à droite, c'est très strict. J'avoue que c'est surtout l'instinct. Si quelqu'un est passionné d'art, ça se voit. S'ils aiment la craie sous ses ongles ou s'ils ont des taches sur la joue, s'ils parlent d'une nuance particulière d'une couleur, vous savez que cette personne est authentique. "S'ils sont là pour la gloire ou juste pour impressionner, désolé, c'est la porte."

Lila réfléchit. J'aime ça. L'université est géniale, mais elle dépend tellement des résultats, de la réduction des artistes à des listes à cocher au lieu de ce qu'ils sont vraiment".

Quilla sourit. " Tu comprends."

Lila hocha la tête. C'est ce que je fais. "Ce que je ne comprends pas, c'est ce que tu veux que je fasse."

Viens avec moi, sourit Quilla. Elle a conduit Lila dans un petit bureau. Une jeune femme blonde parlait à un petit groupe de femmes.

C'est Nan, elle est enseignante et a aidé à mettre sur pied ce groupe. Ce groupe s'adresse aux survivants de la violence domestique. Ils peuvent venir ici, dans ces bureaux et en bas, nous avons des studios qu'ils peuvent utiliser chaque fois qu'ils le souhaitent pour s'exprimer. Nous avons aussi des chambres avec des lits de camp et des installations pour qu'ils puissent rester s'ils le veulent. C'est un endroit sûr. Nan dirige cet atelier deux fois par semaine où ils peuvent discuter de leur travail et faire des critiques".

Lila a regardé par la fenêtre pour voir les femmes parler et rire. "Quelle bonne idée."

Nous sommes très fiers. "Allons prendre un café et je te dirai ce que j'ai en tête."

Dans la cafétéria spacieuse et propre de l'étage supérieur, ils s'asseyaient dans des chaises confortables avec des tasses de chocolat chaud fumant. Quilla a siroté le sien.

Ce que j'ai à l'esprit, c'est un nouveau groupe, pour des survivants comme toi et moi. Les femmes - ou les hommes, mais il se peut que nous ayons besoin de groupes séparés pour éviter de déclencher - des personnes qui ont survécu à des crimes violents non domestiques. Viols, agressions, tentatives de meurtre, atteintes graves à l'intégrité physique et mentale. "Je crois beaucoup en l'art-thérapie."

Moi aussi, Lila s'excitait maintenant. "Wow. "Wow."

Quilla sourit. C'est l'esprit. Qu'en dis-tu ? "Tu veux venir le faire marcher pour nous ?"

Lila hocha la tête avec enthousiasme. L'enfer, oui. Mon Dieu, Quilla, je ne peux pas te remercier assez."

"Pas besoin de remerciements, je sais que tu seras parfait."

Lila a ri. " Tu as confiance en mes capacités."

Quilla haussa les épaules, riant. " Noah a chanté tes louanges avant même qu'il n'ait repris contact avec toi."

Lila a rougit de plaisir. "Il l'a fait ?"

Oh oui, oui. Je suis probablement en train de briser une sorte de code fraternelle, mais il y a eu beaucoup de soirées où il a raconté comment il avait rencontré la femme la plus parfaite du monde et comment il aurait souhaité te retrouver.

"Il y en avait ?"

"Lila Tierney, tu vas te mettre à pleurer?"

Non, protesta Lila, mais ses yeux s'étaient larmoyés et elle les clignait rapidement. Quilla rit.

C'était une cause perdue, Lila. "Cet homme est fou de toi."

Lila a pris un mouchoir dans son sac. Et moi de lui. "On va se marier, tu sais."

"Je sais, et je suis si heureuse pour toi."

"Tu viendras au mariage ?"

Essayez de m'éloigner. "Bien que je te prévienne, je fait n'importe quoi quand je suis bourrée!"

Lila a ri. "Excellent, alors nous serons deux."

Après avoir dit au revoir à Quilla - pour qui elle avait le béguin de fille - elle s'est rendue dans un café à proximité. Même si elle détestait l'admettre, le fait que Cora était pratiquement en résidence surveillée et que la pauvre Riley était morte lui donnait au moins la liberté de savoir que celui qui essayait de la tuer était hors d'action. Elle n'avait pas besoin de la sécurité engagée par Noah pour la suivre partout, pour délimiter l'endroit. Elle pouvait simplement être dans le monde, faire ce qu'elle voulait, aller où elle voulait, sans ses gardes de corps.

Elle a commandé un thé et s'est assise à une table à la fenêtre. C'était à la fin de l'automne et il faisait déjà froid. Les décorations de Noël commençaient à monter. Lila aimait cette période de l'année et pour la première fois depuis des mois, elle se sentait heureuse, en sécurité. Elle épousait un homme merveilleux et maintenant avec ce travail...elle a appelé Noah, trop excitée pour attendre.

"Hey sweetcheeks."

"Hé, mon lapin, pourquoi tu fais de l'écho ?"

"Sur haut-parleur, donc pas de gros mots."

"J'aime vraiment ton énorme, palpitant...."

Je suis vraiment sur haut-parleur, bébé, dit Noah à une salle pleine de rires et Lila gloussa.

"Perceuse, j'allais dire, mais ça sonne encore sale."

Oui, oui, c'est vrai. Lila, j'ai mes mains à l'intérieur d'un patient, donc..." Mais il riait aussi.

Ok, désolé, j'ai juste appelé pour dire que j'ai un travail et que je veux t'emmener dîner plus tard, quand tu auras fini de travailler.

Vendu, bien joué bébé. "Où tu m'emmènes ?"

Lila réfléchit rapidement. "La Maison Rouge ?"

Ça a l'air parfait. "Je rentre d'abord à la maison et nous irons ensemble."

"Je vais réserver une table."

Splendide. A plus tard, alors, je t'aime."

"Je t'aime aussi," dit Lila en supprimant un autre rire, "et ton énorme bite."

Oh mon Dieu, femme, il y avait maintenant des acclamations alors que Noah riait et disait au revoir.

Lila rangea son téléphone et se mit à rire d'elle-même. Elle aimait le fait qu'elle pouvait être aussi insolente et stupide avec lui qu'elle l'aimait et qu'il s'en fichait. Même devant ses pairs et ses subordonnés, il avait un sens de l'humour et un manque total d'arrogance parce qu'il était le meilleur dans son travail et qu'il ne ressentait pas le besoin d'impressionner quelqu'un d'autre.

Je t'aime tellement Noah Applebaum ", se dit-elle en finissant son thé et en ramassant ses affaires. Elle est sortie dans l'air froid et vivifiant et a appelé un taxi pour la ramener chez elle.

Manhattan

Tinsley sentait qu'elle était assise avec un parfait inconnu. Charlie avait l'air....bizarre. Presque joyeux, ce qui pour lui et son "visage de garce au repos" classique, était très étrange. Elle lui a souri. Elle s'attendait à ce que cette rencontre - la première depuis qu'il l'avait quittée - soit maladroite ; en fait, c'était presque jovial.

Qu'est-ce qui t'arrive ? Tu as l'air bizarre. "Pourquoi ton visage fait cette forme ?"

Charlie a souri. "Quelle forme ?"

Ce truc bizarre et souriant. "Tu me fais flipper."

Charlie haussa les épaules. Je rentre chez moi, Tins. "Je suis un garçon de la côte ouest, j'y appartiens."

"Lila est-elle excitée ?"

C'est ce que je pense. "Elle cherche des endroits pour moi et je reste avec elle et Noah jusqu'à ce que je m'installe."

Tinsley a bu de la bière. "C'est donc ça, alors ?"

Il a pris sa main. "Pas pour toujours, j'espère."

Elle sourit mais retira sa main. J'espère que ce n'est pas trop. "Quand pars-tu ?"

"Samedi".

Elle hocha la tête en pensant à la vitesse à laquelle la vie a évolué. "J'espère que tu trouveras la paix là-bas, Charlie."

Toi aussi, petite. " Tu as des projets ?"

Tinsley rit doucement. "Pas un seul."

"Tu viendras à Seattle un de ces jours ?"

Bien sûr, bien sûr. "Je serai là pour le mariage, bien sûr, quand ce sera."

Charlie sourit et se détendit sur son siège. Je suis content que toi et Lila vous vous soyez réconciliés. "Elle ne savait vraiment pas quoi faire pour Cora."

Tinsley hocha la tête. Je sais, je sais. "En parlant de qui, des nouvelles ?"

"Aux dernières nouvelles, D.A. "pour que la tentative de meurtre de Lila soit abandonnée, mais pour faire avancer votre affaire."

Mon Dieu, quel foutu bordel, marmonna-t-elle. Ecoute, Cora est une enfant désordonnée qui a besoin de soins de santé mentale appropriés et d'un séjour loin de la tour d'ivoire. "Je ne veux pas qu'elle aille en prison."

Charlie haussa les épaules. "Désolé, je n'ai aucune sympathie."

"Froid".

Dans ce cas, oui.

Tinsley lui a soufflé les joues. D'accord, alors. Mais je pourrais aller parler à quelqu'un, je pense vraiment...."

Reste en dehors de ça, Tinsley, dit Charlie avec véhémence. La fille a essayé de te faire tuer. "Fin de l'histoire, elle va en prison."

Tinsley a trouvé que ses paumes transpirent, que sa poitrine était serrée. "D'accord, si ça te rend heureux." Elle n'aimait pas la lueur malicieuse qu'elle voyait soudainement dans ses yeux et elle s'est soudainement rendu compte que ce n'était pas son bien-être qui l'inquiétait.

" Tu penses toujours qu'elle a poignardé Lila ?"

"Je pense qu'elle est plus que capable."

Le reste de la soirée s'est passé rapidement et Charlie, qui n'a jamais fait de longs adieux, est parti tôt. Tinsley était à nouveau soulagée- elle sentait que, depuis un certain temps, autour de lui, comme si quelque chose n'allait pas bien. Dieu. Elle espérait que Charlie ne s'immisçait pas trop dans la vie de Lila et Noah. Elle est retournée au bar et a aidé Mickey à fermer, même si c'était sa soirée de congé.

Mickey la regarda d'un air amusé. "Tu es sûr de vouloir faire ça ?"

"Je dois rester occupé ou je vais inventer des théories de conspiration à propos de mon ex."

"Lequel ?"

Elle sourit légèrement. "Le lunatique."

Mickey a roulé des yeux. Il n'avait jamais apprécié Charlie. Bon débarras, si tu veux mon avis. Il y a quelque chose qui cloche chez ce type. Je sais que Lila a toujours dit que c'est un ours en peluche....eh bien, je pense que moins de peluche, plus d'ours.".

Tinsley a essayé et n'a pas réussi à donner à son partenaire un regard désapprobateur. "Il va bien, juste...."

"Un grincheux ?"

Tinsley a ri. "Allez, il s'est toujours occupé de Lila."

Il s'est arrêté quand il a vu le visage effondré de Tinsley. Elle regardait la télé au-dessus du bar.

Mickey, monte le son. Monte le son maintenant....oh mon dieu...oh mon dieu...oh mon dieu....'".

Seattle

Lila était sous la douche quand Noah est rentré à la maison et il a souri en retirant ses vêtements et en entrant dans la cabine avec elle. Elle a été un peu surprise lorsqu'il l'a touchée, puis s'est retournée, le mousse de shampooing sur son visage. Il riait, les brossait et l'embrassait. " Toi, Mlle Tierney, tu es une très vilaine fille."

D'un seul mouvement rapide, il l'a retournée et l'a poussée contre les tuiles froides. Lila gloussa, sachant ce qui s'en venait et, alors qu'elle écartait les jambes, il l'enfonça en elle. Haletant pendant que sa bite engorgée plongeait profondément dans sa chatte, Lila gémissait, se penchant la tête en arrière sur son épaule pendant qu'il la baisait, ses mains pressant les siennes sur la tuile. Ses dents se sont pincées au niveau du lobe de son oreille lorsqu'il l'a prise, libérant une main pour qu'il puisse atteindre son clito et le caresser.

Lila a donné un long souffle, tendu et est venu ; quelques instants plus tard, il a suivi, gémissant et murmurant son nom encore et encore comme son sperme a pompé profondément en elle.

Alors qu'ils s'habillaient, il sourit. Lila sourit en retour. "Quoi ?"

"J'aime le fait que tu vas dîner avec ma semence au fond de toi."

Elle a ri, à moitié choquée. Eh bien.... oui. "Ça me rend un peu sexy de savoir ça, en portant un peu de toi avec moi."

En fait, pas mal...."

Ne sois pas dégoûtant, elle riait furieusement maintenant, lui lançant une serviette. "Mon Dieu, comment t'as eu la poste que tu as tout en étant un tel bouffon ?"

Noah a glissé sa cravate autour de son cou. Je te culpabilise. "J'étais si sérieux...."

Oui, c'est vrai. "De quoi j'ai l'air ?"

Elle portait un jupon de soie blanche qui serrait ses courbes et avait des découpes à la taille, montrant sa peau d'olive crémeuse. Elle a tiré ses cheveux dans une queue de cheval en désordre d'un côté, et a évité tout sauf le maquillage le plus léger. L'admiration évidente de Noah la rendit encore plus sexy.

"Allons-nous arriver jusqu'au dîner ?" Elle a dit avec un sourcil levé. Noah sourit.

"On ferait mieux d'y aller maintenant ou on ne le fera pas."

Au restaurant, elle lui a parlé de la Fondation Quilla Chen Mallory et du rôle qu'elle envisageait de jouer. Noah a été impressionné.

Je dois dire, dit-il, que ça a l'air génial.

Lila hocha la tête. N'est-ce pas ? Et même si je ne veux pas être défini par ce qui m'est arrivé, je pense que c'est une chose positive. "J'ai hâte de commencer."

Ils en ont discuté pendant un certain temps, puis Noah s'est mis la main dans sa poche. Maintenant, avant de me donner un sermon, ce n'est pas une bague de fiançailles. Ce n'est ni gros ni ostentatoire, mais quelque chose pour célébrer toi et moi. J'ai eu l'idée il y a quelque temps, mais il m'a fallu un certain temps pour la concevoir et la faire réaliser, donc....".

Il ouvrit la petite boîte et à l'intérieur il y avait une petite et délicate bague en argent, avec trois anneaux de liaison. C'était magnifique et la poitrine de Lila s'est serrée.

Oh Noah, c'est parfait...' Elle a touché les trois minuscules anneaux avec le bout de son doigt.

Toi, moi et Matty ", dit Noah d'une voix brute. Lila s'est couvert la bouche, les larmes coulent le long de ses joues.

"Noah...." Elle s'est penchée sur la table pour l'embrasser. Merci. "Merci."

Il sourit, évidemment aussi ému par sa réaction qu'elle l'était par son don. " Veux-tu l'essayer?"

Souriant, elle secoua la tête et il avait l'air perplexe, mais elle posa sa main sur la sienne. "J'aimerais le porter comme mon alliance.... si tu es d'accord."

Son soulagement - et sa joie - était palpable. "Bien sûr.... mon Dieu, bien sûr, je n'y ai jamais pensé."

Ils riaient tous les deux, leurs doigts s'emboîtant l'un dans l'autre. Lila l'a regardé, puis de retour sur le ring et elle a souri. "Je suppose que je devrais essayer, tu sais, à cause de la taille."

Noah a ri. "Oh, absolument." Il l'a glissé sur son annulaire. "Wow".

Wow, c'est vrai. Quel homme incroyable tu es, Noah Applebaum. Comment diable ai-je été si chanceuse de te rencontrer ?"

Elle a posé la question, puis tous deux se sont souvenus des circonstances. Lila a donné un rire doux. "Si cela signifiait ne pas te rencontrer, je prendrais volontiers ce couteau encore et encore."

Noah a flanché. "Ne dis pas ça."

Tu sais ce que je veux dire. "Ma vie a commencé quand je t'ai rencontré, Noah."

Leur nourriture se refroidissait et d'autres dîneurs jetaient des regards amusés dans leur direction, mais aucun d'entre eux ne s'en souciait. Ce soir, c'était à propos d'eux.

À minuit moins le quart, Noah l'a aidée à mettre son manteau. Elle posa ses mains sur sa poitrine et le regarda, les yeux doux. "Noah, je veux que tu saches...."

Noah pressa ses lèvres contre les siennes. "Quoi, Lila ?"

Je veux que vous sachiez.... que je vais vous faire des choses très vilaines quand nous rentrerons à la maison.

Noah a gloussé. "Alors, allons-y plus vite."

La nuit de Seattle était froide et la vapeur sortait de leur bouche lorsqu'ils respiraient. Lila serra son manteau plus près et Noah lui sourit.

Puis l'enfer s'est déchaîné. Dans la trajectoire oculaire de Lila, une femme a trébuché, une blonde aux longs cheveux sales, éparpillée sur son visage. Quelque chose a brillé dans sa main, puis il y a eu un grand bruit de claquement. Crier.

Noah a titubé en arrière et tandis que Lila se retournait pour le regarder, ses yeux se sont élargis d'horreur quand le sang a commencé à fleurir sur le devant de sa chemise. Il a regardé en arrière, confus, a tendu la main et s'est effondré.

Lila n'entendait que le battement frénétique de son cœur. Elle ne se souciait pas de savoir si la balle suivante arrivait sur son chemin, elle ne pensait qu'à Noah, son grand corps étalé sur le trottoir. Elle est tombée à genoux à côté de lui, chaque pensée saine d'esprit dans sa tête a disparu alors qu'elle criait son nom encore et encore et encore.....

Et il n'a pas répondu.

Tinsley a arraché sa valise du carrousel et a pratiquement traversé l'aéroport SeaTac en courant. Elle a appelé un taxi et a jaboté le nom de l'hôpital au chauffeur, qui a jeté un coup d'œil à son visage ébranlé et a enfreint toutes les limites de vitesse de la ville pour l'y amener.

A l'accueil, elle a menti et a dit qu'elle était la cousine de Lila et ils l'ont dirigés vers la salle d'attente des urgences.

Lila était pâle, secouée, sa robe blanche couverte de sang. Elle s'assit avec une autre femme que Tinsley ne reconnaissait pas, et un homme grand et beau qui discutait avec Charlie. Quand Charlie l'a vue, il est approché.

"Comment va-t-il ?" chuchota Tinsley et Charlie secoua la tête.

Nous ne le saurons pas avant des heures. Il a reçu une balle dans la poitrine, juste une fois, mais c'est mauvais."

Tinsley a jeté un coup d'œil autour de Charlie pour voir Lila, la tête baissée. "Comment va Lila ?"

En état de choc. "Elle n'a pas dit un mot."

Tinsley regarda le visage fermé de Charlie, puis se jeta autour de lui pour aller voir son amie. "Lila ?"

Lila leva les yeux et la douleur dedans était presque plus que ce que Tinsley ne pouvait supporter. Elle fronça les sourcils comme si elle essayait de placer Tinsley et Tinsley s'accroupie devant elle.

"Chérie, je suis là pour tout ce dont tu as besoin." Elle a pris les mains de Lila et a souri à la femme à côté d'elle. "Salut, je suis Tinsley."

L'autre femme sourit, se toucha le bras. Quilla Mallory. "C'est...."
Elle a rompu et a regardé ailleurs et Tinsley a hoché la tête.

"Oui, je sais." Elle s'est levée et a pris place du côté opposé à Lila.
Charlie avait raison, Lila était presque catatonique. Elle avait une petite
boîte de velours noir dans la main qu'elle n'arrêtait pas de tourner et de
tourner. Elle pencha la tête et Tinsley l'entendit chuchoter quelque
chose encore et encore.

S'il vous plaît, s'il vous plaît, s'il vous plaît, s'il vous plaît, s'il vous
plaît, s'il vous plaît, s'il vous plaît, s'il vous plaît, s'il vous plaît!

Tinsley avait mal pour son amie. Tant de douleur, tant de perte. Pas
Noah. S'il vous plaît, laissez-le vivre. Elle s'est retrouvée en écho au
mantra de son amie. Elle regarda Quilla au-dessus de la tête de son
amie et l'autre femme avait l'air aussi dévastée qu'elle. Ils doivent être
des amis de Noah, pensa-t-elle.

Comme si elle lisait dans ses pensées, Quilla parlait. Voici mon
mari, Jakob. "Nous sommes de vieux amis de Noah."

Tinsley hocha la tête à l'autre homme, qui parlait à voix basse.
C'était Lauren, l'ex de Noah. Elle a été arrêtée, elle ne s'est même pas
débattue. Elle a dit qu'elle voulait les tuer tous les deux, mais elle n'a
jamais réussi à tirer plus d'un coup de feu avant qu'un passant ne
l'atteigne".

Dieu,' Tinsley a parlé avant qu'elle n'ait pu s'attraper,'qu'est-ce qui
ne va pas avec les gens?".

Elle a appuyé sa tête contre celle de Lila, senti son amie se raidir,
puis la main de Lila s'est glissée dans la sienne.

"Pourquoi ne peuvent-ils pas nous laisser être ?" Sa voix était
rugueuse, cassée. Tout ce que nous voulons, c'est être heureux, être
ensemble. "Qu'est-ce que cela peut apporter de bon ?"

"Je sais, ma chérie."

Les profondeurs du désespoir de Lila étaient brûlantes. Tinsley a
senti des larmes venir et s'est levé, ne voulant pas que Lila les voit. Elle
est allée voir Charlie qui regardait par la fenêtre. C'était tôt le matin,
mais la ville était encore sombre. Charlie ne s'est pas tourné vers elle, il
a juste gardé son regard fixé devant lui. Il a fallu un moment à Tinsley
pour se rendre compte qu'il regardait le reflet de Lila dans le verre. Son

cœur s'est tourné vers lui et elle a touché son bras. Il a commencé et s'est tourné vers elle, les yeux plats et froids.

"Charlie, je suis là pour tout ce dont vous avez besoin...."

Il a secoué sa tête vers le couloir et elle l'a suivi. Il a fermé la porte, avant de se tourner vers elle. Nous allons bien. "Elle va bien, je suis là maintenant."

Tinsley a été piqué. "C'est aussi mon amie, Charlie."

Nous n'avons pas besoin de toi ici. "Merci d'être venu, mais ça va."

Les mains de Tinsley se serraient dans les poings et son colère montait. Pourquoi es-tu comme ça ? "Lila a besoin de tous les amis qu'elle peut avoir maintenant."

Charlie avait même cessé de la regarder directement. "Tu devrais y aller."

"Je n'irai nulle part, connard", lui dit-elle en sifflant. Elle a pris une grande inspiration, essayant de se calmer. La colère et la confusion faisaient place à autre chose maintenant, quelque chose de plus tangible. La peur. Charlie était-il en train de perdre la tête ? Tinsley a étudié l'homme avec lequel elle avait été si intime et n'y a rien vu qu'elle a reconnu. Il était en état de choc ? Non.... c'était autre chose.

Charlie, je suis là pour Lila et crois-le ou non, je n'ai pas besoin de ta permission pour rester avec mon ami. Elle a essayé de le dépasser pour retourner dans la salle d'attente, mais il a saisi son poignet. Dur. Elle a grimacé et s'est retirée juste au moment où elle a entendu quelqu'un dire le nom de Lila. Elle se retourna pour voir un homme âgé et distingué, son visage gravé de douleur se précipitant vers eux. Le père de Noah. La douce femme à sa droite avait des larmes qui coulaient sur ses joues.

"Charles," M. Applebaum regarda Charlie, "Nous sommes venus dès que possible."

Nous sommes venus en voiture de Portland ", a dit la femme, probablement Mme Applebaum.

Charlie les a accueillis chaleureusement, au grand choc de Tinsley. Il les a fait entrer dans la salle d'attente et elle les a entendus réconforter Lila. Charlie se tenait à la porte et la regardait glacialement.

"Retourne à New York, Tinsley, on est bien ici."

Tinsley a tenu bon. Pas question, Sherman. "Je suis là pour Lila, pas pour toi."

Il s'approcha d'elle et sourit. Il n'a pas atteint ses yeux. Ne sois pas une petite conne. " Dégage d'ici." Et il était parti, dans la salle d'attente, fermant la porte fermement derrière lui.

Tinsley pouvait à peine croire ce qui s'était passé. Elle a trébuché dans le couloir à l'aveuglette et s'est retrouvée dans l'air glacial du matin. Elle est restée là un moment, puis s'est rendu compte qu'elle avait laissé sa valise à l'étage. Mon Dieu, elle ne voulait pas retourner dans cet endroit maintenant.... pour la première fois, elle avait peur de Charlie Sherman.

Elle s'est assise sur un petit muret à l'extérieur de l'entrée principale et a essayé d'arrêter le tremblement qui a ébranlé son corps. "Qu'est-ce qui se passe ?" elle s'est chuchotée à elle-même puis a sauté comme une voix derrière elle a dit,'Excusez-moi, êtes-vous Tinsley Chang?" ?

Un jeune infirmier se tenait derrière elle - sa valise à ses côtés. Elle hocha la tête et, souriant maladroitement, l'aide-soignant lui remit le dossier et disparut dans l'hôpital.

Elle avait été bannie. Elle a pris la valise et l'a transportée à l'endroit où les taxis attendaient, mais avant d'entrer, elle a regardé jusqu'au quatrième étage où se trouvait la salle d'attente.

Charlie Sherman l'a regardée - et son regard l'a traversée comme si elle n'existait pas.

Lila était assise au chevet de Noah, la main dans la sienne, regardant les machines respirer pour lui. Il n'était sorti de chirurgie que depuis quelques heures maintenant, mais il avait l'air si pâle, si pâle qu'elle n'arrivait pas à croire qu'il était encore en vie.

Le chirurgien était venu la trouver juste après dix heures du matin et lui a dit qu'ils avaient stabilisé Noah mais que la balle avait détruit un poumon et lui avait entaillé le cœur. Je ne veux pas vous donner de faux espoirs", avait-il dit.

De l'espoir. Cela semblait être une idée ridicule maintenant et Lila était à son point de rupture. Richard, Matty, Riley....maintenant Noah. Elle posa la tête sur le lit et sanglota silencieusement, ses doigts se tordant dans celui de Noah. Elle a pleuré tout son désespoir et s'est endormie à côté de lui.

Il y avait quelqu'un qui lui caressait les cheveux et qui lui a tiré dans la tête - était-il réveillé ? Son cœur battait de déception lorsqu'elle vit que Noah était encore inconscient. Charlie était assis à côté d'elle, son bras autour de ses épaules. Elle s'est assise et il l'a prise dans ses bras. Lila épuisée, n'avait pas vraiment envie d'être tenue - par quelqu'un d'autre que Noah - et elle s'est retirée au bout d'une seconde.

"Depuis combien de temps es-tu ici ?" Elle a touché le visage.

"Assez longtemps", dit Charlie. "Des changements ?"

"Non." soupira Lila, caressant la main de Noah. Elle a dit en regardant Charlie. Où est allé Tinsley ? "Elle était là une minute, elle est partie la minute d'après."

Charlie a souri froidement. Elle est en ville quelque part, je ne sais pas. "Je pensais que tu avais trop de monde autour de toi hier soir, alors je l'ai renvoyée à l'hôtel."

Soupira Lila. "Tu n'avais pas besoin de faire ça, Charlie, elle aurait pu rester."

"Trop de gens."

Lila ne pouvait pas se donner la peine de se disputer, mais l'attitude de Charlie l'irritait. Depuis qu'elle l'avait appelé, hystérique, après que Noah ait été abattu, il avait pris le relais, parlant aux médecins en son nom sans son consentement, parlant aux parents de Noah comme s'il les connaissait depuis des années. Cela ne devrait pas l'irriter, elle savait qu'il ne faisait que ce qu'il y avait de mieux, mais son attitude selon laquelle elle ne pouvait pas s'occuper des choses par elle-même était agaçante.

Ce n'était pas seulement que....sa manière entière était celle d'un mari consolateur - pas d'un ami. Il était méprisant à l'égard de toute nouvelle positive concernant l'état de Noah - non pas qu'il y en avait beaucoup - et il semblait la " préparer " au pire, comme s'il s'agissait d'une conclusion inéluctable que Noah allait mourir.

Lila a secoué la main de Charlie sur son épaule. "S'il te plaît, Charlie, je veux juste être seul, maintenant."

"Je ne suis pas sûr que ce soit une bonne idée."

"Je ne te demandais pas ton opinion." Elle s'est retournée contre lui. Charlie l'a regardée, et elle a détourné les yeux. "S'il te plaît, Charlie, je veux être avec Noah."

Charlie n'en dit pas plus, mais la porte de la chambre de Noah a claqué après lui. Soupira Lila. Oublie-le, Noah est ce qui est important. Elle s'est rapprochée de sa chaise et lui a caressé le visage. Déjà maigre, il semblait avoir perdu encore plus de poids du jour au lendemain, ses joues étaient creuses, sa peau semblait pincé.

Il était toujours le plus beau spectacle au monde pour Lila et elle se tenait debout et se penchait sur lui, l'embrassait où elle le pouvait. Je t'aime tellement ", chuchota-t-elle, " S'il te plaît, rentre à la maison avec moi ".

Elle imaginait qu'elle sentait une légère pression sur sa main de ses doigts, mais c'était si léger qu'elle le savait qu'elle l'imaginait. Il y avait un petit tapotement sur la porte et Quilla Mallory a pointé sa tête autour de la porte. Lila se sentait soulagée, heureuse de voir son amie. Quilla sur la pointe des pieds. "Comment va-t-il ?"

Ses beaux yeux sombres étaient pleins de tristesse et de compassion. La même chose, dit Lila, que je regarde aussi bien en ce moment. Son corps a besoin de guérir, de se reposer. Je préférerais qu'il dorme et.....eh bien, nous savons tous les deux comment c'est, n'est-ce pas?".

C'est ce que nous faisons, acquiesça Quilla. "Puis-je rester avec toi un moment ?"

Lila hocha la tête, souriant. "J'aimerais bien." Elle avait besoin de la présence douce de son amie ici ; non seulement cela, mais elle savait que Quilla comprenait vraiment ce que le fait d'être victime de violence signifiait à la fois pour la personne qui en souffrait et pour ses proches.

Quilla prit la chaise libérée par Charlie et posa doucement sa main sur le dos de Lila. Je veux que tu saches que tu n'es pas seul. "Peu importe ce dont tu as besoin, demande, s'il te plaît."

Lila a senti des larmes jaillir dans ses yeux. "Merci, Quilla."

J'espère que cela ne te dérange pas ; j'ai parlé au personnel et ils vont apporter un lit de camp pour que tu puisses dormir ici. "Tu dois te reposer aussi."

Tu vois, Charlie ? C'est la façon de prendre soin de quelqu'un. "Je le ferai, je te promets et je te remercie, Quilla."

Quilla lui sourit, puis hocha la tête à Noah. Je pense qu'il a l'air un peu mieux, n'est-ce pas ?

Lila était reconnaissante pour la tentative de son amie de faire paraître Noah mieux, mais ils savaient tous les deux que sa vie était en jeu.

Lila pensait à Lauren, à ce qu'elle avait volé à Lila - son enfant et maintenant peut-être son amour - pour quelle raison ? Était-elle différente de Cora et de sa jalousie de Tinsley ? Non.

Tant de haine, tant de putain de privilèges, elle s'est mise en colère. Pour qui se prennent ces gens, bordel ?

Elle a dit la même chose à Quilla et son amie a hoché la tête. Je sais, je sais. "C'est tordu, dégoûtant et malheureusement trop répandu." Quilla soupira. Gregor Fisk a décidé que c'était à lui de décider qui j'ai baisé et quand je suis mort. J'ai à peine survécu, mais je suis toujours là. "Tu es toujours là, Lila, et Noah ira mieux."

Lila la regardait avec des yeux d'espoir. "Tu promets ?"

Quilla sourit. Lila, c'est un homme qui peut courir un semi-marathon sans même transpirer. Même s'il court un marathon, il se contente de dire 'woo, c'était un dur' et fait du jogging au réservoir d'eau'.

Lila rit doucement. "Tu as raison." Elle a regardé Noah. Tout va bien se passer.

"Il va revenir à moi."

Tinsley s'est planqué au motel pendant quelques jours. En raison de l'importance de la famille de Noah, les nouvelles locales ont publié des reportages sur son état à chaque bulletin - critique mais stable.

Dieu. Tinsley, même quarante-huit heures après l'événement était encore en ébullition au sujet du traitement de Charlie à son égard. En colère et confus. Leur relation s'était-elle détériorée à ce point ou était-ce parce que Charlie était stressé ?

Ne sois pas une petite conne.

Chaque fois qu'elle pensait à cela et à l'expression du visage de Charlie, elle s'arrêtait, prenait une respiration. C'était si vicieux, si méchant et si plein de rage. Quand en sont-ils arrivés là ?

La lettre. Tout a commencé quand j'ai lu cette lettre ce soir-là. C'était le catalyseur, elle en était sûre, mais en repensant à son contenu, elle n'arrivait pas à comprendre pourquoi il s'opposait à ce qu'elle le lise. C'était une simple lettre d'adieu d'un ami à un autre.

S'il vous plaît, n'essayez pas de me trouver.

Charlie l'avait ignoré et.... Tinsley s'est assis. Charlie avait ignoré le plaidoyer de Lila pour la vie privée. Il l'avait trouvée. Et alors ? Tinsley s'est dit qu'il est flic, qu'il avait des relations et qu'il s'inquiétait probablement pour elle. Sauf qu'il aurait pu la trouver? Il avait à peine l'argent pour engager quelqu'un pour le faire à sa place, mais s'il l'avait surveillée. Une théorie insensée a commencé à se former dans la tête de Tinsley et elle a fermé les yeux en essayant de trier à travers la mêlée.

Pourquoi Charlie était-il contrarié par cette lettre ? Parce qu'il s'est avéré que Lila lui avait demandé de rester à l'écart. Et alors ? C'était un ami anxieux à propos d'un autre ami. Charlie n'aimait pas Richard. Peut-être qu'il savait que Rich a trompé Lila - Lila s'est peut-être confiée à son plus vieil ami. Sauf qu'elle savait que Lila n'avait pas....

Bon sang, Chang, quelle théorie folle essaies-tu d'inventer? Tinsley s'est levé et est allé prendre une douche. Elle retournerait à l'hôpital aujourd'hui et que cela plaise ou non à Charlie Sherman, elle verrait Lila.

Comme Quilla lui avait dit, le personnel avait apporté un lit de camp pour que Lila puisse dormir et elle s'y est glissée avec reconnaissance alors qu'elle pouvait à peine garder les yeux ouverts. C'était encore l'après-midi et il y avait du bruit dans les autres parties de l'hôpital, mais elle est vite tombée dans un sommeil profond mais troublé par des cauchemars.....

· · ·

Ils étaient de nouveau sur l'île, faisant l'amour lentement dans l'immense lit King size. Noah l'embrassait comme il a conduit son énorme bite dans son sexe plus dur et plus profond avec chaque coup. Lila haletait, gémissait de plaisir et quand elle est venue, mille étoiles ont explosé dans sa vision.

Mais les choses sont devenues plus sombres lorsque Noah, tournant la tête, a semblé dire quelque chose à quelqu'un derrière lui. Vous êtes prêts ? Elle est à vous....

Quoi ? Noah sortit d'elle et se tint sur le côté du lit, puis une silhouette se tenait devant elle....elle ne pouvait pas voir le visage. Elle regarda Noah qui souriait. C'est bon, bébé, c'est ce que je veux. Le personnage avait un couteau et lorsque Lila a commencé à crier, il l'a soulevé au-dessus de sa tête et l'a fait descendre.....

Lila frissonna et ouvrit les yeux à moitié. "Chut, chut, c'est bon bébé, rendors-toi." Quelqu'un caressait ses cheveux, son visage et elle était si fatiguée qu'elle ne pouvait pas se soucier de ce qui se passait. Elle a encore cédé aux ténèbres.

Tinsley marchait dans le couloir, son cœur battant lourdement contre ses côtes. Malgré sa bravade, elle était nerveuse - Charlie devait être là et s'il la traitait comme la première fois.... elle ne savait pas qu'elle pouvait garder son sang-froid. Elle a trouvé la chambre de Noah en répétant son mensonge sur le fait d'être la cousine de Lila et en s'approchant de la porte, elle pouvait voir que l'éclairage était faible. La porte était ouverte, et elle a jeté un coup d'œil pour voir Noah encore inconscient et branché aux machines. Elle s'est mordu la lèvre ; elle savait qu'il était ridicule d'espérer une sorte de guérison miraculeuse. Elle est entrée un peu dans la pièce et s'est arrêtée.

Au fond de la chambre, Lila dormait sur un lit de camp, Charlie s'accroupissait à côté d'elle. Il caressait son visage et Tinsley ne pouvait pas lui arracher les yeux de la tendre façon dont il touchait son amie. Jésus…

"Lila ?" La voix de Charlie était un murmure :"Tu m'entends, chérie?"

Lila ne réagit pas et à son horreur, Tinsley regarda Charlie faire couler sa main doucement le long du corps de Lila, lui coupant la poitrine. Il a glissé sa main sous son pull et lui a caressé le ventre. Tinsley ne pouvait pas le croire. Charlie s'est penché et a embrassé la bouche de Lila.

Je suis vraiment désolé, bébé....Je vais t'enlever ta douleur...' Sa voix était un chuchotement. Tinsley n'a pas pu s'empêcher le grincement d'horreur qui lui a échappé et quand sa tête s'est relevée, elle s'est enfuie.

Elle a trébuché dans le couloir jusqu'à la sortie la plus proche et a failli tomber dans les escaliers. Putain, qu'est-ce que c'était ? Elle a descendu deux étages en titubant, puis s'est arrêtée, respirant fort.

Au-dessus d'elle, la porte de sortie s'est ouverte. Tinsley leva les yeux - elle était cachée dans l'ombre mais elle pouvait clairement voir Charlie, son visage un masque de rage, descendant les escaliers à un rythme. Elle a couru, couru, couru, entendu le poursuivre, la poitrine serrée, les petits sanglots alors que sa terreur l'envahissait. Elle s'est effondrée à la réception.... les gens.

Dieu. Alors qu'elle s'effondrait avec soulagement dans les bras d'un garde de sécurité, elle s'est retournée, s'attendant à ce que Charlie s'écrase derrière elle.

Rien. Personne. Personne. Ignorant les questions frénétiques de l'agent de sécurité, elle a jeté un coup d'œil autour d'elle - s'était-il sorti par une autre porte ? Il l'attendait dehors ? Oh mon Dieu.....

Finalement, elle s'est calmée suffisamment pour dire à l'agent de sécurité que quelqu'un la poursuivait, mais elle pouvait voir qu'il ne la croyait pas. Elle a réussi à le persuader de rester avec elle jusqu'à ce qu'elle prenne un taxi et, sur le chemin du retour au motel, elle a fait arrêter le chauffeur de taxi à un guichet automatique pour qu'elle puisse retirer de l'argent. Elle avait besoin de changer de motel, elle s'est rendu compte, maintenant, ce soir et peut-être tous les soirs tant qu'elle était à Seattle.

Parce qu'elle n'avait pas l'intention de laisser Lila à la merci de

Charlie. Ses conspirations folles ne semblaient pas si folles maintenant. Si elle était plus que jamais convaincue d'une chose, c'était ceci.

Charlie était amoureux de Lila et Tinsley ne pensait pas qu'il y avait quelque chose qui pouvait l'empêcher de lui prendre ce qu'il voulait d'elle.

Même si c'était sa vie.

Lila s'est douchée à l'hôpital - rapidement, elle ne voulait pas rater un moment au cas où Noah se réveillait et quand elle est revenue dans la chambre, Charlie l'attendait.

"Salut, beauté."

Elle lui a souri à moitié. Pendant les deux derniers jours, il ne l'avait pas laissée seule un seul instant et même si elle appréciait le soutien, elle voulait être avec Noah, voulait ce moment de retrouvailles quand - pas si, se disait-elle constamment - il se réveillait.

Il a l'air d'aller mieux ", dit Charlie en reprenant son humeur. Elle acquiesça d'un signe de tête, jetant trousse de toilette - rapidement assemblé pour elle par Quilla dans la pharmacie de l'hôpital. Elle a peigné ses cheveux mouillés, ne quittant jamais les yeux de son amour, donc toujours au lit. Elle se sentait étrange, presque comme si l'autre homme dans la pièce, l'homme qu'elle connaissait depuis son enfance, était un étranger pour elle. Un intrus non désiré. Elle supposait qu'elle devrait se sentir coupable, mais elle ne l'a pas fait.

Charlie, c'est gentil de venir ici tous les jours, mais ce n'est pas nécessaire. Je vais bien. Il peut s'agir de jours, de semaines ou...' Sa voix s'est cassée et Charlie s'est déplacé pour la serrer dans ses bras, mais elle s'est écartée de son chemin, souriant pour soulager le rejet. Je suis désolé, je ne veux pas qu'on me touche. Tu comprends, n'est-ce pas ?"

"Bien sûr."

Elle est allée s'asseoir près du lit de Noah et lui a pris la main. Je disais, peut-être que tu devrais rentrer chez toi, trouver un endroit où vivre. Quand Noah rentrera à la maison, j'aimerais que ce soit nous deux. Tu comprends ça, n'est-ce pas ?"

Charlie hocha la tête, sourit, mais cela n'atteignit pas ses yeux et elle ne pouvait pas lire son expression. Blessé ? De la colère ? Lila, ne t'inquiète pas. "Tout va s'arranger pour le mieux."

Elle ne savait pas vraiment ce qu'il voulait dire par là, mais elle ne pouvait pas se donner la peine de comprendre. Va t'en, va t'en. "Je me demande quand Tinsley reviendra nous voir."

Elle se tourna alors pour regarder Charlie et vit, à son choc, son visage froissé d'agacement. "Charlie, qu'est-ce qui se passe entre vous deux ?"

Charlie soupira. Bébé, ce n'est pas une amie à toi, crois-moi. Quand nous étions à New York, elle était obsédée par le fait que nous étions.... intimes. "J'aurais aimé ne jamais lui avoir dit."

Lila s'est déplacée inconfortablement. Charlie, c'était il y a une nuit, il y a cent ans. "Pourquoi tu lui dirais ?"

Il a haussé les épaules. Nous étions en train de parler, tu sais? Quand on a encaissé nos cartes V, avec qui. "Je ne pensais pas qu'elle le prendrait si mal."

Je n'y crois pas, répondit Lila. "Tinsley n'est pas du genre jaloux."

" Tu ne la connais pas aussi bien que tu le penses."

Soupira Lila. Je ne veux pas me disputer avec toi, Charlie ; je veux juste être avec Noah. Seule."

Il a quitté la pièce et elle s'est sentie soulagée. Elle n'avait pas besoin d'entendre parler de Charlie et Tinsley en ce moment. Putain, elle se sentait seule. Quilla lui avait dit d'appeler quand elle avait besoin d'une pause et elle l'envisageait sérieusement. Elle vivait de collations de la machine depuis quatre jours et ses intestins étaient lourds et douloureux à cause de la malbouffe. Elle a caressé les cheveux de Noah. Est-ce que ça va aller pour un moment, mon amour ? "J'ai besoin de nourriture chaude pour pouvoir bien m'occuper de toi."

À la cafétéria, elle s'est assise seule dans un coin, ne voulant parler à personne. La soupe aux légumes lui a permis de se sentir beaucoup mieux, plus éveillée et elle a mangé des fruits, en emportant un peu dans son sac avec quelques bouteilles d'eau. Avant de remonter vers

Noah, elle est sortie pour respirer un peu d'air frais. Elle s'est assise sur le muret à l'extérieur de l'hôpital. Il faisait froid, mais cela ne la dérangeait pas ; les chambres d'hôpital étaient toujours trop chaudes pour elle. Elle ferma les yeux, laissant l'air frais tourbillonner autour d'elle. C'était presque Noël, pensa-t-elle, et une fois de plus, sa vie était bouleversée. Mon Dieu, Noah, s'il te plaît, s'il te plaît, reviens vers moi.

Lila savait que si Noah mourait, elle n'y survivrait pas. Pas question. Il était son âme sœur, sa raison de sourire. Elle ne pouvait pas imaginer la vie sans lui ; c'était impensable.

Elle a ouvert les yeux et un mouvement a attiré son attention. De l'autre côté du parking, un bosquet d'arbres et maintenant, alors qu'elle regardait, elle a vu quelque chose bouger en eux. Quelqu'un. Qui que ce soit, elle s'est arrêtée et elle a soudain eu l'impression qu'ils la regardaient droit dans les yeux, la regardant. Paranoïa. Elle s'est levée et est retournée rapidement à l'hôpital. Effrayée par rien, elle s'est dite en frappant le bouton de l'ascenseur, puis elle a changé d'avis. Elle a couru vers le haut des escaliers - quatre jours assis et ses muscles étaient sur le point de s'atrophier. Elle a senti la légère brûlure de ses muscles lorsqu'elle a ouvert la porte de l'étage de Noah et a dérapé jusqu'à l'arrêt. Les médecins, les infirmières se précipitaient dans sa chambre, une forte alarme retentissait.

Code Bleu....Code Bleu....

Tinsley a pris son sac et l'a jeté dans la voiture de location. Elle s'était dit que si elle devait déménager beaucoup, ce serait moins cher et plus facile. Le motel où elle se trouvait était bon marché mais propre et elle regrettait de devoir partir, mais c'était tout simplement plus sûr. Elle n'aurait pas été étonnée de voir Charlie Sherman s'en prendre à elle, la faire taire. Maintenant, plus que jamais, elle était convaincue que Charlie était à la racine de tout, et ça signifiait tout ce qui s'était passé au cours de l'année dernière.

Elle savait que cela paraîtrait fou aux flics si elle allait les voir et elle ne pouvait pas prendre le risque d'en discuter avec Lila - Charlie

était son plus vieil ami. Merde, elle pensait maintenant qu'en condui-
sant, qu'est-ce que je vais faire ?

La réponse est venue alors qu'elle déballait ses valises au motel
suivant. Son téléphone cellulaire a sonné et elle a été stupéfaite quand
elle a vu qui c'était.

"Harrison Carnegie ?"

Harry a ri. La même chose. Hey Tins, comment ça va?" ?

Il avait l'air remarquablement désinvolte, pensait-elle, mais elle le
connaissait mieux. "Harry.....à propos de Cora...."

Je suis vraiment désolé, Tins, Harry a immédiatement abandonné
l'acte, j'aurais dû appeler il y a des semaines. Ecoutez, au nom de toute
ma famille, je voulais dire....il n'y a pas d'excuse pour ce que Cora a
fait et je suis si heureux que...que tu...qu'il a hésité et qu'elle a souri,
heureuse d'entendre une voix amicale.

Harry, c'est bon....vraiment. C'est du passé.... écoute, je sais que le
procureur. Veut inculper Cora, mais quand je reviendrai à New York,
j'irai voir la police et je leur demanderai d'abandonner les poursuites".

"Tu n'as pas à faire ça, Tinsley, elle sait qu'elle a mal agi."

Tinsley a souri au téléphone. Dieu que c'était bon d'entendre sa
voix. Je le veux, vraiment. "A condition qu'elle reçoive une aide
psychiatrique majeure."

Harry a donné un rire doux. Je crois que maman t'à couvert. "Où
es-tu ?"

"Hein ?"

Tu as dit "quand je reviendrai" ?

Tinsley hésita un instant. Seattle. " As-tu entendu parler de Noah
Applebaum ?"

Ouais, c'est toutes les actualités. Comment va Lila ?"

"J'aimerais le savoir."

C'était au tour d'Harry d'être confus. "Quoi ?"

Tout s'est déversé sur elle à l'époque, la façon dont Charlie l'avait
traitée, ses soupçons. Harry l'écouta en silence et lorsqu'elle s'arrêta,
elle réalisa soudain à quel point elle devait avoir l'air fou. "Harry ?"

"Dans quel motel es-tu ?"

Elle lui a dit. "Pourquoi ?"

Je viens à Seattle. "Je ne veux pas que tu y sois seul."
Elle voulait honnêtement lui dire non....mais elle ne pouvait pas.

Halston et Molly Applebaum, rapidement suivis par Quilla et Jakob Mallory, trouvèrent Lila dans le couloir à l'extérieur de la chambre de Noé. Des larmes coulaient sur son visage, mais elle souriait. "Il est réveillé."

Quand elle est revenue et qu'elle a entendu le code bleu, c'était aussi mauvais que ça avait l'air. Noah avait codé et pendant la lutte pour le récupérer, elle était tenue à l'écart de la pièce, les écoutant se battre pour le récupérer et quand ils l'ont fait, Noah avait ouvert les yeux et maudit bruyamment.

Lila, en entendant cela, s'était dissoute dans un rire en larmes et il l'avait entendue. "Lila Tierney, ramène ton cul ici."

Les médecins secouaient la tête dans l'incrédulité mais Lila n'a pas prêté attention, elle à juste volé dans les bras tendus de Noah.

Elle l'embrassa avec des larmes qui coulaient sur ses joues, en riant. " Seul toi peut faire une entrée aussi dramatique dans le pays des vivants."

Quand ils étaient seuls, ils parlaient de ce qui s'était passé. Le médecin l'a examiné. Tu t'es stabilisé mieux qu'un gars à un pouce de la mort il y a quelques heures aurait dû le faire, Superman, mais vas-y doucement. "Pas de manigances sexy."

Allez, Will, Noah a souri au médecin - un ami et collègue. " As-tu vu mon fiancé ?"

Lila a rougit et lui a tirée la langue. Dès que le médecin est parti, Noah lui a fait signe de nouveau et l'a entourée de ses bras, en grimaçant un peu.

Ne te fatigue pas, lui fronça les sourcils. "La dernière chose dont on a besoin, c'est que tu ouvres tes points de suture."

"Oui, maman."

Oh mon dieu, j'ai besoin d'appeler tes parents,' elle a commencé à se lever mais il l'a ramenée en arrière.

Dans un moment. "Pour l'instant, j'ai juste besoin que ce soit toi et moi pendant une minute."

Elle lui a touché la joue avec sa paume et lui a souri en l'embrassant. C'est tout ce que je veux à partir de maintenant ", dit-elle doucement, " tout ce que je veux ".

La vue du visage d'Harry a donné envie à Tinsley de s'effondrer et de pleurer et dès qu'il a enveloppé ses bras autour d'elle, c'est exactement ce qu'elle a fait. Harry la tenait tout près de lui, ses lèvres à son temple, tandis que les gens les regardaient curieusement en se dépêchant de passer.

Il a conduit sa voiture de location jusqu'à un restaurant qu'il connaissait à l'extérieur de la ville et ils ont pris le petit-déjeuner ensemble, Harry lui demandant doucement de tout revoir. Il lui a tenu la main tout le temps qu'elle parlait, son pouce caressant un rythme sur sa peau. Tinsley s'est senti en sécurité pour la première fois en... Des mois, dit-elle avec un demi-sourire. "J'ai été sur les nerfs depuis le - eh bien, vous savez."

Harry hocha la tête sombrement. "Encore une fois, je..."

Ne vous excusez plus, dit-elle, vous êtes ici maintenant et je n'ai jamais été aussi heureuse de voir quelqu'un de ma vie.

Harry a souri. Quand je suis retourné à Oz, je n'arrêtais pas de penser à toi. Je sais ce que nous avons dit, pas de conditions, pas d'engagement et je l'ai respecté. Donc je n'ai pas appelé, je n'ai pas pris contact souvent. Mais je n'ai jamais cessé de penser à toi. "J'ai entendu dire que tu étais de retour avec Charlie Sherman."

Tinsley rencontra son regard. Ce n'est pas un truc d'ex-petite amie enragée que j'ai, Harry, je jure devant Dieu que ce n'est pas le cas. J'étais soulagé quand il est parti. Il avait changé en un rien de temps."

Harry a levé les mains en l'air. "Hé, hé, hé. Je crois chaque mot. "Je n'ai jamais aimé ce type." Il a terminé son café et a fait signe à la serveuse pour une recharge, la remerciant avec un sourire.

Tins, sortons ça au grand jour. "Quelle est ta théorie la plus folle à propos de tout ça?"

Elle lui a donc dit tout ce qu'elle soupçonnait, dans les moindres détails, et Harry l'a écouté. Quand elle a eu fini, ses yeux étaient fixés sur les siens. La première chose que nous allons faire, c'est d'aller chercher tes affaires et de venir chez moi au Four Seasons. "J'aurai une sécurité supplémentaire."

Tinsley n'a pas protesté. "Merci, Harry, je suis sérieux."

N'en parle pas, c'est le moins que je puisse faire. Alors, on va aller voir Lauren Shannon."

Les sourcils de Tinsley ont monté en flèche. "Pourquoi ?"

Harry avait l'air sinistre. Parce que si ta théorie est juste, je pense qu'elle n'était pas la seule impliquée dans la tentative de meurtre de Noah Applebaum.

Halston a mis son bras autour des épaules de Lila. "Lila, je suis sûr que vous êtes la raison pour laquelle mon fils s'est battu si fort pour se rétablir."

Lila rougit mais Noah sourit. Bien sûr qu'elle l'est.

Le sourire d'Hal s'est estompé. Maintenant, qu'est-ce qu'on va faire pour Lauren ? "Je suppose que vous portez plainte."

Oui, c'est vrai, le ton de Lila était dur. "Je veux que cette salope soit enfermée pour de bon." Elle a serré ses mains en poings et Molly l'a serrée dans ses bras.

"Ma fille paiera pour ce qu'elle a fait." Ils se sont tous retournés. Lila n'avait jamais rencontré Derek Shannon auparavant, mais le regard de tristesse et de culpabilité sur son visage en disait long. Derek regarda Noah.

Noah, je suis si heureux de te voir en vie. "Puis-je vous parler un instant, je vous promets que je ne resterai pas longtemps."

Noah a souri à moitié. "Bien sûr." Il a jeté un regard aiguisé à son père qui était sur le point de protester. Derek se présenta à tous puis s'assit près du lit de Noah.

Lauren passera le reste de sa vie en prison. Elle devra compter sur la charité du comté pour sa défense parce qu'à mes yeux, elle n'a pas de défense. Je suis venu ici pour m'excuser en son nom et pour vous dire que je ne suis plus en contact avec elle. "Elle est allée trop loin cette fois."

Lila n'a pas pu s'empêcher de rire d'un rire cynique. "Oui, parce que tuer un enfant à naître n'était pas assez loin." Elle a quitté la pièce, dégoûtée, ayant assez entendu. Molly et Quilla l'ont suivie et l'ont emmenée à la cafétéria. Molly l'a poussé dans un siège pendant que Quilla apportait un plateau avec de la nourriture. Mange, ordonna Lila, puis Jakob va t'emmener chez nous et tu vas dormir un peu. "On va tous s'asseoir avec Noah."

Lila a dû admettre que c'était tentant, bien qu'elle répugne à quitter Noah maintenant qu'il était réveillé. Elle était consciente, cependant, qu'elle avait l'air atroce. Quilla et Molly bavardaient facilement avec elle pendant qu'elle descendait le repas avec reconnaissance, sachant qu'ils la distrayaient de ce qui devait se passer à l'étage.

Plus tard, elle a embrassé Noah et est partie avec Jakob. Il l'a ramenée chez lui et chez Quilla sur l'île de Bainbridge. Mon Dieu, cet endroit est magnifique ", a déclaré Lila à la superbe maison, toute blanche et zen. Jakob, qu'elle avait découvert, n'était pas aussi sévère qu'il en avait l'air, lui souriait.

C'est grâce a Quilla, dit-il fièrement, aimeriez-vous boire un verre ?

"Oui, je veux bien, quelque chose de froid serait bien."

"Thé glacé ?"

"Parfait." Elle l'a suivi dans une vaste cuisine - vu le désordre elle a deviné que c'était le cœur de leur maison. Par les portes-fenêtres, elle a vu un grand jardin où une grande fille blonde qui jouait avec deux petites filles. Jakob a sorti sa tête de la porte. "Hé les gars, on est de retour."

"Papa !" Alors que les deux filles le saluaient, il les emporta dans ses bras et les embrassa. Lila sourit en criant de joie. "Viens dire bonjour à notre amie Lila."

Les deux filles n'étaient pas timides du tout, grimpant sur les genoux de Lila et l'étudiant de près. Ils étaient magnifiques, et elle n'a pas pu s'empêcher de les embrasser. La blonde lui sourit joyeusement.

Salut, je suis Hayley, la tante de ces deux monstres. En fait, techniquement, je suis leur cousin. C'est compliqué. "C'est bon de te voir, Quilla parle de toi tout le temps."

Lila s'est détendue en leur compagnie, appréciant le thé et jouant avec les filles. Dieu, c'était bien de faire quelque chose de normal, mais elle a dû admettre qu'en voyant les deux filles jouer et profiter de la compagnie de leur père et cousin, elle a souffert pour le petit Matty. Elle n'avait jamais pensé qu'elle serait une mère jusqu'à ce qu'elle soit tombée enceinte et maintenant elle ne pouvait pas imaginer ne pas l'être.

Hayley lui a montré la chambre d'amis quand Lila a commencé à faire signe de fatigue et Lila a sombré dans un sommeil sans rêve.

Quand elle s'est réveillée, il faisait sombre et elle a vu que quelqu'un, peut-être Hayley, avait mis quelques vêtements au bout du lit, de nouveaux sous-vêtements. Dans la salle de bains en suite, elle a trouvé des articles de toilette et une nouvelle brosse à dents. Elle sourit ; la gentillesse de ces gens était illimitée ; Noah savait comment choisir ses amis. Ses pensées clignotèrent sur Charlie et son estomac serré. Est-ce qu'ils reviendraient un jour à la situation antérieure ? Elle l'espérait, mais une petite partie d'elle considérait aussi que la vie sans lui, avec ces amis, avec Noah, ne serait pas un si mauvaise chose. Peut-être qu'ils avaient été enroulés autour de la vie de l'autre assez longtemps.

Douchée et vêtue d'un jean et d'un pull qui lui allait parfaitement, elle est descendue pour découvrir que Quilla était en train de cuisiner. Son amie lui a agité une cuillère en bois pour la saluer. "Hé, tu as bien dormi ?"

Merveilleusement, merci, et merci pour les vêtements et les choses, c'était très gentil et très apprécié.

Quilla sourit, son joli visage s'illumina. Noah m'a jeté dehors, m'a dit que je devrais rentrer à la maison et te nourrir. Son père et sa belle-mère sont avec lui, mais je pense qu'il espérait un peu de paix pour dormir. "Il avait l'air épuisé quand je suis parti, mais incroyablement bien."

Lila s'assit à l'immense table de cuisine, regardant Quilla cuisiner une énorme poêle de chili. Quilla a écrasé de l'ail et l'a mis dans la poêle avec des oignons hachés. J'ai envoyé Jakob et les filles chercher de la crème glacée pour le dessert, pour qu'on puisse parler entre filles si on veut.

Les filles sont adorables, sourit Lila, et je sais qu'elles sont adoptées, mais elles ressemblent tellement à Jakob.

Quilla rit. Je sais, je sais. Lorsque nous sommes allés à la maison des enfants pour rencontrer tous les enfants, j'ai jeté un coup d'œil sur eux et j'ai dit : " ce sont nos enfants ". Jakob était d'accord et c'est tout. "Pas tout à fait, mais vous voyez ce que je veux dire."

Lila sourit. C'est ce que je fais. J'ai passé toute mon enfance dans une maison. "J'aurais aimé que des gens comme toi et Jakob viennent pour moi."

Nous pouvions toujours t'adopter maintenant, plaisanta Quilla et Lila aimait bien qu'elle ne dise pas' oh pauvre chose'. Lila n'avait jamais ressenti cette solitude....à cause de Charlie, elle a pensé et s'est soudainement sentie mal à cause de la façon dont elle l'avait traité dernièrement.

Elle l'appelait, décidait-elle, maintenant Noah était hors de danger immédiat, et essayait de remettre leur amitié sur les rails, bien qu'avec de nouvelles frontières. Décidée, elle est allée aider Quilla à préparer le dîner et ils ont discuté facilement jusqu'à ce que Jakob et les filles reviennent.

Tinsley et Harry étaient dans sa suite d'hôtel, planifiant leur visite à la prison où Lauren Shannon était détenue. "Est-ce qu'on fait le bon flic/mauvais flic ?" Elle a demandé à Harry qui souriait.

Non, nous lui offrons simplement ce qu'elle aime le plus - l'argent. "L'argent pour avoir le meilleur avocat possible."

"Son père lui aurait sûrement donné ça ?"

Harry secoua la tête. J'ai creusé un peu. "Papa Shannon l'a reniée, elle doit compter sur l'État."

"Waouh," les yeux de Tinsley étaient larges,"c'est froid".

Harry haussa les épaules. D'après ce que j'ai découvert, il y a long-temps qu'on aurait dû le faire. Je ne blâme pas l'homme ; même l'amour familial ne peut aller aussi loin quand quelqu'un se comporte comme ça".

Tinsley hocha la tête. "Comment l'empêcher d'engager les meilleurs avocats avec notre argent et de s'en sortir ?"

Harry sourit méchamment. Facile. "En les engageant d'abord nous-mêmes, mais elle n'a pas besoin de le savoir, n'est-ce pas ?"

"Harry....tout cela demande de l'argent et je sais combien tu es généreux, mais vraiment, ce n'est pas ton combat ?"

N'est-ce pas ? Ce n'est pas parce que Noah Applebaum n'est pas ma famille, que tout cela nous ramène au coup de couteau de Lila et au meurtre de Richard. C'est mon combat. En plus, tous ceux qui essaient de te blesser immédiatement font partie de ma liste de merde."

Elle sourit et lui toucha la joue. Il a couvert sa main de la sienne, la tenant sur sa peau, ses yeux sur elle. "Rappelez-moi encore une fois comment j'ai pu être aussi stupide que de retourner en Australie sans vous ?"

Tinsley s'est jeté avec plaisir. "Ce n'était pas le bon moment pour nous."

Il hocha la tête et ils se regardèrent en silence pendant un long moment. "Et maintenant ?" Il dit doucement alors sans attendre une réponse, se pencha vers l'avant et lui brossa les lèvres avec les siennes. Les mains de Tinsley se levèrent automatiquement et glissèrent dans ses cheveux courts. Pendant qu'ils s'embrassaient, Harry l'a tirée sur ses genoux, sa bouche affamée sur la sienne, et ses mains sous son t-shirt, le glissant sur sa tête.

Bientôt nus, ils tombèrent sur le sol et Tinsley descendit le long de son corps pour le prendre dans sa bouche, balayant ses lèvres sur la large crête de sa bite pulsante. La peau soyeuse se sentait si bien sur sa langue qu'elle traçait les veines bleues, et elle goûtait la saveur salée de son pré-cum. Harry gémissait pendant qu'elle le taquinait, et bientôt il la tirait vers le haut pour qu'il puisse la pousser à l'intérieur d'elle. Tinsley le chevauchait, ses mains sur ses seins alors qu'ils bougeaient ensemble, souriants et affectueux. C'était tellement différent du sexe sérieux qu'elle et Charlie ont eu et même si c'était bon, c'était faire l'amour, pas seulement le sexe. Elle et Harry se sont liés d'abord en tant qu'amis, puis en tant qu'amants et la combinaison a laissé son sentiment complet.

Par la suite, ils ont commandé un repas et l'ont mangé devant la télévision, bavardant paresseusement au sujet de l'Australie. Penses-tu que tu y retourneras, jamais ? "Long terme, je veux dire." Harry lui a demandé alors qu'il mettait de la tarte aux pommes dans sa bouche.

Demande-le-moi il y a quelques mois et j'aurais dit non. Mais maintenant ? Je peux le voir.". Elle espérait qu'elle ne rougissait pas trop, mais Harry lui a souri.

C'est très bon à savoir, Mlle Chang. "C'est très bon à savoir." Et il l'embrassa de nouveau et ils commencèrent là où ils s'étaient arrêtés.

Noah attendait que le médecin - son collègue Doug Halpern - l'examine. Doug était un dieu de la cardiologie, l'un des meilleurs au monde. Il hocha la tête à Noah maintenant. Si tous mes patients étaient en aussi bonne condition physique que vous, Applebaum, ma vie serait plus facile. Ne vous méprenez pas, vous avez encore un long chemin à parcourir, mais vos blessures guérissent, votre trace de cœur n'a montré aucun problème et même avec un seul poumon, vous serez capable de fonctionner à peu près de la même façon. Peut-être plus trop de marathons, mais même cela n'est pas hors du domaine du possible.".

Noah sourit. "Tu me connais, Doug, je deviens nerveux si je ne fais pas d'exercice."

Ouais, il est bizarre comme ça, moi, je préfère le paresseux', Lila est entrée dans la pièce et leur a souri. Elle a étudié Noah. "Tu as l'air en forme, bébé."

Elle est allée embrasser sa joue et s'asseoir près de lui. Doug acquiesça d'un signe de tête.

Eh bien, faites attention à vous deux. "Ne mettez pas trop de stress sur son cœur en étant trop belle, Lila."

"Mec, tu dragues ma fiancée ?" Noah riait pendant que Lila rougissait.

Doug a souri. Bien sûr que oui. "Les avantages d'avoir sauvé votre vie."

Noah hocha la tête. "D'accord."

Quand vous avez cessé de m'objectiver...' mais Lila a ri avec eux. C'était si bon d'être à nouveau détendu, de savoir qu'ils iraient bien après tout. Doug les a laissés seuls et Lila s'est blottie aux côtés de Noah.

"Salut, beau gosse."

Vous avez l'air rafraîchi ", dit-il en se brossant les lèvres contre elle. "C'est bien, j'étais inquiet."

"Tu t'inquiétais pour moi ?" Lila a roulé ses yeux. Quilla et Jakob m'ont gâté. Je dois vraiment te féliciter pour le choix de tes amis, je les adore, ainsi que leurs enfants. Si mignon.".

"Te faire grincer des dents ?"

"Oh oui, mais nous devons te remettre en forme avant même d'y repenser."

Elle a embrassé sa mâchoire, lissé les cheveux à ses tempes. "Dieu merci, tu vas bien."

Entre nous, nous avons neuf vies, nous devons avoir ", acquiesça-t-il en faisant tournoyer une mèche de ses cheveux - fraîchement lavés ce matin-là - entre son doigt et son pouce.

Elle l'a étudié. As-tu ce sentiment de ce qui va suivre ? Je veux dire, nous sommes passés par l'enfer ces dix-huit derniers mois, mais j'ai encore l'impression qu'il y en a d'autres à venir. "Suis-je pessimiste ?"

Noah réfléchit. Non....et je pense que c'est que nous ne savons toujours pas avec certitude qui a donné le coup d'envoi. Qui t'a poignardé ou a engagé quelqu'un pour le faire. "Nous n'avons- tu n'as - pas eu de conclusion là-dessus."

"Je pense que tu as raison, mais on ne le saura jamais." Elle soupira. "Est-ce mal de vouloir t'enfermer dans un endroit sûr où personne ne peut te toucher ?"

"Non, c'est exactement ce que je ressens pour toi."

"Ça craint."

"Yep."

Elle se rapprochait de lui en faisant attention de ne pas tirer sur les tubes et les fils qui sortaient de lui. "Un jour à la fois."

Un jour après l'autre, il a accepté et l'a tenue près d'elle.

Tinsley n'avait pas fait trois pas à l'intérieur de la prison qu'elle savait déjà qu'elle ne voulait plus jamais y retourner. Le désespoir ambiant était palpable. Elle glissa sa main dans celle d'Harry et il la serra de manière rassurante. Grâce à son nom de famille, ils avaient obtenu l'autorisation de rencontrer Lauren Shannon, et ils lui avaient déjà fait leur proposition financière. Comme prévu, Lauren avait sauté sur l'opportunité de s'offrir une défense convenable, et Tinsley ne se sentait pas trop coupable pour leur tromperie.

Lauren avait les cheveux gras, attachés en une queue de cheval mal définie, et elle garda les yeux baissés en entrant dans la pièce. Elle regarda Tinsley en coin, et Tinsley la dévisagea en retour.

C'est Harry qui parla. Il alla droit au but. « Lauren, est-ce que quelqu'un t'a influencée, ou t'a payée pour tirer sur Noah Applebaum ? »

Lauren fit un petit sourire suffisant. « Tu ne crois pas qu'une femme pourrait imaginer un plan pareil et le mettre à exécution toute seule ?

Oh, si... Je crois simplement que ce n'est pas le cas, cette fois. Alors, dis-moi : est-ce que quelqu'un t'a engagée pour le faire ? Ou peut-être que je devrais plutôt dire, t'a encouragée à le faire ? »

Lauren regarda par la fenêtre. « J'ai appelé un avocat, un des amis de mon père. Je lui ai dit que vous alliez payer pour ma défense. Mais il a refusé de me représenter.

Ce n'est pas mon problème. Réponds à la question. »

Elle sourit. « Peut-être. Peut-être que quelqu'un qui aimerait bien voir Noah mort m'a... soutenue. Peut-être même qu'il m'a fourni le flingue. »

Tinsley commençait à s'impatienter. « Est-ce que c'était Charlie Sherman ? »

Harry se racla la gorge, et Tinsley comprit le message – il fallait laisser parler Lauren.

Les yeux de Lauren brillèrent de malice – clairement, elle s'amusait bien. « Il ne m'a pas dit comment il s'appelait. »

C'était un début. Harry regarda Tinsley en coin. « Lauren, est-ce que tu peux décrire cet homme ?

Je ne l'ai jamais rencontré. Il m'a téléphoné.

Le fils de pute, » souffla Tinsley.

Lauren rit doucement. « Vous voyez... Je ne peux même pas me servir de cette information pour me défendre. Qui me croirait ? Un mec m'a dit de le faire. »

Harry aussi était frustré. « Est-ce que tu peux nous donner la moindre information qui pourrait permettre de l'identifier ? Décrire sa voix, sa manière de parler ? Peut-être qu'il avait un accent ? »

Elle secoua la tête. « J'avais l'impression qu'il modifiait sa voix.

Putain, » s'exclama Tinsley. Elle regarda Lauren dans les yeux. « Dis-nous ce qu'il t'a dit. Les mots exacts.

Il m'a demandé si j'aimerais me venger de Noah, et il m'a dit qu'il pouvait m'aider. Qu'il me paierait deux cent mille dollars pour que je tire sur Noah, mais que je devais le faire en public, et devant sa copine.

Est-ce qu'il t'a aussi demandé de tirer sur Lila ? »

Elle secoua la tête. « Non, j'ai dit aux flics que c'est ce que je comptais faire, quand ils m'ont arrêtée. Il a été très spécifique – je ne devais tirer que sur Noah.

Est-ce qu'il t'a dit pourquoi ?

Oui, » répondit-elle avec un sourire mauvais. « Il m'a dit qu'il voulait être celui qui tuerait Lila – il m'a dit qu'il avait déjà essayé, mais que cette fois il prendrait son temps et qu'il s'assurerait de ne pas la manquer. »

Tinsley sentit son ventre se serrer. Harry glissa son bras autour de sa taille. « Est-ce que tu as autre chose à nous dire ? » demanda-t-il à Lauren. Elle rit, le visage sombre.

« Ouais. Je n'aimerais pas être Lila quand il mettra la main dessus. »

Elle ne nous a rien dit ", gémit Tinsley en remontant dans la voiture et Harry la regarda avec stupéfaction.

Vous plaisantez ? Elle nous en a tant dit."

"Comme quoi ?"

D'une part....l'attaquant de Lila est toujours là. Un autre - nous savons maintenant que ça ne peut pas être Riley - ce qui signifie que Riley a probablement été tué et piégé. Un autre - si le tueur a été capable de manipuler Lauren, ce qui nous fait penser qu'il ne l'aura pas fait aux autres. Il y a encore une personne que je pense qu'il faut voir avant de doubler la mise sur cette question et d'aller voir Lila et Noah.

"Qui ?"

Harry sourit d'un sourire sinistre. La seule personne que nous connaissons peut être facilement manipulée, d'autant plus qu'elle était amoureuse de l'homme que nous soupçonnons. Ma sœur. On va voir Cora."

Le taxi se gara devant l'entrée de l'hôpital. Lila en sortit et donna un pourboire généreux au chauffeur. « Pouvez-vous revenir me chercher vers vingt-deux heures trente ?

"Pourriez-vous revenir vers 22h30 ?"

Le conducteur a souri. "Bien sûr, mademoiselle, à tout à l'heure."

Lila s'est dirigée vers l'entrée de l'hôpital. Elle avait passé la nuit à la maison. Préparer les choses pour le retour de Noah. Maintenant qu'il était sorti du lit et qu'il était dans une chaise, les médecins lui avaient dit qu'il pouvait être libéré pour se reposer à la maison en aussi peu que deux semaines. Lila n'arrivait pas à le croire. Elle sourit à elle-même maintenant et son rythme s'accéléra.

"Lila."

Elle a commencé violemment et a tourbillonné autour d'elle. Charlie lui a souri. "Désolé."

"Charlie....jésus." Elle a posé une main sur sa poitrine pour maintenir son cœur battant. Où étais-tu passé ? "J'ai essayé de t'appeler."

Je sais, chérie, je suis désolée, j'avais des choses à faire. J'ai trouvé un endroit."

Bien. Ecoute, j'allais juste voir Noah."

"Comment va-t-il ?"

Elle a souri. Il va bien, "entre et dit bonjour."

Charlie a levé les yeux vers l'hôpital bien éclairé. Je ne le ferai pas aujourd'hui, je ne veux pas m'imposer. "Je reviendrai un autre jour."

"T'es sûr ?"

Il a hoché la tête. J'aimerais qu'on s'assoie et qu'on parle bientôt. Très bientôt. Je pense que nous avons besoin de résoudre certaines choses."

Lila hocha la tête. Je pense que oui. Appelle-moi demain, d'accord? Et nous parlerons.".

"Promis." Et il était parti. Lila fronça les sourcils après lui. Elle ne l'imaginait pas, leur amitié avait radicalement changé. Il y avait là une certaine maladresse.

Demain. Demain, ils verraient s'ils pouvaient sauver quoi que ce soit du tourbillon des événements récents et renouer des liens d'amitié.

Tinsley avait choisi de rester à Seattle tandis qu'Harry allait voir sa sœur à New York. Harry avait compris ; quoi qu'elle ait fait, Cora avait quand même lancé une attaque féroce contre Tinsley.

Je ne pense pas que ce soit une bonne idée que nous soyons dans la même pièce ", lui avait-elle dit et il a accepté. Rien de bon n'en sortirait.

Harry lui avait dit qu'il rentrerait directement à Seattle après avoir parlé à Cora et ainsi Tinsley s'était enfermée à son hôtel, commandant sans réfléchir le service de chambre et regardant la télévision pour lui faire oublier ce qu'ils découvraient. Cela n'a pas fonctionné et elle s'est retrouvée avec un bloc-notes jaune et un stylo pour faire des diagrammes et des organigrammes et tout écrire. Il ne lui a pas fallu beaucoup de temps pour établir le lien et maintenant elle se demande comment ils ne l'avaient pas vu il y a des mois. Bien sûr, si elle avait raison, cela signifiait qu'elle avait elle-même baisé le tueur - involontairement bien sûr - et que toute leur relation avait été un mensonge. Si Charlie était aussi dangereusement obsédé par Lila qu'ils le pensaient....

"Il ne s'arrêtera jamais." Mon Dieu, elle avait besoin de prévenir

Lila maintenant. Elle risquerait que Lila ne la croie pas, même si elle avait un petit soupçon de doute dans son esprit, cela pourrait la protéger. Tinsley s'est demandé ce qu'il fallait faire ensuite. Harry lui avait demandé de rester dans la chambre, de rester en sécurité, mais si Lila était toujours en danger.....

Elle pourrait prendre un taxi pour se rendre directement à l'hôpital et parler à Lila ; ce serait sans danger, n'est-ce pas ? Probablement plus sûr que d'aller chez elle.....

L'esprit composé, elle a attrapé son sac à main et à sorite de la chambre.

Pour elle, il n'y avait pas un moment à perdre.

Harry n'a pas mis longtemps à obtenir des aveux de Cora, qui s'est effondrée en larmes. Ce n'était pas comme ça, il ne m'a pas demandé de la tuer, mais il m'a juste dit...pendant qu'elle était encore là, nous ne pourrions jamais être ensemble.

"Putain de trou du cul", Harry a fait rage. Sa mère, Delphine, assise de l'autre côté de Cora, avait l'air dévastée mais résignée.

" Penses-tu que Lila est en danger ?"

Harry hocha la tête. La pire sorte - et je ne pense pas que nous pouvons attendre plus longtemps pour lui dire. Je dois retourner à Seattle. "Tout de suite."

Lila et Noah riaient ensemble quand Tinsley frappa doucement à la porte. Les yeux de Lila se sont élargis quand elle a vu son amie et elle s'est levée et l'a tirée dans un câlin.

"Où étais-tu passé ?"

Tinsley s'est rendu compte que son amie pleurait et elle l'a serrée dans ses bras. J'ai besoin de te parler, seule, chuchota-t-elle. "Retrouve-moi en bas de l'escalier, la sortie est à côté."

Elle s'éloigna du regard curieux de Lila et embrassa Noah. "Je suis si contente que tu aies l'air si bien."

"Merci Tins....qu'est-ce qui se passe ?"

Rien dont tu devrais t'inquiéter. "Je suis désolé, je n'ai que quelques minutes, je dois aller chercher Harry à l'aéroport."

"Harry....Carnegie ?" Lila a été choquée, mais Tinsley a souri.

"Lui même. Il aimerait venir te voir si ça ne te dérange pas."

Elle est restée encore cinq minutes, puis a hoché la tête pour que Lila la suive. "Donnez-moi cinq minutes, puis descendez."

"Qu'est-ce que c'est que cette intrigue ?"

"Je veux m'assurer que je n'ai pas été suivi."

Lila la regardait fixement. "Tu me fais peur."

Tinsley a essayé de sourire. Je n'ai pas l'intention de le faire. Souviens-toi, cinq minutes."

Et elle a disparu dans la cage d'escalier. Lila secoua la tête - qu'est-ce qui se passait ?

Noah posa la même question et elle secoua la tête. "Je ne sais vraiment pas."

Cinq minutes plus tard, elle a mis son téléphone portable dans sa poche. "Je reviens dans quelques instants." Elle l'a embrassé, mais il s'est accroché à sa main.

"Lila.... Je suis inquiet."

Laisse-moi juste aller voir ce qu'il y a dans l'esprit de Tinsley. "Repose-toi, je t'aime."

Il n'avait pas l'air heureux. Reviens bientôt. "Je t'aime aussi."

Lila sourit et sortit dans le couloir en poussant la porte. Il était assez mal éclairé et elle est descendue prudemment, pour ne pas trébucher.

"Tins?"

Pas de réponse. Le cœur de Lila a commencé à battre un peu plus vite. Elle a jeté un coup d'œil dans l'obscurité pendant qu'elle descendait le dernier étage. "Tins."

Son pied a heurté quelque chose de mou et elle a entendu un gémissement. Lila a pris son téléphone dans sa poche pour éclairer l'escalier. Tinsley s'allongea sur son dos, son visage déformé par une telle douleur que Lila haleta. Tinsley était couverte de sang et la poignée d'un couteau faisait saillie de son estomac.

Oh mon Dieu, non, non, non, non...' Lila est tombée à genoux et Tinsley l'a regardée avec de grands yeux.

"Lila....non...il est..."

Une main gantée a été serrée sur le visage de Lila, et pendant qu'elle luttait, son agresseur a claqué sa tête contre le mur et elle a été jetée, abasourdie au sol. Alors qu'elle commençait à s'évanouir, elle a vu l'agresseur arracher le couteau du corps de Tinsley et commencer à la poignarder à nouveau alors que Tinsley, sa voix s'affaiblissant, s'écria :"Non, non, non, s'il te plaît, non....".

Charlie, s'il te plaît, non...."

Noah a commencé à paniquer. Lila devrait sûrement être de retour maintenant ? Il s'est levé du lit, heureusement qu'il n'avait plus de fils et de tubes attachés, et s'est traîné jusqu'à la porte. Tout était calme dans le couloir, mais l'infirmière du poste a levé les yeux et a souri.

"Regardez qui est sorti du lit."

Il a essayé de sourire. "Avez-vous vu Lila ?"

L'infirmière secoua la tête. Pas depuis plus tôt. "Pourquoi ?"

Noah secoua la tête. "Elle devrait être de retour...."

Il s'est retourné brusquement lorsque la porte de la cage d'escalier s'est ouverte et un jeune homme paniqué et essoufflé est presque tombé par terre. "S'il vous plaît, j'ai besoin d'aide...il y a une fille en bas...je crois qu'elle a été poignardée."

Non, non, non, non...' L'adrénaline a couru à travers Noah et il s'est penché vers la porte juste au moment où l'infirmière, inquiète, a appelé à l'aide et a crié à Noah pour qu'il s'arrête.

"Noah, tu n'es pas assez bien.... arrête..."

Il n'a pas écouté. Il a saisi la rampe et a descendu les escaliers du mieux qu'il a pu, désespéré d'arriver jusqu'à elle...pas encore une fois, s'il vous plaît, pas encore une fois....

Les lumières se sont allumés et il a entendu des gens crier derrière lui. En arrivant en haut du dernier étage, il l'a vue.

Tinsley. Elle était couchée sur le sol, dans une mare de sang, ses vêtements trempés de rouge. Le cœur de Noah s'est mis à battre dans sa poitrine quand il s'est précipité vers elle. "Tinsley, oh mon Dieu...."

Tinsley ouvrit les yeux et le regarda. "Noah...." Il l'entendait à peine. "Noah, il à Lila....Charlie a Lila..."

Tout s'est arrêté dans le monde de Noah. "C'est Charlie qui t'a fait ça ?"

Elle hocha la tête, haletant pour respirer. Alors que les médecins se précipitaient pour l'aider, la tête de Tinsley est tombée en arrière et son dernier souffle est sorti de ses poumons.

Un infirmier a écouté sa poitrine et a essayer de la réanimé, mais Noah savait qu'il était trop tard. Il y avait tellement de sang. Tinsley était mort.

Et Lila n'était plus là....

Elle l'avait regardé poignarder son ami à mort et maintenant, alors qu'elle commençait à reprendre connaissance, elle se demandait pourquoi elle n'était pas morte elle aussi.

Charlie. Elle a ouvert les yeux. Elle était allongée sur le siège arrière d'une voiture en mouvement, les mains et les pieds liés. Elle a tourné la tête pour le voir au volant, son visage est bien arrangé et sinistre. C'était Charlie. Il n'a pas fallu un génie pour tout comprendre maintenant. En ce qui concerne Charlie, Lila lui appartenait. Il avait arrêté son mariage en la poignardant, piégé Riley - s'il avait su qu'elle et Riley avaient couché ensemble ? Et l'a probablement tué, a arrangé le meurtre de Richard. Avait-il forcé Lauren à tirer sur Noah ?

Dieu. T'aurait dû me finir dans cette cabine d'essayage, pensa-t-elle en colère, alors au moins les autres auraient pu être sauvés. Espèce de salaud. Espèce d'enfoiré de lâche.

Maintenant qu'elle y pensait, c'était si évident. Il l'avait appelée ce jour-là......

Charlie Sherman a souri à lui-même. Elle était à la boutique de mariage. Si facile....il l'avait vérifié il y a un moment déjà, quand elle lui a parlé de l'endroit. La sécurité était minimale - ouais, ils avaient une alarme la nuit, mais pendant la journée..... La sortie de secours qu'il pouvait ouvrir en quelques secondes....allait-il vraiment être aussi facile ?

Il pouvait difficilement attendre. Il avait rêvé de ce jour pendant des années, depuis cette nuit-là, qu'elle lui avait donné sa virginité.

Dieu la sensation de sa peau, sa chatte soyeuse et serrée comme il l'avait poussée en elle. Elle était tellement ivre que toutes les inhibitions s'étaient enfuies et qu'elle s'était autant amusée que lui. Alors.... rien. "Gardons cette nuit spéciale, je ne veux pas ruiner notre amitié à cause du sexe."

Salope. Il avait accepté, bien sûr, comment il allait la garder près d'elle et il avait attendu, et regardé sa beauté, sa chaleur, son esprit rapide avait fait affluer les hommes. Sa Lila n'était pas une pute, elle a choisi ses amants avec soin. Et puis elle avait rencontré le milliardaire et tout était parti en enfer. Putain de Richard Carnegie. Quand il à découvert que Carnegie avait trompé Lila, il était sûr qu'elle y mettrait fin. Elle était même au courant de la tricherie et est restée avec lui, puis a promis d'épouser l'enculé.

Mais c'était la nuit, quelques jours avant le mariage, quand il avait su ce qu'il devait faire. Il était allé la retrouver au bar, un peu plus tard que d'habitude. La porte était fermée à clé, mais il avait fait le tour de l'arrière et, bien sûr, la porte arrière était ouverte. Il est entré dans le bar - et les a vus. Lila et Riley. Putain, juste là, par terre. Il les regardait silencieusement - eh bien, il la regardait, son visage quand elle est à jouie, quand le visage de Riley a été enterré dans son sexe.

Salope.

Il était facile de glisser dans la porte arrière de la boutique nuptiale. Une rapide vérification de l'autre cabine d'essayage et il était là. Elle a tiré le rideau en arrière et il a enfoncé le couteau dans son ventre mou. Si facile, si beau. Elle a à peine eu le temps de respirer ; il l'a poignardée rapidement, brutalement, le sang éclaboussant puis jaillissant de ses blessures.

Par la suite, il s'est échappé, mais l'adrénaline à l'intérieur faisait rage, quelle ruée, quel frisson....

Charlie regarda Lila et sourit. Tu es réveillé. Bien.". Sa voix était presque tendre.

Les yeux de Lila se sont remplis de larmes. " Tu as tué Tinsley."

Charlie haussa les épaules. "Elle s'est mise en travers de mon chemin."

"C'était ta petite amie.... Je croyais que tu l'aimais."

Charlie a ri. Pour une femme brillante, Lila, tu peux être très stupide. "La seule femme que j'ai jamais aimée, c'est toi."

L'entendre le dire à voix haute d'une manière aussi factuelle était terrifiant. "C'est toi qui m'a poignardé."

Charlie a conduit la voiture jusqu'à l'arrêt et s'est tourné vers elle. "Oui."

"Pourquoi ?"

"Richard".

Elle secoua la tête. "Et lui?"

"Riley. Et puis Noah. Et tous les autres hommes que tu as baisés. Chacun d'entre eux m'a pris quelque chose. "Et la seule façon de réparer ce mal, c'est de te prendre."

Elle le fixait et ne connaissait pas le monstre devant elle. "Tu vas me tuer."

"Oui, Lila, bien sûr, je vais le faire."

Elle se sentait étrangement soulagée. "Et tu ne feras de mal à personne d'autre ?"

Il sourit, un étrange rictus. Non, Lila. Je ne pourrai pas, parce que toi et moi, on mourra ensemble. Une fois que je t'aurai poignardé, je me trancherai la gorge. "Je ne veux pas vivre dans un monde sans toi."

Elle a fermé les yeux. " Tu es fou."

Et tu vas mourir aujourd'hui. "Reste tranquille et tout sera bientôt fini." Charlie a redémarré la voiture et s'est dirigé vers l'autoroute.

Harry Carnegie a regardé la police avec incrédulité. Non. Non, elle ne peut pas être.... oh mon Dieu...' Il s'est couvert la bouche comme s'il était sur le point de vomir. Tinsley est mort ? Non, ils doivent se tromper.

Quand il était arrivé à l'aéroport et qu'elle ne l'avait pas rencontré, il avait appelé la suite et l'un de ses agents de sécurité lui avait dit que Tinsley avait insisté pour aller à l'hôpital. Il y avait pris un taxi pour se rendre à l'hôpital, où il avait été accueilli par un accueil rempli de policiers et de visages choqués. Il a entendu un murmure. Quelqu'un a été assassiné à l'hôpital. Sa poitrine s'était serrée, mais il l'a ignoré. Il avait demandé la chambre de Noah au secrétariat, et c'était a ce moment la qu'ils avaient appelé un policier et il avait été emmené dans une chambre privée.

Là, le détective responsable lui avait dit doucement qu'une Mlle Tinsley Chang avait été poignardée à mort dans une cage d'escalier et qu'une Mlle Tierney avait été enlevée.

Tinsley était mort.

Harry s'est détourné des autres hommes pour qu'ils ne puissent pas voir le chagrin brut sur son visage. Je viens de te retrouver, bébé. Pourquoi n'as-tu pas attendu que je vienne ici ? "Puis-je voir M. Applebaum maintenant, s'il vous plaît ?"

Bien sûr....il voulait vous le dire lui-même, mais nous pensions que vous étiez peut-être trop proches....".

Harry a donné un rire sans humour. On ne s'est jamais rencontrés. Et pourtant, ils étaient liés par le sang.

Noah Applebaum avait l'air hanté. Alors qu'Harry entrait dans sa chambre d'hôpital, Noah s'est retourné et l'a vu. Les deux hommes se fixèrent l'un l'autre pendant un long moment, puis Noah s'approcha de lui avec hésitation. Ces deux hommes, qui ne s'étaient jamais rencontrés, se sont embrassés et se sont serrés l'un contre l'autre.

"Je suis vraiment désolé, Harry, je suis vraiment désolé."

Moi aussi, Noah. Il y a encore de l'espoir, n'est-ce pas ?"

Noah se retira de l'étreinte et essaya de sourire. Bien sûr que si, Lila est une battante. Si je n'étais pas dans ce foutu hôpital, je serais en train de chasser ce fils de pute, mais ils me surveillent trop".

Harry hocha la tête. Il a étudié le mouvement de Noah. Alors tu te sens bien ? Tu peux marcher ?"

Noah sourit à moitié, sachant que quelque chose d'autre allait arriver. "Oui, pourquoi ?"

"Je peux distraire quiconque a besoin d'être distrait."

"Ils ont pris mes vêtements pour que je ne puisse pas sortir en douce."

Harry l'a dimensionné. "D'accord, je suis plus petit de deux centimètres, mais on est de la même taille."

Noah a souri à l'époque. "T'es sûr ?"

Harry hocha la tête. "Si les rôles étaient inversés ?"

Bien sûr que oui, mon pote. Tu peux venir si tu veux."

Je ne veux pas quitter Tinsley, dit simplement Harry, alors qu'il commençait à se déshabiller. Noah hocha la tête, comprenant.

"Quand ce sera fini et que Lila sera en sécurité...."

Harry a balayé sa gratitude. Nous aurons tout le temps de parler après. " Tu sais où il l'emmènerait ?"

Noah secoua la tête. Mais je connais son histoire et je sais comment les gens obsédés pensent. S'il veut la tuer, il voudra le faire dans un endroit important. Je commencerai là où ils se sont rencontrés pour la première fois - à l'orphelinat de Puget Ridge".

Harry hocha la tête. Bien. Je te donnerai une heure avant d'aller à la police. "Des renforts, tu comprends ?"

Noah serra la main d'Harry avec reconnaissance. "Je te dois beaucoup".

Harry s'est serré la main. Si tu peux, tue cet enculé. S'il te plaît. Pour Lila. Pour Tinsley. "Pour mon frère."

Noah est sorti de l'hôpital plus facilement que prévu. Tout le monde était impliqué dans le meurtre de Tinsley. Quand il essayait de deviner où Charlie l'emmènerait, il devait se souvenir de l'époque où lui et Lila avaient parlé de son enfance. C'était au début, quand elle était en cure de rééducation, avant même qu'ils ne s'embrassent, avant ce rêve d'un jour où ils avaient fait l'amour - et fait Matty. Dieu, il voulait avoir la chance de faire des bébés avec Lila, de construire une maison, une famille avec elle. Elle était son cœur et maintenant son cœur était arraché de lui et c'était un million de fois plus douloureux que la balle que Lauren lui avait tirée.

Malgré sa bravade, ses assurances à Harry, le corps de Noah lui hurlait de douleur. Sa poitrine a brûlé, son dernier poumon travaillant des heures supplémentaires. Malgré son apparence calme, Noah était dans la pire agonie de sa vie - physiquement et émotionnellement, mais l'adrénaline, le besoin d'atteindre Lila était omniprésent.

Sois en vie, ma chérie, s'il te plaît. Bats-toi, Lila, bats-toi...Je viens pour toi.

Charlie a garé la voiture derrière l'orphelinat et a tiré Lila de la banquette arrière. Il lui avait scotché la bouche pour qu'elle ne puisse pas crier. Après l'avoir emmenée et l'avoir couchée sur le sol d'une pièce vide, il a enlevé le ruban adhésif.

Crie tant que tu veux, personne ne t'atteindra avant que je ne te tue. "Ça ne sert à rien, il n'y a plus d'espoir, Lila."

Il a pris son sac à dos et a sorti une arme et un couteau. Le couteau était taché de sang. Oups, dit-il en souriant méchamment. "Je ferais mieux d'essuyer les traces de Tinsley avant de te le donner"

La colère de Lila a alors explosé. Tu as tué des innocents Charlie, et toute ma vie je t'ai défendue contre les gens qui disent que tu es une mauvaise nouvelle, que tu es méchante, méchante et effrayante. "Je t'ai défendu !" Elle s'est mise à pleurer maintenant. Je t'aimais, Charlie, non pas comme un amant, mais comme un ami, comme un frère. "Tu étais ma personne."

Elle pleurait et, à sa grande surprise, il l'a ramassée et l'a tenue dans ses bras. C'est tout ce que j'ai toujours voulu être, Lila, c'est le tien. "A toi seul."

"Tu m'as poignardé", chuchota-t-elle et il hocha la tête.

C'est ce que j'ai fait. Et je vais le refaire, Lila, tu comprends ça maintenant, n'est-ce pas?"' ?

Lila reprit son souffle et quand elle s'éloigna et rencontra son regard, elle sourit. Je sais, je sais. Je sais, bébé, il faut que ça se passe comme ça.".

Le sourire de Charlie se répandit sur son visage. "C'est le cas." Il a essuyé des larmes de ses joues.

Charlie, si on doit mourir aujourd'hui, on devrait sûrement fêter ça avant de m'ouvrir.

Un froncement de sourcils a traversé son visage. Que veux-tu dire?

Elle sourit et se pencha vers l'avant en brossant ses lèvres contre les siennes. Est-ce qu'il tomberait dans le panneau ? Son cœur battait follement. Elle l'a regardé de dessous ses cils. "Baise-moi, Charlie.... on va se défoncer. "Baise-moi bien et je te promets que je ne me battrai pas."

Il la dévisageait et elle ne pouvait pas dire s'il l'accepterait, mais il a pris le couteau. Elle retenait son souffle, puis il a coupé le ruban adhésif autour de ses pieds, autour de ses mains. Il déchira sa robe et plaça la pointe du couteau contre son ventre.

Je te jure, si tu te fous de moi, Lila, je te poignarderai tellement de fois qu'ils ne se donneront pas la peine de les compter....et ensuite je ferai la même chose à ton putain de Docteur".

Lentement, Lila s'allonge et écarte les jambes. "Baise-moi, Charlie....s'il te plaît...."

Avec un grognement, il a arraché la fermeture éclair de son jean et a écarté ses jambes. En jouant le jeu, elle a attrapé son visage. "Embrasse-moi, bébé."

Il a écrasé sa bouche sur la sienne et Lila l'a embrassé en retour....et a ensuite serré ses dents sur sa langue. Charlie a crié et s'est balancé en arrière, et Lila a coincé son pied dans son aine exposée, puis lui a donné un coup de pied au visage et s'est écarté de son chemin. Elle s'est précipitée sur ses pieds et est allée chercher son arme, mais il a saisi sa jambe et l'a traînée vers lui.

Espèce de petite salope ! Je t'avais prévenu, je t'avais prévenu."

Dieu, il était fort mais Lila, la peur et la colère qui la traversait, a réussi à le repousser alors qu'il l'attaquait avec son couteau. La pointe de la lame a attrapé la peau douce de son ventre et elle s'est mise à crier.

Tu crieras pour moi encore et encore avant que j'aie fini, sale pute, Charlie prenait le dessus alors qu'il saisissait ses deux poignets, mais elle s'éloignait de lui et courait à travers la vieille maison abandonnée. La porte arrière était ouverte et elle se dirigeait dans sa direction, mais elle n'a pas vu le trou dans le plancher et son pied a disparu, sa cheville s'est cassée avec une forte fissure. Lila a crié aussi fort qu'elle le pouvait parce qu'elle ne pouvait pas bouger et Charlie avançait sur elle, le couteau luisant dans sa main.

La douleur dans sa cheville la rendait étourdie, mais lorsque Charlie s'est mis à genoux à côté d'elle, elle a essayé de bouger. Charlie se mit à rire et à sa grande horreur, il pressa son visage contre la coupure sur son abdomen et se tourna vers le sang avec sa langue.

"Est-ce que ta chatte a le même goût sucré que ton sang, Lila ?"

"Va te faire foutre, Charlie."

Mon plaisir....' Il s'est étendu sous sa robe et a arraché sa culotte d'un seul geste. Lila lui a enfoncé les jambes ensemble, mais il a juste souri, sa main creusant entre les deux. Lila a crié aussi fort qu'elle le pouvait, plus par désespoir que par espoir.

La porte d'entrée, a été défoncée et un tourbillon de fureur s'est jeté sur Charlie, les frappant et les renversant tous les deux.

Noah. Oh mon Dieu, murmura Lila alors que son amant luttait et se battait avec Charlie. Charlie l'a frappé fort contre la poitrine, contre la blessure et Noah était essoufflé. Lila s'est traînée sur un pied et a plongé pour aider Noah, se jetant physiquement sur Charlie pendant que Noah retrouvait son équilibre. Noah rugit tandis que Charlie attrapait Lila par la gorge et leva le couteau pour la tuer ; Noah saisit Charlie par l'arrière de la tête et le traîna loin de lui. Lila s'est empressée de récupérer le couteau que Charlie avait laissé tomber et a piqué l'homme alors qu'il s'éloignait de Noah et s'en est pris à elle. Lila et Charlie sont tombés par terre et pendant une seconde, tout avait l'aire d'être finit.

Le couteau dans la main de Charlie a été poussé fort contre elle - tout comme la gorge de Charlie a explosé et a couvert Lila de sang. Le couteau est tombé de sa main et il s'est effondré, très, très, très mort au sol, les yeux saillants de sa tête, regardant droit dans celle de Lila.

Noah abaissa le pistolet - le pistolet que Charlie avait oublié - et le laissa tomber par terre. Il est venu à Lila immédiatement et ils se sont tenus l'un l'autre.

C'est fini maintenant, ma chère Lila. "C'est fini."

Et pour une fois, elle était contente d'entendre ces mots.....

Ende

5

ÉPILOGUE

Lila et Noah sont descendus de l'avion et ont étaient ramené dans une limousine jusqu'à leur penthouse. Le vol en provenance d'Australie avait été longs, mais ils avaient apprécié le luxe de la classe affaires et avaient réussi à dormir la plupart du temps.

Les funérailles de Tinsley avaient été à la fois tristes et joyeuses. Sa famille avait partagé leurs souvenirs de la charmante jeune femme et avait embrassé Lila, Noah et Harry comme faisant partie de leur famille.

Maintenant, alors qu'ils étaient couchés ensemble dans leur lit, Lila et Noah ont fini par croire qu'ils allaient s'en sortir. Noah était encore en convalescence et la cheville cassée de Lila était dans un plâtre, mais ils étaient en train de guérir. Noah lui a caressé le visage, en la regardant.

"Tu es l'amour de ma vie, Lila Tierney."

"Et toi l'amour que j'ai pour toi, merveilleux, merveilleux homme."

Noah sourit en riant. "Quoi ?"

Je pensais qu'avant, je me demandais toujours ce qui allait arriver, et c'était dans la peur du pire. Maintenant, je me dis :"Ce qu'il faut savoir maintenant ne peut être que bon."

Noah riait aussi. Dans ce cas, il a roulé sur elle, sa bite déjà dure contre sa cuisse, "Je n'ai qu'une seule question, Mlle Tierney".

Elle haleta lorsqu'il entra lentement dans elle et sourit. Qu'est-ce que c'est, Dr. "Applebaum ?"

Noah l'embrassa tendrement et sourit pendant qu'ils se déplaçaient ensemble. Eh bien, Mlle Tierney.... qu'est-ce qu'il y a ensuite ?

🌸 Réalisé avec Vellum

Lightning Source UK Ltd.
Milton Keynes UK
UKHW022036010822
406702UK00003B/129